W. G. Sebald bewegt sich in seinem vielgerühmten Meisterwerk *Die Ausgewanderten* am »Rand der Finsternis«. Mit großem Feingefühl schildert er die Lebens- und Leidensgeschichten von vier aus der europäischen Heimat vertriebenen Juden, die im Alter an ihrer Untröstlichkeit zerbrechen. Indem Sebald die Vergangenheit eines früheren Vermieters, eines ehemaligen Dorfschullehrers, eines Großonkels und eines befreundeten Malers zu rekonstruieren versucht, erzählt er indirekt auch von sich selbst – von seinem Schmerz über das Schicksal dieser Menschen, von seiner Trauer über die deutsche Vergangenheit, von seinem Kummer über die weitverbreitete Erinnerungslosigkeit.

W. G. Sebald schreibt, um das Gedächtnis zu bewahren. Also hat er recherchiert und Gespräche geführt, hat Fotos und Dokumente gesammelt sowie Schauplätze bereist. Entstanden ist eine poetische Prosa, flirrend zwischen Wirklichkeit und Phantasie, geheimnisvoll verwoben und trotz aller Bezüge und raffinierten Verunsicherungsstrategien doch bedrückend klar. Selbst den unscheinbarsten Einzelheiten widmet Sebald die größte Aufmerksamkeit. Wie der Schmetterlingsjäger, der durch die Erzählungen huscht und in dem der Leser den russischen Romancier und Exilanten Nabokov erkennt, spürt er in Atmosphärischem, Flüchtigem dem Schicksal seiner Figuren nach.

W. G. Sebald, geboren 1944 in Wertach im Allgäu, lehrt seit 1970 Neuere deutsche Literatur an der University of East Anglia in Norwich.

Im Fischer Taschenbuch Verlag liegen bereits seine beiden Essaysammlungen zur österreichischen Literatur ›Beschreibung des Unglücks‹ (Bd. 12151) und ›Unheimliche Heimat‹ (Bd. 12150), sein ›Elementargedicht‹ ›Nach der Natur‹ (Bd. 12055) und die Prosabände ›Schwindel. Gefühle.‹ (Bd. 12054) und ›Die Ringe des Saturn‹ (Bd. 13655) vor. Sebalds Werke wurden mit mehreren Preisen ausgezeichnet, zuletzt mit dem Mörike-Preis und dem Heinrich-Böll-Preis der Stadt Köln.

Unsere Adresse im Internet: www.fischer-tb.de

W. G. SEBALD

Die Ausgewanderten

Vier lange Erzählungen

Fischer Taschenbuch Verlag

6. Auflage: März 2001

Veröffentlicht im Fischer Taschenbuch Verlag GmbH,
Frankfurt am Main, November 1994

Lizenzausgabe mit freundlicher Genehmigung
des Eichborn Verlags
© Vito von Eichborn GmbH & Co. Verlags KG, 1992
Frankfurt am Main
Druck und Bindung: Clausen & Bosse, Leck
Printed in Germany
ISBN 3-596-12056-x

Dr. Henry Selwyn

Zerstöret das Letzte
die Erinnerung nicht

Ende September 1970, kurz vor Antritt meiner Stellung in der ostenglischen Stadt Norwich, fuhr ich mit Clara auf Wohnungssuche nach Hingham hinaus. Über Felder, an Hecken entlang, unter ausladenden Eichen hindurch, vorbei an einigen zerstreuten Ansiedlungen, geht die Straße an die fünfzehn Meilen durchs Land, bis endlich Hingham auftaucht, mit seinen ungleichen Giebeln, dem Turm und den Baumwipfeln kaum aus der Ebene ragend. Der weite, von schweigenden Fassaden umringte Marktplatz war leer, doch brauchten wir nicht lang, um das Haus zu finden, das uns die Agentur angegeben hatte. Es war eines der größten am Ort; unweit der in einem Rasenfriedhof mit schottischen Pinien und Eiben stehenden Kirche lag es in einer stillen Straße, verborgen hinter einer mannshohen Mauer und einem dicht ineinandergewachsenen Gebüsch aus Stechholder und lusitanischem Lorbeer. Wir gingen die weit ausholende Einfahrt leicht abwärts und über den mit feinem Kies ebenmäßig bedeckten Vorplatz. Zur Rechten, hinter den Stallungen und Remisen, erhob sich hoch in den klaren Herbsthimmel ein Buchenstand mit einer Krähenkolonie, die jetzt, am frühen Nachmittag, verlassen war, die Nester dunkle Stellen unter dem nur manchmal bewegten Blätterdach. Die Fassade des breit hingelagerten klassizistischen Hauses war überwachsen von wildem Wein, das Haustor schwarz lackiert. Mehrmals betätigten wir den Türklopfer, einen messingnen, geschwungenen Fischleib, ohne daß sich im Innern des Hauses etwas gerührt hätte. Wir traten ein Stückweit zurück. Die Scheiben der zwölffach unterteilten Fenster schienen alle aus dunklem Spiegelglas. Es war nicht, als ob irgend jemand hier wohnte. Und mir kam das Landhaus in der Charente in den Sinn, das ich von Angoulême aus einmal besucht hatte und vor dem zwei verrückte Brüder, der eine Deputierter, der andere Architekt, in jahrzehntelanger Planungs- und Konstruktionsarbeit die Vorderfront des Schlosses von Versailles errichtet hatten, eine ganz und gar zwecklose, aus der Entfernung allerdings sehr eindrucksvolle Kulisse, deren Fenster geradeso glänzend und blind gewesen waren wie die des Hauses, vor welchem wir jetzt standen. Wir wären gewiß unverrichteter Dinge weitergefahren, hätten wir uns nicht mit einem jener flüchtigen Wechsel der Blicke gegenseitig den Mut gemacht, zumindest den Garten noch in Augenschein zu nehmen. Vorsichtig gingen wir um das Haus herum. An der Nordseite waren die Ziegel grün geworden, scheckiger Efeu bedeckte teilweise die Mauern, und ein moosiger Weg führte am Dienstboteneingang und an den Schuppen für das Feuerholz vorbei durch tiefe Schatten und schließlich wie auf eine Bühne hinaus auf eine große Terrasse mit steinerner Balustrade, unterhalb derer ein weiter, quadratischer Rasenplatz lag, eingefaßt von Blumenbeeten, Buschwerk und Bäumen. Jenseits des Rasens, nach Westen, öffnete sich die Landschaft, ein Park mit einzeln stehenden Linden, Ulmen und immergrünen Eichen. Dahinter die sanften Wellen der Äcker und das weiße Wolkengebirge am Horizont. Sprachlos betrachteten wir lange diese in abfallenden und ansteigenden Stufen den Blick in die Ferne ziehende Anlage und glaubten ganz allein zu sein, bis wir in dem Halbschatten, der von einer hohen Zeder in der südwestlichen Ecke des Gartens auf den Rasen gebreitet wurde, eine regungslose Gestalt liegen sahen. Es war ein alter Mann, der den Kopf auf den angewinkelten Arm gestützt hatte und ganz versunken schien in den Anblick des Fleckchens Erde unmittelbar vor seinen Augen. Wir gingen quer über die Rasenfläche, die uns jeden unserer Schritte mit einer wunderbaren Leichtigkeit machen ließ, auf ihn zu. Aber erst als wir uns ihm bis auf weniges genähert hatten, bemerkte er uns und erhob sich nicht ohne eine gewisse Verlegenheit. Obzwar groß gewachsen und breit in den Schultern, wirkte er untersetzt, ja, man hätte sagen können, wie ein ganz kleiner Mensch. Es kam dies vielleicht daher, daß er, wie sich bald erweisen sollte, stets eine goldene Lesebrille mit Halbgläsern trug, über deren Rand er mit gesenktem Kopf hinwegsah, wodurch ihm eine gebeugte, fast bittstellerische Haltung zur Gewohnheit geworden sein mußte. Das weiße Haar hatte er zurückgekämmt, doch fielen ihm einzelne Strähnen immer wieder in die auffallend hohe Stirn. I was counting the blades of grass, sagte er zur Entschuldigung für seine Gedankenverlorenheit. It's a sort of pastime of mine. Rather irritating, I am afraid. Er strich eine der weißen Strähnen zurück. Ungelenk und zugleich vollendet waren seine Bewegungen; von einer längst außer Gebrauch gekommenen Verbindlichkeit auch die Art, in der er sich uns vorstellte als Dr. Henry Selwyn. Wir seien gewiß, setzte er hinzu, der Wohnung wegen gekommen. Soviel er zu sagen vermöge, sei sie noch nicht vergeben, doch müßten wir uns in jedem Fall bis zur Rückkunft von Mrs. Selwyn gedulden, denn sie sei die Besitzerin des Hauses, er hingegen nur ein Bewohner des Gartens, a kind of ornamental hermit. Im Verlauf des Gesprächs, das sich an diese ersten Bemerkungen anschloß, waren wir den eisernen Zaun entlanggegangen, der den Garten vom offenen Parkland trennte. Wir hielten ein wenig ein. Um ein kleines Erlengehölz herum kamen drei schwere Schimmel, schnaubend und im Trab Wasen aufwerfend. Erwartungsvoll nahmen sie Aufstellung bei uns. Dr. Selwyn gab ihnen Futter aus seiner Hosentasche und fuhr ihnen mit der Hand über die Nüstern. Sie essen, sagte er, bei mir das Gnadenbrot. Ich habe sie im vorigen Jahr für ein paar Pfund auf der Pferdeauktion gekauft, von der sie bestimmt in die Abdeckerei geraten wären. Sie heißen Herschel, Humphrey und Hippolytus. Über ihr Vorleben ist mir nichts bekannt, aber sie haben, als ich sie erstand, arg ausgesehen. Ihr Fell war von Milben befallen, ihr Blick getrübt, und die Hufe sind vom vielen Stehen in einem nassen Feld ganz ausgefranst gewesen. Inzwischen, sagte Dr. Selwyn, haben sie sich einigermaßen erholt, und es bleiben ihnen vielleicht noch ein paar gute Jahre. Dann verabschiedete er sich von den sichtlich von großer Zuneigung zu ihm bewegten Pferden und promenierte mit uns, ab und zu stehenbleibend und in dem, wovon er sprach, ausführlicher werdend, zu den entlegeneren Teilen des Gartens. Durch das Gebüsch an der Südseite des Rasens führte ein Pfad zu einem von Haselsträuchern gesäumten Gang. In dem Gezweig, das über uns zu einem Dach sich schloß, trieben graue Eichkatzen ihr Unwesen. Der Boden war dicht übersät mit den

Schalen der aufgebrochenen Nüsse, und Herbstzeitlose zu Hunderten fingen das schüttere Licht auf, das durch die trocken schon raschelnden Blätter hereindrang. Der Haselgang endete bei einem Tennisplatz, an dem eine geweißelte Ziegelmauer entlanglief. Tennis, sagte Dr. Selwyn, used to be my great passion. But now the court has fallen into disrepair, like so much else around here. Nicht nur der Küchengarten,

fuhr er fort, indem er nach den halbverfallenen viktorianischen Glashäusern und den ausgewachsenen Spalieren hinüberwies, nicht nur der Küchengarten sei nach Jahren der Vernachlässigung am Erliegen, auch die unbeaufsichtigte Natur, er spüre es mehr und mehr, stöhne und sinke in sich zusammen unter dem Gewicht dessen, was ihr aufgeladen werde von uns. Freilich bringe der Garten, der einmal zur Versorgung eines vielköpfigen Haushalts angelegt worden und aus welchem das ganze Jahr hindurch mit großer Kunstfertigkeit gezogenes Obst und Gemüse auf den Tisch gekommen sei, aller Vernachlässigung zum Trotz auch heute noch so viel hervor, daß er weit mehr als genug habe für seine eigenen, zugegebenermaßen immer geringer werdenden Bedürfnisse. Die Verwilderung des einstmals vorbildlichen Gartens habe übrigens, sagte Dr. Selwyn, den Vorteil, daß das, was wachse in ihm, oder was er hie und da, ohne größere Anstalten, angesät oder angepflanzt habe, von einem, wie er meine, außergewöhnlich feinen Geschmack sei. Wir gingen zwischen einem ins Kraut geschossenen Spargelbeet mit schulterhohen Laubbüscheln und einer Reihe mächtiger Artischockenstauden hindurch zu einer kleinen Gruppe von Apfelbäumen, an denen eine Unzahl rotgelber Früchte hing. Ein Dutzend dieser Märchenäpfel, die tatsächlich in ihrem Geschmack alles übertrafen, was ich seither gekostet habe, legte Dr. Selwyn auf ein Rhabarberblatt und machte sie Clara zum Geschenk mit der Bemerkung, die Sorte trage, sinnvollerweise, den Namen Beauty of Bath.

Zwei Tage nach dieser ersten Begegnung mit Dr. Selwyn zogen wir in Prior's Gate ein. Mrs. Selwyn hatte uns am Abend zuvor die im ersten Stock eines Seitenflügels gelegenen, mit eher eigenartigem Mobiliar ausgestatteten, aber sonst schönen und großen Zimmer gezeigt, und wir waren von dem Gedanken, hier einige Monate verbringen zu können, sogleich sehr angetan gewesen, denn der Ausblick von den hohen Fenstern auf den Garten, den Park und die Wolkenbänke am Himmel war weit mehr als nur ein Ausgleich für das düstere Interieur. Man brauchte nur hinauszuschauen, und schon versank hinter einem die gigantische, in ihrer Häßlichkeit nur mit dem Wort *altdeutsch* annähernd richtig bezeichnete Kredenz, löste der erbsfarbene Anstrich der Küche sich auf, entschwebte, wie durch ein Wunder, der türkisgrüne und vielleicht gar nicht ganz ungefährliche Gaskühlschrank. Hedi Selwyn, eine, wie sich bald herausstellte, äußerst geschäftstüchtige Fabrikantentochter aus Biel in der Schweiz, erlaubte uns, die Wohnung unseren Vorstellungen entsprechend ein wenig herzurichten. Als wir das Badezimmer, das in einem eigenen Anbau auf gußeisernen Säulen untergebracht und nur über einen Steg zu erreichen war, weiß ausgemalt hatten, kam sie sogar herauf, das vollendete Werk zu begutachten. Der für ihre Augen ungewöhnliche Anblick gab ihr den kryptischen Kommentar ein, das Badezimmer, das sie sonst immer an ein altes Treibhaus erinnert habe, erinnere sie nunmehr an einen neuen Taubenkogel, eine Bemerkung, die mir als ein

vernichtender Urteilsspruch über die Art, wie
wir unser Leben führten, bis heute im Sinn geblieben ist, ohne daß ich es vermocht hätte, an
dieser Lebensführung etwas zu ändern. Aber
darum geht es hier ja nicht. Zugang zu unserer
Wohnung hatten wir entweder über eine, nun
gleichfalls weiß gestrichene, eiserne Treppe, die
den Hof mit dem Badezimmersteg verband,
oder im Parterre durch eine rückwärtige doppelte Pforte und einen breiten Korridor, in dem
an der Wand unter der Decke ein kompliziertes
Zugsystem mit verschiedenen Schellen zur Her-
beirufung des Dienstpersonals angebracht war.
Man sah von diesem Gang aus in die finstere
Küche hinein, in der sich zu jeder Stunde des
Tages eine weibliche Person unbestimmbaren
Alters meist über dem Ausguß zu schaffen
machte. Aileen, so hieß sie, hatte das Haar nach
Art von Anstaltsinsassen bis in den Nacken hinauf geschoren. Ihr Mienenspiel und ihre Bewegungen wirkten verstört, ihre Lippen waren
immer naß, und stets trug sie einen grauen, ihr
bis an die Knöchel reichenden Kleiderschurz.
Welchen Arbeiten Aileen in der Küche tagaus,
tagein oblag, blieb sowohl mir als auch Clara
unverständlich, denn eine Mahlzeit wurde darin,
abgesehen von einer einzigen Ausnahme, von
der noch zu berichten sein wird, unseres Wissens nie zubereitet. Jenseits des Korridors war
zirka dreißig Zentimeter über dem steinernen

Boden eine Tür in die Wand eingelassen. Durch diese betrat man ein dunkles Stiegenhaus, von welchem auf jedem Stockwerk hinter doppelten Wänden verborgene Gänge abzweigten, die angelegt worden waren, damit die mit Kohleeimern, Holzkörben, Putzzeug, Bettwäsche und Teetabletts unablässig hin- und herlaufenden Dienstboten nicht andauernd die Wege der Herrschaften kreuzten. Ich versuchte mir oft auszudenken, wie das Innere der Köpfe der Leute beschaffen gewesen sein mußte, die mit der Vorstellung leben konnten, daß hinter den Wänden der Zimmer, in denen sie sich aufhielten, irgendwo immer die Schatten der Dienerschaft am Huschen waren, und ich bildete mir ein, daß sie Angst hätten haben müssen vor dem gespenstischen Wesen derer, die für ein geringes Geld rastlos die vielen alltäglich anfallenden Arbeiten verrichteten. Zu unseren an sich sehr schönen Zimmern gelangte man normalerweise — auch das hatte uns unangenehm berührt — nur durch dieses hintere Stiegenhaus, auf dessen erstem Treppenabsatz übrigens auch die immer verschlossene Tür zu Aileens Kammer war. Nur einmal habe ich einen Blick in sie hineinwerfen können. Eine Unzahl von Puppen, sorgsam herausgeputzt und die meisten mit Kopfbedeckung, standen und saßen überall in dem kleinen Raum herum und lagen auch in dem Bett, in dem Aileen selbst schlief, wenn sie überhaupt schlief und nicht nur die ganze Nacht leise singend mit ihren Puppen spielte. An Sonn- und Feiertagen sahen wir Aileen gelegentlich in einer Heilsarmeeuniform aus dem Haus gehen. Meistens wurde sie abgeholt von einem kleinen Mädchen, das dann vertrauensvoll an der Hand neben ihr herging. Es dauerte eine gewisse Zeit, bis wir uns an Aileen einigermaßen gewöhnt hatten. Vor allem, daß sie bisweilen in der Küche ohne jeden äußeren Anlaß in ein seltsam wieherndes, bis in den ersten Stock hinaufdringendes Lachen ausbrach, ging uns zunächst tatsächlich durch Mark und Bein. Dazu kam noch, daß Aileen, abgesehen von uns, die einzige immer anwesende Bewohnerin des riesigen Hauses war. Mrs. Selwyn befand sich oft wochenweise auf Reisen, oder sie war sonst unterwegs, beschäftigt mit der Verwaltung der vielen Wohnungen, die sie in der Stadt und in umliegenden Orten vermietete. Dr. Selwyn hielt sich, solang es das Wetter erlaubte, im Freien auf, viel auch in einer aus Feuerstein gemauerten, in einer entfernten Ecke des Gartens gelegenen kleinen Einsiedelei, der von ihm so genannten Folly, in der er sich mit dem Nötigsten eingerichtet hatte. In einer der ersten Wochen, nachdem wir eingezogen waren, stand er allerdings einmal eines Morgens an einem heruntergelassenen Fenster eines seiner Zimmer auf der Westseite des Hauses. Er hatte seine Brille auf, trug einen großkarierten schot-

tischen Schlafrock und einen weißen Foulard
und war eben im Begriff, aus einem Gewehr mit
einem ungeheuer langen, doppelten Lauf einen
Schuß in die blaue Luft hinein abzugeben. Als
der Schuß, nach einer Ewigkeit, wie es mir vorkam, endlich fiel, erschütterte der Knall die
ganze Umgebung. Dr. Selwyn erklärte mir später, er habe wissen wollen, ob das für die Groß-
wildjagd gedachte Gewehr, das er vor vielen
Jahren als junger Mensch sich zugelegt habe,
noch funktioniere, nachdem es jahrzehntelang

unbenutzt in seinem Ankleidezimmer gestanden und, soweit er sich erinnern könne, nur ein- oder zweimal überholt worden sei. Er habe, sagte er mir, das Gewehr seinerzeit gekauft, als er nach Indien gegangen sei, um dort seine erste Stellung als Chirurg anzutreten. Der Besitz eines solchen Gewehres habe damals zur obligatorischen Ausrüstung für seinesgleichen gehört. Er sei jedoch nur ein einziges Mal damit auf die Jagd gegangen und habe es auch bei dieser Gelegenheit verabsäumt, das Gewehr, wie es sich gehört hätte, einzuweihen. Nun habe er eben wissen wollen, ob die Büchse noch gehe, und habe festgestellt, daß einen allein ihr Rückschlag schon ums Leben bringen könne.

Dr. Selwyn war sonst, wie gesagt, kaum im Haus anzutreffen. Er lebte in seiner Eremitage und gab sich ganz seinen, wie er mir gegenüber gelegentlich konstatierte, einerseits Tag für Tag verschwommener, andererseits einsinniger und genauer werdenden Gedanken hin. Besuch hat er in der Zeit, während der wir im Hause waren, nur ein einziges Mal empfangen. Im Frühjahr, ich glaube, gegen Ende April ist es gewesen, Hedi befand sich gerade in der Schweiz, als Dr. Selwyn eines Morgens zu uns heraufkam und uns die Mitteilung machte, er habe einen Freund, mit dem ihn von früher her vieles verbinde, zum Abendtisch gebeten und, wofern es uns recht sei, würde es ihn sehr freuen, wenn wir diese Zweiergesellschaft zu einem *petit comité* ausweiten könnten. Als wir gegen acht Uhr hinunterkamen, brannte im großen Kamin des *drawing room*, der mit mehreren viersitzigen Sofas und schweren Fauteuils bestückt war, ein Feuer gegen die am Abend sehr empfindliche Kühle. An den Wänden hingen hohe, stellenweise blind gewordene Spiegel, die das Flackern des Feuers vervielfachten und unstete Bilder in sich erscheinen ließen. Dr. Selwyn hatte ein mit ledernen Ellbogen besetztes Tweedjackett und eine Krawatte angelegt. Sein Freund Edward Ellis, den er uns als einen bekannten Botaniker und Entomologen vorstellte, war, im Gegensatz zu ihm selbst, von sehr schmächtiger Statur und stand, während Dr. Selwyn stets leicht vornübergebeugt war, immer hochaufgerichtet. Auch er trug eine Tweedjacke. Der Hemdkragen war ihm um seinen faltigen Hals, der wie der mancher Federtiere oder einer Schildkröte harmonikaartig aus- und einfahren konnte, zu weit geworden, der Kopf war klein, wirkte irgendwie prähistorisch oder zurückgebildet, die Augen darin aber glänzten von einer blanken, ja wunderbaren Lebendigkeit. Wir unterhielten uns zuerst über meine Arbeit und unsere Pläne für die nächsten Jahre sowie über den Eindruck, den wir, die wir im Gebirge aufgewachsen waren, von England und insbesondere von der flach und eben sich ausbreitenden Grafschaft

Norfolk empfangen hatten. Die Dämmerung brach herein. Dr. Selwyn erhob sich und begab sich mit einiger Feierlichkeit uns voran in das unmittelbar an den *drawing room* anschließende Eßzimmer. Auf der eichenen Tafel, die leicht dreißig Gästen Platz geboten hätte, standen zwei silberne Leuchter. Für Dr. Selwyn und Edward war am oberen beziehungsweise unteren Ende, für Clara und mich an der der Fensterfront gegenüberliegenden Längsseite gedeckt. Es war nun schon nahezu dunkel geworden im Innern des Hauses, und auch draußen begann das Grün blauschattiger und tiefer zu werden. Am Horizont aber war noch das westliche Licht und stand ein Wolkengebirge, dessen im Einnachten noch schneeweiße Formationen mich an die höchsten Massive der Alpen erinnerten. Aileen kam mit einem Servier- und Wärmewagen, einer Art Patentkonstruktion aus den dreißiger Jahren, herein. Sie trug ihre graue Kleiderschürze und tat stumm, höchstens ein paar gemurmelte Worte mit sich selber wechselnd, ihre Arbeit. Sie zündete die Lichter an, stellte die Schüsseln auf den Tisch und schlurfte wortlos, wie sie gekommen war, wieder hinaus. Wir legten uns selbst vor, wobei wir die Schüsseln um die Tafel herum einander zutragen mußten. Die Vorspeise bestand aus einigen wenigen, mit marinierten jungen Spinatblättern bedeckten grünen Spargeln. Den Hauptgang bildeten Brokkolisprossen in Butter und in Pfefferminzwasser gesottene neue Kartoffeln, die im sandigen Boden eines der alten Glashäuser, wie Dr. Selwyn erklärte, bereits Ende April die Größe von Walnüssen erreichten. Zuletzt aßen wir ein mit Rohrzucker bestreutes, mit Rahm unterzogenes Rhabarberkompott. Es war somit fast alles aus dem verwilderten Garten. Ehe die Tafel aufgehoben wurde, brachte Edward das Gespräch auf die Schweiz, möglicherweise weil er meinte, daß Dr. Selwyn und ich in der Schweiz ein gemeinsames Thema hatten. Tatsächlich begann Dr. Selwyn, nach einem gewissen Zögern, aus der Zeit zu berichten, die er kurz vor dem Ersten Weltkrieg in Bern verbracht hatte. Er habe, so begann er, im Sommer 1913 im Alter von einundzwanzig Jahren sein medizinisches Grundstudium in Cambridge abgeschlossen und sei danach unverzüglich nach Bern gefahren, mit der Absicht, sich dort weiter auszubilden. Daraus sei allerdings nicht das geworden, was er sich vorgesetzt hatte, sondern er sei die meiste Zeit im Oberland gewesen und dort mehr und mehr der Bergsteigerei verfallen. Insbesondere habe er sich wochenweise in Meiringen und Oberaar aufgehalten, wo er einen damals fünfundsechzigjährigen Bergführer namens Johannes Naegeli kennengelernt habe, dem er von Anfang an sehr zugetan gewesen sei. Überall sei er mit Naegeli gewesen, auf dem

Zinggenstock, dem Scheuchzerhorn und dem Rosenhorn, dem Lauteraarhorn, dem Schreckhorn und dem Ewigschneehorn, und er habe sich nie in seinem Leben, weder zuvor noch später, derart wohl gefühlt wie damals in der Gesellschaft dieses Mannes. Als der Krieg ausgebrochen ist und ich nach England zurückgerufen und eingezogen worden bin, ist mir, sagte Dr. Selwyn, wie ich jetzt erst in der Rückschau vollends begreife, nichts so schwergefallen wie der Abschied von Johannes Naegeli. Selbst die Trennung von Hedi, die ich in Bern kennengelernt hatte um die Weihnachtszeit und die ich dann nach dem Krieg geheiratet habe, hat mir nicht annähernd denselben Schmerz bereitet wie die Trennung von Naegeli, den ich noch immer auf dem Bahnhof von Meiringen stehen und winken sehe. Aber vielleicht bilde ich mir das nur ein, sagte Dr. Selwyn etwas leiser für sich, weil mir die Hedi die Jahre über in zunehmendem Maße fremd geworden ist, während mir Naegeli, jedesmal, wenn er auftaucht in meinen Gedanken, vertrauter geworden scheint, obschon ich ihn in Wirklichkeit seit jenem Abschied in Meiringen nicht ein einziges Mal mehr gesehen habe. Naegeli ist nämlich kurz nach der Kriegsmobilmachung auf dem Weg von der Oberaarhütte nach Oberaar verunglückt und seither verschollen. Es wird angenommen, daß er in eine Spalte des Aaregletschers gestürzt ist.

Die Nachricht davon erhielt ich in einem der ersten Briefe, die mich als Kasernierten und Uniformierten erreichten, und verursachte in mir eine tiefe Depression, die fast zu meiner Dienstentlassung geführt hätte und während der mir war, als sei ich begraben unter Schnee und Eis.

Aber das, sagte Dr. Selwyn nach einer längeren Pause, sind alte Geschichten, und wir wollten doch eigentlich, wandte er sich an Edward, unseren Gästen die Bilder zeigen, die wir auf unserer letzten Reise nach Kreta gemacht haben. Wir gingen in den *drawing room* zurück. Die Scheiter glosten im Dunkeln. Dr. Selwyn zog an einem Klingelzug, der rechts von der Kaminbrüstung angebracht war. Fast ohne Verzögerung, als hätte sie draußen auf dem Korridor auf das Zeichen gewartet, kam Aileen mit einem Wägelchen herein, auf dem der Projektor aufgebaut war. Die große Ormolu-Uhr auf dem Kaminsims und die Meißner Figuren, ein Schäferpaar und ein buntgekleideter Mohr mit verdrehten Augen, wurden zur Seite gerückt und die auf einen Holzrahmen gespannte Leinwand, die Aileen noch hereingebracht hatte, vor den Spiegel gestellt. Das leise Surren des Projektors setzte ein, und der sonst unsichtbare Zimmerstaub erglänzte zitternd im Kegel des Lichts als Vorspiel vor dem Erscheinen der Bilder. Die Reise war im Frühjahr unternommen worden. Wie unter einem hellgrünen Schleier breitete vor uns die Insellandschaft sich aus. Ein paarmal sah man auch Edward mit Feldstecher und Botanisiertrommel oder Dr. Selwyn in knielangen Shorts, mit Umhängetasche und Schmetterlingsnetz. Eine der Aufnahmen glich bis in Einzelheiten einem in den Bergen oberhalb von Gstaad gemachten Foto von Nabokov, das ich ein paar Tage zuvor aus einer Schweizer Zeitschrift ausgeschnitten hatte.

Seltsamerweise wirkten sowohl Edward als auch
Dr. Selwyn auf den Bildern, die sie uns vorführ-
ten, geradezu jugendlich, obwohl sie zum Zeit-

punkt der Reise, die, von damals aus gesehen, genau zehn Jahre zurücklag, schon hoch in den Sechzigern gewesen waren. Ich spürte, daß sie beide ihrer Rückkehr aus der Vergangenheit nicht ohne eine gewisse Rührung beiwohnten. Vielleicht ist es mir aber auch nur so vorgekommen, weil weder Edward noch Dr. Selwyn zu diesen Bildern, im Gegensatz zu den vielen anderen, die die Frühlingsflora der Insel und allerhand kriechendes und geflügeltes Getier zeigten, etwas sagen mochten oder konnten, so daß, während sie leicht auf der Leinwand zitterten, eine nahezu völlige Stille herrschte im Raum. Auf dem letzten der Bilder breitete sich vor uns die von einer nördlichen Paßhöhe herab aufgenommene Hochebene von Lasithi aus. Die Aufnahme mußte um die Mittagszeit gemacht worden sein, denn die Strahlen der Sonne kamen dem Beschauer entgegen. Der im Süden die Ebene überragende, über zweitausend Meter hohe Berg Spathi wirkte wie eine Luftspiegelung hinter der Flut des Lichts. Auf dem weiten Talboden waren die Kartoffel- und Gemüsefelder, die Obsthaine, die anderen kleinen Baumgruppen und das unbestellte Land ein einziges Grün in Grün, das durchsetzt war von den Aberhunderten weißen Segeln der Windpumpen. Auch vor diesem Bild saßen wir lange und schweigend, so lang sogar, daß zuletzt das Glas in dem Rähmchen zersprang und ein dunkler

Riß über die Leinwand lief. Der so lange, bis zum Zerspringen festgehaltene Anblick der Hochebene von Lasithi hat sich mir damals tief eingeprägt, und dennoch hatte ich ihn geraume Zeit hindurch vergessen gehabt. Wiederbelebt ist er worden erst ein paar Jahre darauf, als ich in einem Londoner Kino das Traumgespräch sah, das Kaspar Hauser mit seinem Lehrer Daumer im Küchengarten des Daumerschen Hauses führt und wo Kaspar, zur Freude seines Mentors, zum erstenmal unterscheidet zwischen Traum und Wirklichkeit, indem er seine Erzählung einleitet mit den Worten: Ja, es hat mich geträumt. Mich hat vom Kaukasus geträumt. Die Kamera bewegt sich dann von rechts nach links in einem weiten Bogen und zeigt uns das Panorama einer von Bergzügen umgebenen, sehr indisch aussehenden Hochebene, auf der zwischen grünem Gebüsch und Waldungen pagodenartige Turm- oder Tempelbauten mit seltsam dreieckigen Fassaden aufragen, Follies, die in dem pulsierend das Bild überblendenden Licht mich stets von neuem erinnern an die Segel der Windpumpen von Lasithi, die ich in Wirklichkeit noch gar nicht gesehen habe.

Mitte Mai 1971 sind wir aus Prior's Gate ausgezogen, weil Clara eines Nachmittags kurzerhand ein Haus gekauft hatte. Wir vermißten in der ersten Zeit die weite Aussicht, dafür aber bewegten sich jetzt vor unseren Fenstern die

grünen und grauen Lanzetten zweier Weiden
selbst an windstillen Tagen fast ohne Unterlaß.
Die Bäume standen kaum fünfzehn Meter vom
Haus entfernt, und das Blätterspiel war einem
so nah, daß man manches Mal beim Hinausschauen glaubte, hineinzugehören. In ziemlich
regelmäßigen Abständen besuchte uns Dr. Selwyn in dem noch fast ganz leeren Haus und
brachte uns Gemüse und Kräuter aus seinem
Garten — gelbe und blaue Bohnen, sorgsam
gewaschene Kartoffeln, Bataten, Artischocken,
Schnittlauch, Salbei, Kerbel und Dill. Bei einer
dieser Gelegenheiten, Clara war in die Stadt
gefahren, gerieten wir, Dr. Selwyn und ich, in
eine längere Unterhaltung, die davon ausging,
daß Dr. Selwyn mich fragte, ob ich nie Heimweh verspüre. Ich wußte darauf nichts Rechtes
zu erwidern, Dr. Selwyn hingegen machte nach
einer Bedenkpause mir das Geständnis — ein
anderes Wort träfe den Sachverhalt nicht —,
daß ihn das Heimweh im Verlauf der letzten
Jahre mehr und mehr angekommen sei. Auf
meine Frage, wohin es ihn denn zurückziehe,
erzählte er mir, er sei im Alter von sieben Jahren
mit seiner Familie aus einem litauischen Dorf
in der Nähe von Grodno ausgewandert. Im
Spätherbst des Jahres 1899 sei es gewesen, als
sie, die beiden Eltern, seine Schwestern Gita und
Raja und sein Onkel Shani Feldhendler auf dem
Wägelchen des Kutschers Aaron Wald nach

Grodno gefahren seien. Jahrzehntelang seien die Bilder von diesem Auszug aus seinem Gedächtnis verschwunden gewesen, aber in letzter Zeit, sagte er, melden sie sich wieder und kommen zurück. Ich sehe, sagte er, wie mir der Kinderlehrer im Cheder, den ich zwei Jahre schon besucht hatte, die Hand auf den Scheitel legt. Ich sehe die ausgeräumten Zimmer. Ich sehe mich zuoberst auf dem Wägelchen sitzen, sehe die Kruppe des Pferdes, das weite, braune Land, die Gänse im Morast der Bauernhöfe mit ihren gereckten Hälsen und den Wartesaal des Bahnhofs von Grodno mit seinem frei im Raum stehenden, von einem Gitter umgebenen überheizten Ofen und den um ihn hergelagerten Auswandererfamilien. Ich sehe die auf- und niedersteigenden Telegrafendrähte vor den Fenstern des Zuges, sehe die Häuserfronten von Riga, das Schiff im Hafen und die dunkle Ecke des Decks, in der wir, soweit es anging unter den gedrängten Verhältnissen, häuslich uns einrichteten. Die hohe See, die Fahne des Rauchs, die graue Ferne, das Sichheben und Sichsenken des Schiffs, die Angst und die Hoffnung, die wir trugen in uns, all das, sagte mir Dr. Selwyn, weiß ich nun wieder, als sei es erst gestern gewesen. Nach einer Woche etwa, viel früher, als wir gerechnet hatten, erreichten wir unser Ziel. Wir fuhren in eine weite Flußmündung ein. Überall waren große und kleine Frachter. Jenseits des

Wassers dehnte sich flaches Land. Sämtliche Auswanderer hatten sich an Deck versammelt und warteten darauf, daß die Freiheitsstatue aus dem treibenden Dunst auftauche, denn sie alle hatten eine Passage nach Amerikum — wie es bei uns geheißen hat — gebucht. Als wir an Land gingen, stand für uns immer noch außer jedem Zweifel, daß wir den Boden der Neuen Welt, der gelobten Stadt New York, unter unseren Füßen hatten. In Wirklichkeit aber waren wir, wie sich nach einiger Zeit — das Schiff hatte längst wieder abgelegt — zu unserem Leidwesen herausstellte, in London gelandet. Die meisten der Auswanderer fanden sich notgedrungen in ihre Lage, einige freilich hielten, allen gegenteiligen Beweisen zum Trotz, lange an dem Glauben fest, in Amerika zu sein. In London also bin ich aufgewachsen, in einer Kellerwohnung in Whitechapel, in der Goulston Street. Mein Vater, der Linsenschleifer war, kaufte sich mit der mitgebrachten Barschaft in ein Brillengeschäft ein, das einem Landsmann aus Grodno namens Tosia Feigelis gehörte. Ich besuchte eine Grundschule in Whitechapel und lernte dort wie im Traum, sozusagen über Nacht, das Englische, weil ich meiner wunderschönen jungen Lehrerin, Lisa Owen, vor Liebe jedes Wort von den Lippen ablas und im Andenken an sie auf dem Heimweg fortwährend alles wiederholte, was ich den Tag über von ihr gehört hatte. Diese schöne Lehrerin ist es auch gewesen, sagte Dr. Selwyn, die mich zur Aufnahmeprüfung in der Merchant Taylors' School anmeldete, da es für sie anscheinend bereits ausgemacht war, daß ich eines der wenigen alljährlich an minderbemittelte Schüler zu vergebenden Stipendien erringen würde. Ich löste ein, was sie sich von mir versprochen hatte; das Licht in der Küche der zweizimmrigen Wohnung in Whitechapel, in der ich gesessen bin bis tief in die Nacht, wenn die Schwestern und die Eltern längst zu Bett waren, ging, wie mein Onkel Shani oft bemerkte, nie aus. Ich lernte und las alles, was mir vor Augen kam, und überwand die höchsten Hindernisse mit zunehmender Leichtigkeit. Eine ungeheure Strecke hatte ich, so schien es mir am Ende meiner Schulzeit, als ich an der Spitze meines Jahrgangs aus den Abschlußprüfungen hervorgegangen war, zurückgelegt. Ich hatte den Höhepunkt meines Selbstgefühls erreicht und änderte in einer Art zweiter Konfirmation meinen Vornamen Hersch zu Henry und meinen Familiennamen Seweryn zu Selwyn. Seltsamerweise war mir dann gleich zu Beginn meines medizinischen Studiums, das ich, wiederum vermittels eines Stipendiums, in Cambridge absolvierte, als ob meine Lernfähigkeit spürbar nachließe, obschon auch in Cambridge meine Examensergebnisse mit zu den besten gehörten. Wie es dann weiterging, wissen Sie ja bereits, sagte Dr. Selwyn. Es kam das Jahr in der Schweiz, der Krieg, das erste Dienstjahr in Indien und die Heirat mit Hedi, der ich meine Herkunft noch sehr lange verschwieg. In den zwanziger und dreißiger Jahren lebten wir in dem großen Stil, von welchem Sie die Überreste gesehen haben. Ein Gutteil von Hedis Vermögen wurde dadurch aufgebraucht. Ich praktizierte zwar in der Stadt und als Chirurg im Spital, doch hätten meine Einkünfte allein eine solche Lebensführung uns nicht erlaubt. In den Sommermonaten machten wir Autotouren quer durch Europa. Next to tennis, sagte Dr. Selwyn, motoring was my greatest passion in those days. Die Wagen stehen ja alle heute noch in den Garagen und sind vielleicht inzwischen wieder einiges Geld wert. Aber ich habe es nie fertiggebracht, etwas zu verkaufen, except perhaps, at one point, my soul. People have told me repeatedly that I haven't the slightest sense of money. Ich habe, sagte er, nicht einmal die Voraussicht besessen, durch Einzahlungen in eine dieser Pensionskassen für mein Alter vorzusorgen. This is why I am now almost a pauper. Hedi hingegen hat mit dem wohl nicht ganz unbeträchtlichen Rest ihres Vermögens gut gewirtschaftet und ist heute sicher eine reiche Frau. Genau weiß ich es immer noch nicht, was uns auseinandergebracht hat, das Geld oder das schließlich doch entdeckte Geheimnis meiner

34

Abstammung oder einfach das Wenigerwerden der Liebe. Die Jahre des zweiten Kriegs und die nachfolgenden Jahrzehnte waren für mich eine blinde und böse Zeit, über die ich, selbst wenn ich wollte, nichts zu erzählen vermöchte. Als ich 1960 meine Praxis und meine Patienten aufgeben mußte, löste ich meine letzten Kontakte mit der sogenannten wirklichen Welt. Seither habe ich in den Pflanzen und in den Tieren fast meine einzige Ansprache. Ich komme irgendwie gut mit ihnen aus, sagte Dr. Selwyn, mit einem eher abgründigen Lächeln, erhob sich und gab mir, was äußerst ungewöhnlich war, zum Abschied die Hand.

Dr. Selwyn ist nach diesem Besuch seltener und in immer weiter auseinanderliegenden Abständen zu uns gekommen. Wir sahen ihn zum letztenmal an dem Tag, an dem er Clara einen weißen, mit Geißblattranken durchwundenen Rosenstrauß brachte, kurz ehe wir nach Frankreich in die Ferien fuhren. Wenige Wochen darauf, im Spätsommer, nahm er sich mit einer Kugel aus seinem schweren Jagdgewehr das Leben. Er hatte sich, wie wir bei unserer Rückkunft aus Frankreich erfuhren, auf den Rand seines Bettes gesetzt, das Gewehr zwischen die Beine gestellt, die Kinnlade auf die Mündung des Laufs gelegt und dann, zum erstenmal, seit er dieses Gewehr vor der Ausfahrt nach Indien gekauft hatte, mit tödlicher Absicht einen Schuß ausgelöst. Es ist mir, als uns die Nachricht davon übermittelt wurde, nicht schwergefallen, mein anfängliches Entsetzen zu überwinden. Doch haben, wie mir in zunehmendem Maße auffällt, gewisse Dinge so eine Art, wiederzukehren, unverhofft und unvermutet, oft nach einer sehr langen Zeit der Abwesenheit. Gegen Ende Juli 1986 hielt ich mich einige Tage in der Schweiz auf. Am Morgen des 23. fuhr ich mit der Bahn von Zürich nach Lausanne. Als der Zug, langsamer werdend, über die Aarebrücke nach Bern hineinrollte, ging mein Blick über die Stadt hinweg auf die Kette der Berge des Oberlands. Wie ich mich erinnere oder wie ich mir vielleicht jetzt nur einbilde, kam mir damals zum erstenmal seit langem wieder Dr. Selwyn in den Sinn. Eine Dreiviertelstunde später, ich war gerade im Begriff, eine in Zürich gekaufte Lausanner Zeitung, die ich durchblättert hatte, beiseitezulegen, um die jedesmal von neuem staunenswerte Eröffnung der Genfer Seelandschaft nicht zu versäumen, fielen meine Augen auf einen Bericht, aus dem hervorging, daß die Überreste der Leiche des seit dem Sommer 1914 als vermißt geltenden Berner Bergführers Johannes Naegeli nach 72 Jahren vom Oberaargletscher wieder zutage gebracht worden waren. – So also kehren sie wieder, die Toten. Manchmal nach mehr als sieben Jahrzehnten kommen sie heraus aus dem Eis und liegen am Rand der

Trois fois coup sur coup dans les Alpes

CH/FD/Morts suspectes

Des linceuls s'

Hier, on a identifié le cadavre d'un guide disparu en 1914
Mais le phénomène des glaces qui rendent leurs victimes e

Septante-deux ans après sa mort, le corps du guide bernois Johannes Naegeli a été libéré de son linceul de glace.

PAR Véronique TISSIÈRES

Hier, on apprenait en effet que la dépouille découverte jeudi dernier sur le glacier supérieur de l'Aar était celle de cet homme de Willingen (près de Meiringen) dont on avait perdu la trace depuis ces jours d'été 1914, où il resta seul à la cabane du CAS. Agé, à l'époque de 66 ans, il est probable qu'il tenta de regagner la plaine par le glacier ; il n'y parvint jamais et toutes recherches entreprises à l'époque demeurèrent sans résultats.

Coïncidence ? Quelque jours avant la découverte de la dépouille du guide bernois, le corps d'un fantassin de l'armée austro-hongroise, victime de la Première Guerre mondiale, émergeait du Giogo Lungo (Dolomites). Début juillet, enfin, la Vallée-Blanche rendait le cadavre d'une de ses victimes...

Trois cas recensés dans le massif alpin au cours des quinze premiers jours de juillet ! C'est beaucoup, c'est même tout à fait exceptionnel, car contrairement à ce que pourraient la restitution de corps par les glaciers ser supposer les exemples ci-dessus, reste un phénomène rare. « Rare m cyclique, précise-t-on au service secours en haute montagne de la police valaisanne. Il ne faut en effet pas perdre de vue que ces restitutions so étroitement liées au mouvement d masses de glace. Certaines années, glaciers du canton livrent deux vic mes presque coup sur coup, puis p rien pendant longtemps. »

Ce fut le cas l'an dernier. Le cor d'une jeune femme, disparue quat ans auparavant, fut retrouvé à la su face du glacier de Breney (val Bagnes). Peu après, le Théodule rend

L'histo

Film, légendes, la rest
l'imagination. Mais il y

C'était en 1937. Fin août, la s son terminée, le gardien de cabane Bertol (au-dessus d'Arol quitta la petite bâtisse pour la vi lée. Il n'y arriva jamais. Des rech ches furent entreprises, en vain.

Qu'était-il devenu ? Les langu allèrent bon train dans la région. jasa, on parla d'une escapade Italie. D'autant plus qu'il n'avait p disparu seul, mais avec la cai contenant les recettes du refu Pas une grosse somme, de q toutefois recommencer une no velle vie ailleurs.

Sept ans plus tard, un gui repère, émergeant de la masse glacier, une main tenant fermer

□ *LE GLACIER DE L'AAR*
Qui vient de rendre un guide décédé en 1914.

L-Me-a

Moräne, ein Häufchen geschliffener Knochen und ein Paar genagelter Schuhe.

Paul Bereyter

Manche Nebelflecken
löset kein Auge auf

Im Januar 1984 erreichte mich aus S. die Nachricht, Paul Bereyter, bei dem ich in der Volksschule gewesen war, habe am Abend des 30. Dezember, also eine Woche nach seinem 74. Geburtstag, seinem Leben ein Ende gemacht, indem er sich, eine kleine Strecke außerhalb von S., dort, wo die Bahnlinie in einem Bogen aus dem kleinen Weidengehölz herausführt und das offene Feld gewinnt, vor den Zug legte. Der mit den Worten *Trauer um einen beliebten Mitbürger* überschriebene Nachruf im Anzeigeblatt, der mir zugleich geschickt worden war, nahm auf die Tatsache, daß Paul Bereyter, aus freien Stücken oder unter einem selbstzerstörerischen Zwang, sein Leben gelassen hatte, keinen Bezug und sprach nur von den Verdiensten des verstorbenen Schulmanns, von der weit über das Pflichtmaß hinausgehenden Fürsorge, die er seinen Schülern habe angedeihen lassen, von seiner Musikbegeisterung, seinem Ideenreichtum und ähnlichem mehr. In einer weiter nicht erläuterten Bemerkung hieß es in dem Nachruf allerdings auch, das Dritte Reich habe Paul Bereyter an der Ausübung seines Lehrerberufs gehindert. Diese gänzlich unverbundene und unverbindliche Feststellung sowohl als die drastische Todesart waren die Ursache, weshalb ich mich während der nachfolgenden Jahre in Gedanken immer häufiger mit Paul Bereyter beschäftigte und schließlich versuchte, über die Versammlung meiner eigenen, mir sehr lieben Erinnerungen an ihn hinaus, hinter seine mir unbekannte Geschichte zu kommen. Die Nachforschungen, die ich anstellte, führten mich nach S. zurück, wo ich seit dem Schulabschluß nur gelegentlich und in von Mal zu Mal länger werdenden Abständen gewesen war. Paul Bereyter hatte, wie ich bald herausfand, in S. bis zuletzt seine Wohnung gehabt in einem 1970 auf dem Grund der ehemaligen Kunst- und Handelsgärtnerei Dagobert Lerchenmüller errichteten Mietshaus, hatte aber in dieser Wohnung kaum je sich aufgehalten, sondern war ständig auswärts gewesen, ohne daß man gewußt hätte, wo. Diese dauernde Abwesenheit vom Ort sowie das bereits mehrere Jahre vor der Versetzung in den Ruhestand sich abzeichnende und in zunehmendem Maße auffällig fremde Verhalten hatten den Ruf des Exzentrischen, der Paul Bereyter aller pädagogischen Befähigung ohngeachtet die längste Zeit schon anhing, befestigt und, was seinen Tod betraf, in der Bevölkerung von S., unter der Paul Bereyter aufgewachsen war und mit gewissen Unterbrechungen stets gelebt hatte, die Auffassung hervorgebracht, daß es so gekommen sei, wie es habe kommen müssen. Die wenigen Gespräche, die ich in S. mit Leuten führte, die Paul Bereyter gekannt hatten, waren alles andere als aufschlußreich und ergaben an Bemerkenswertem eigentlich nur, daß niemand von Paul Bereyter oder vom Lehrer Bereyter redete, sondern ein jeder und eine jede immer bloß vom Paul, woraus sich für mich der Eindruck ergab, er sei in den Augen seiner Zeitgenossen nie richtig erwachsen gewesen. Es erinnerte mich dies daran, wie auch wir in der Schule ausschließlich vom Paul gesprochen hatten, wenn auch nicht abschätzig, sondern vielmehr wie von einem vorbildlichen älteren Bruder und so, als gehöre er zu uns oder wir zu ihm. Das freilich war, wie mir inzwischen klargeworden ist, eine Einbildung, denn wenn auch der Paul uns gekannt und verstanden hat, so hat doch keiner von uns gewußt, wer er war und wie es aussah in ihm. Darum habe ich — sehr verspätet — versucht, mich ihm anzunähern, habe versucht, mir auszumalen, wie er gelebt hat in der großen Wohnung im oberen Stock des alten Lerchenmüllerhauses, das früher auf der Stelle des jetzigen Wohnblocks gestanden und in schöner Aufteilung umgeben gewesen ist von den grünen und bunten Gemüse- und Blumenbeeten der Gärtnerei, in der der Paul am Nachmittag oft ausgeholfen hat. Ich sah ihn liegen auf dem geschindelten Altan, seiner sommerlichen Schlafstatt, das Gesicht überwölbt von den Heerzügen der Gestirne; ich sah ihn eislaufen im Winter, allein auf dem Moosbacher Fischweiher, und sah ihn hingestreckt auf dem Geleis. Er hatte, in meiner Vorstellung, die Brille abgenommen und zur Seite in den Schotter gelegt. Die glänzenden Stahlbänder, die Querbalken der Schwellen, das Fichtenwäldchen an der Altstädter Steige und der ihm so vertraute Gebirgsbogen waren vor seinen kurzsichtigen Augen verschwommen und ausgelöscht in der Dämmerung. Zuletzt, als das schlagende Geräusch sich näherte, sah er nurmehr ein dunkel Grau, mitten darin aber, gestochen scharf, das schneeweiße Nachbild des Kratzers, der Trettach und des Himmelsschrofens. Solche Versuche der

Vergegenwärtigung brachten mich jedoch, wie ich mir eingestehen mußte, dem Paul nicht näher, höchstens augenblicksweise, in gewissen Ausuferungen des Gefühls, wie sie mir unzulässig erscheinen und zu deren Vermeidung ich jetzt aufgeschrieben habe, was ich von Paul Bereyter weiß und im Verlauf meiner Erkundungen über ihn in Erfahrung bringen konnte.

Im Dezember 1952 sind wir aus dem Dorf W. in die 19 Kilometer entfernte Kleinstadt S. übersiedelt. Die Fahrt, während der ich angestrengt aus dem Führerhaus des weinroten Möbelwagens des Bus- und Speditionsunternehmens Alpenvogel hinausschaute auf die endlosen Reihen der Alleebäume, die, von dichtem Reif überzogen, vor uns aus dem lichtlosen Morgennebel auftauchten, diese Fahrt ist mir, obgleich sie allerhöchstens eine Stunde gedauert haben wird, vorgekommen wie eine Reise um die halbe Welt. Als wir zuletzt über die Achbrücke hineinrollten nach S., das damals noch gar keine richtige Stadt, sondern bloß ein besserer Marktflecken mit vielleicht neuntausend Einwohnern gewesen ist, war ich erfüllt von dem überdeutlichen Gefühl, daß hier für uns ein neues, großstädtisch bewegtes Leben beginnen würde, dessen untrügliche Anzeichen ich zu erkennen glaubte in den blau emaillierten Straßenschildern, der riesigen Uhr vor dem alten Bahnhofsgebäude und der für meine Begriffe überaus imposanten Fassade des *Wittelsbacher Hofs*. Besonders vielversprechend aber schien mir die Tatsache, daß die Häuserzeilen hie und da von Ruinengrundstücken unterbrochen waren, denn nichts war für mich, seit ich einmal in München gewesen war, so eindeutig mit dem Wort *Stadt* verbunden wie Schutthalden, Brandmauern und Fensterlöcher, durch die man die leere Luft sehen konnte.

Am Nachmittag unserer Ankunft kam es zu einem Wettersturz. Ein schweres Schneetreiben begann, das den restlichen Tag hindurch währte und erst in der Nacht überging in ein gleichmäßig stilles Schneien. Als ich am nächsten Morgen zum erstenmal in S. in die Schule ging, lag bereits so viel Schnee, daß ich vor lauter Staunen in eine Art Festtagsstimmung geriet. Die Klasse, in die ich eintrat, war die dritte, von Paul Bereyter geführte. In meinem dunkelgrünen Pullover mit dem springenden Hirsch stand ich vor den einundfünfzig mich mit der größtmöglichen Neugier anstarrenden Altersgenossen und hörte den Paul wie von weit her sagen, ich sei eben zur rechten Zeit gekommen, weil er gestern die Hirschsprungsage erzählt habe und nun das Schema eines Hirschsprungs von meinem Hirschsprungpullover auf die Tafel übertragen könne. Er bat mich, den Pullover abzulegen und mich einstweilen neben den Fritz Binswanger in die hinterste Bank zu setzen, während er anhand des Hirschsprungmusters uns vormachen werde, wie ein Bild sich in lauter winzige Einzelteile — Kreuzchen, Quadrate oder Punkte — auseinandernehmen beziehungsweise aus diesen zusammensetzen lasse. Bald schon war ich neben dem Fritz über mein Schulheft gebeugt und kopierte den springenden Hirsch von der Tafel auf mein kariertes Papier. Auch der Fritz, der, wie ich bald herausfand, die dritte Klasse zum zweitenmal machte, war sichtlich um seine Arbeit bemüht, doch ging sie bei ihm unendlich langsam vonstatten. Sogar als die Nachzügler längst fertig waren, hatte er nicht viel mehr als ein Dutzend Kreuzchen auf seinem Blatt. Nach einem stillschweigenden Blickwechsel führte ich geschwind sein fragmentarisches Werk zu Ende, wie ich in den fast zwei Jahren, die wir von diesem Tag an noch nebeneinander saßen, einen Gutteil seiner Rechen-, Schreib- und Zeichenarbeiten erledigte, was sich vor allem deshalb sehr leicht und sozusagen nahtlos bewerkstelligen ließ, weil der Fritz und ich genau die gleiche und, wie der Paul wiederholt kopfschüttelnd bemerkte, unverbesserlich schweinische Handschrift hatten, mit dem einzigen Unterschied, daß der Fritz nicht geschwind und ich nicht langsam schreiben konnte. Der Paul hat an unserer Kooperation nichts auszusetzen gehabt; vielmehr hat er uns zur weiteren Aufmunterung den bis auf die halbe Höhe mit Erde angefüllten, braun gerahmten Maikäferglaskasten an die Wand neben die Bank gehängt, in welchem nebst einem mit Sütterlinbuchstaben beschrifteten Maikäferpaar — *Melolontha vulgaris* — unter der Erde ein Eiergelege, eine Puppe und ein Engerling, im oberen Bereich ein schlüpfender, ein fliegender und ein Apfelblätter fressender Käfer zu sehen waren. Dieser Kasten mit der mysteriösen Maikäfermetamorphose hat den Fritz und mich im Frühsommer inspiriert zu einer überaus intensiven Beschäftigung mit dem ganzen Maikäferwesen, die in anatomischen Studien und schließlich im Kochen und Verspeisen einer passierten Maikäfersuppe gipfelte. Übrigens hat der Fritz, der aus einer vielköpfigen, im Schwarzenbach wohnenden Kleinhäuslerfamilie stammte und, soweit man wußte, keinen richtigen Vater hatte, an nichts so viel Interesse gehabt wie an allem, was mit Viktualien, mit ihrer Zubereitung und Einverleibung zu tun hatte. Jeden Tag verbreitete er sich auf das ausführlichste über die Qualität der von mir mitgebrachten und mit ihm geteilten Brotzeit, und beim Heimgehen blieben wir immer stehen vor der Auslage des Feinkostgeschäfts Turra oder vor derjenigen der Südfrüchtehalle Einsiedler, in der ein tiefgrünes, luftdurchsprudeltes Forellenaquarium der Hauptanziehungspunkt war. Einmal, wir waren lang schon vor der Einsiedlerschen Halle gestanden, aus deren schattigem Inneren an diesem Septembermittag eine wohltuende Kühle herausstrich, ist der alte Einsiedler auf der Schwelle erschienen und hat uns beiden je eine Kaiserbirne geschenkt, ein wahres Wunder nicht bloß in Anbetracht dieser prachtvollen Raritäten, sondern hauptsächlich in Anbetracht der weithin bekannten cholerischen Veranlagung des Einsiedler, der nichts so sehr haßte wie das Bedienen der ihm verbliebenen spärlichen Kundschaft. Es war beim Verzehren der Kaiserbirne, daß der Fritz mir eröffnete, daß er Koch werden würde, und Koch ist er dann auch geworden, und zwar, wie ohne weiteres gesagt werden kann, ein Koch von Weltrenommé, der, nachdem er im Grand Hotel Dolder in Zürich und im *Victoria Jungfrau* in Interlaken seine Kochkunst bis auf den obersten Grad vervollkommnet hatte, in New York ebenso gefragt war wie in Madrid oder London. Während der Londoner Zeit des Fritz sind wir einander auch wiederbegegnet, an einem Aprilmorgen des Jahres 1984 im Lesesaal des British Museum, wo ich der Geschichte der Beringschen Alaskaexpedition nachging, während der Fritz französische Kochbücher aus dem 18. Jahrhundert studierte. Wir saßen, wie es der Zufall wollte, nur durch einen Gang getrennt nebeneinander und haben uns, als wir einmal zugleich von der Arbeit aufschauten, trotz des inzwischen vergangenen Vierteljahrhunderts sogleich wiedererkannt. In der Cafeteria erzählten wir uns dann unsere Geschichten und unterhielten uns lang auch über den Paul, von dem es dem Fritz vor allem in Erinnerung geblieben war, daß er ihn nicht ein einziges Mal etwas essen gesehen hat.

In unserem Klassenzimmer, dessen Plan wir maßstabsgetreu in unsere Schulhefte einzeichnen mußten, standen in drei Reihen 26 an

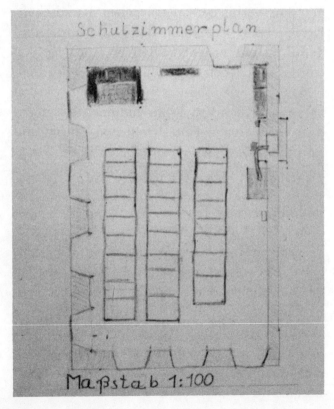

den geölten Bretterboden festgeschraubte Bänke. Von dem erhöhten Lehrerpult, hinter dem das Kruzifix mit dem Palmwedel an der Wand hing, konnte man auf die Köpfe der Schüler hinabsehen, aber der Paul hat, wenn mich nicht alles täuscht, diesen erhöhten Platz nie eingenommen. Stand er nicht an der Tafel oder an der rissigen Weltkarte aus Wachstuch, dann ging er durch die Bankreihen oder lehnte mit verschränkten Armen an dem Utensilienkasten neben dem grünen Kachelofen. Sein Lieblingsplatz aber war an einem der in tiefe Mauernischen eingelassenen Südfenster, vor denen aus dem Astwerk des alten Apfelgartens der Schnapsbrennerei Frey Starenkästen auf hohen Holzstangen hineinragten in den Himmel, der in der Entfernung begrenzt war von der nahezu das ganze Schuljahr hindurch schneeweißen Zackenlinie der Lechtaler Alpen. Der Vorgänger Pauls, der wegen seines unerbittlichen Regiments gefürchtete Lehrer Hormayr, bei dem Straffällige stundenlang auf kantigen Scheitern knien mußten, hatte, damit die Kinder nicht hinausschauen konnten, die Fenster zur Hälfte mit Kalkfarbe weißeln lassen. Es war Pauls erste Amtshandlung nach seiner Einstellung im Jahr 1946 gewesen, daß er diesen Anstrich mit einer Rasierklinge in eigenhändiger, mühevoller Arbeit wieder entfernte, was im Grunde so dringend nicht gewesen wäre, weil der Paul ohnehin die Gewohnheit hatte, die Fenster, sogar bei schlechtem Wetter, ja selbst im Winter bei strenger Kälte, sperrangelweit aufzureißen, war er doch fest davon überzeugt, daß Sauerstoffmangel die menschliche Denkfähigkeit beeinträchtige. Mit Vorliebe also stand er beim Unterrichten in einer der vorderen Fensternischen, halb der Klasse, halb dem Draußen zugewandt; das Gesicht meist leicht nach oben gekehrt, die Augengläser im Sonnenlicht blinkend, redete er von dieser peripheren Position aus zu uns herüber. In schön geordneten Sätzen ohne jede Dialektfärbung redete er, aber mit einem leichten Sprach- oder Klangfehler, irgendwie nicht mit dem Kehlkopf, sondern aus der Herzgegend heraus, weshalb es einem manchmal vorkam, als werde alles in seinem Inwendigen von einem Uhrwerk angetrieben und der ganze Paul sei ein künstlicher, aus Blech- und anderen Metallteilen zusammengesetzter Mensch, den die geringste Funktionsstörung für immer aus der Bahn werfen konnte. Tatsächlich ist er sehr oft über unsere Begriffsstutzigkeit in Verzweiflung geraten. Er griff sich dann mit der linken Hand ins Haar, so daß dieses gleich einem dramatischen Akzent nach oben stand. Nicht selten nahm er dabei auch sein Sacktuch heraus und biß, vor Zorn über unsere, wie er vielleicht nicht zu Unrecht meinte, vorsätzliche Dummheit, in es hinein. Regelmäßig tat er nach solchen Rappeln seine Brille herunter, blieb blind und wehrlos mitten in der Klasse stehen, hauchte auf die Linsen und putzte sie so hingebungsvoll, als sei er froh, uns eine Zeitlang nicht sehen zu müssen.

Der Unterricht, den der Paul gegeben hat, umfaßte durchaus die für die damaligen Volksschulen vorgeschriebenen Lehrgegenstände, also das Einmaleins, die Grundrechenarten, die deutsche und die lateinische Schrift, Naturlehre, Heimatkunde, das Singen und die sogenannte Leibeserziehung. Den Religionsunterricht freilich hat der Paul nicht selber erteilt, sondern es ist einmal in der Woche zunächst der lispelnde Katechet Meier mit *e-i* und dann der mit einer dröhnenden Stimme begabte Benefiziat Meyer mit *e-y* gekommen, um uns den Beichtspiegel, das Glaubensbekenntnis, die Einteilung des Kirchenjahrs, die sieben Todsünden und dergleichen mehr beizubringen. Der Paul, von dem das mir lange Zeit unverständliche Gerücht ging, daß er gottgläubig sei, wußte es jedesmal so einzurichten, daß er weder zu Beginn noch zu Ende der Religionsstunde dem I-Meier beziehungsweise dem Y-Meyer begegnete, denn nichts war ihm offenbar derart zuwider wie die katholische Salbaderei. Und wenn er nach Beendigung der Religionsstunde in die Klasse zurückkam und an der Tafel einen mit lila Kreide gezeichneten Adventsaltar, eine rotgelbe Monstranz oder derlei sonst vorfand, so machte er sich unverzüglich daran, diese Kunstwerke mit einer auffälligen Vehemenz und Gründlichkeit wieder abzuputzen. Ein neben der Türe angebrachtes, das flammende Herz Jesu darstellendes Weihwasserbehältnis wurde von Paul, wie ich mehrmals gesehen habe, rechtzeitig vor jeder Religionsstunde mit der sonst zum Gießen der Geranienstöcke verwendeten Gießkanne bis an den Rand aufgefüllt. Nie ist es darum dem Benefiziaten gelungen, die Weihwasserflasche, die er stets in seiner schwarzglänzenden, schweinsledernen Aktentasche bei sich führte, zum Einsatz zu bringen. Das randvolle Weihwasserbehältnis kurzerhand einfach auszuschütten, das getraute er sich nicht, und so schwankte er, was eine mögliche Erklärung für das anscheinend unerschöpfliche Herz Jesu betraf, zwischen der Vermutung systematischer Böswilligkeit und der bisweilen aufflackernden Hoffnung, es handle sich hier um einen höheren Fingerzeig, wo nicht gar um ein Wunder. Mit Sicherheit hingegen haben sowohl der Benefiziat als auch der Katechet den Paul für eine verlorene Seele gehalten, denn wir sind mehr als einmal aufgefordert worden zu beten, daß unser Lehrer zum rechten Glauben übergehe. Doch war die Abneigung Pauls gegen die römische Kirche weit mehr als nur eine Grundsatzfrage; es hat ihm vor den Stellvertretern Gottes und dem von ihnen ausgehenden Naphthalingeruch tatsächlich gegraust. Am Sonntag ging er nicht nur nicht in die Kirche, sondern so weit aus dem Ort hinaus und in die Berge hinein, daß er das Glockenläuten nicht mehr hören konnte. Bei minderem Wetter verbrachte er die Sonntagvormittage in Gesellschaft des Schuhmachers Colo, der ein Philosoph und regelrechter Atheist gewesen ist und den Tag des Herrn, wenn er nicht mit dem Paul Schach spielte, dazu hernahm, diverse Pamphlete und Traktate gegen die alleinseligmachende Kirche aufzusetzen. Einmal bin ich, wie dieser Zusammenhang mir wieder ins Gedächtnis ruft, Zeuge geworden einer Begebenheit, in welcher die Abneigung Pauls gegen alles Scheinheilige eindeutig den Sieg davontrug über die Langmut, mit der er sonst die geistigen Gebrechen seiner Umwelt ertrug. In der Klasse über der meinen gab es einen Schüler namens Ewald Reise, der völlig unter den Einfluß des Katecheten geraten war und der einen für einen Zehnjährigen geradezu unglaublichen Grad an Bigottheit, wie man sagen kann, ostentativ an den Tag legte. Schon mit zehn Jahren sah Ewald Reise aus wie ein fertiger Kaplan. Als einziger in der ganzen Schule trug er einen Mantel und zudem einen auf der Brust überkreuzten und mit einer Sicherheitsnadel, einer von uns so genannten

Glufe, zusammengehaltenen violetten Schal. Reise, der nie ohne Kopfbedeckung war — selbst im Hochsommer hatte er ein Strohhütchen oder eine leichte Leinenkappe auf —, ging dem Paul als ein Exempel der ihm verhaßten Verdummung und Selbstverdummung dermaßen gegen den Strich, daß er ihm, als er es einmal verabsäumt hatte, auf der Gasse den Hut zu ziehen, den Hut abgenommen, ihm eine Ohrfeige gegeben und dann den Hut wieder aufgesetzt hat mit dem Verweis, auch ein angehender Kaplan habe seinen Schullehrer ordnungsgemäß zu grüßen.

Zumindest ein Viertel aller Unterrichtsstunden verwandte der Paul auf die Vermittlung von Wissen, das im Lehrplan nicht vorgesehen war. Er brachte uns die Anfangsgründe des algebraischen Rechnens bei, und seine Begeisterung für die Naturlehre ging so weit, daß er einmal, zum Entsetzen der Nachbarschaft, einen Fuchskadaver, den er im Wald gefunden hatte, mehrere Tage lang auf seinem Küchenherd in einem alten Einmachtopf ausgekocht hat, nur um dann mit uns in der Schule ein richtiges Skelett zusammensetzen zu können. Gelesen haben wir nie in dem für die dritte und vierte Volksschulklasse vorgesehenen, von Paul als lächerlich und verlogen bezeichneten Schullesebuch, sondern fast ausschließlich im *Rheinischen Hausfreund*, von dem Paul, auf eigene

Rechnung, wie ich vermute, sechzig Exemplare angeschafft hatte. Viele der darin enthaltenen Geschichten, wie die von der heimlichen Enthauptung, haben in mir den lebhaftesten, bis auf heute nicht vergangenen Eindruck hinterlassen; mehr aber als alles andere gegenwärtig geblieben — warum, weiß ich auch nicht — sind mir die Worte, die der Pilgrim im *Baselstab* zu der Wirtin sagte, nämlich: Wenn ich wiederkomme, so will ich Euch eine heilige Muschel mitbringen ab dem Meeresstrand von Askalon oder eine Rose von Jericho. — Wenigstens einmal in der Woche hat der Paul Französischunterricht gegeben. Er begann einfach mit der Feststellung, daß er einmal in Frankreich gelebt habe, daß man dort Französisch rede, daß er wisse, wie das ginge, und wir es ihm, wenn wir wollten, leicht nachmachen könnten. An einem Maivormittag sind wir dann draußen im Schulhof gesessen, wo uns in der frischen Helligkeit sogleich einleuchtete, was *un beau jour* bedeutete und daß ein blühender Kastanienbaum genausogut *un chataignier en fleurs* heißen konnte. Überhaupt ist der Unterricht des Paul der anschaulichste gewesen, den man sich denken kann. Grundsätzlich legte er deshalb den größten Wert darauf, bei jeder Gelegenheit mit uns aus dem Schulhaus hinauszugehen und im Ort herum möglichst viel in Augenschein zu nehmen — das Elektrizitätswerk mit der Transformatorenstation, die Schmelzöfen und die Dampfschmiede im Hüttenamt, die Korbwarenfabrik und die Käsküche. Wir gingen ins Sudhaus der Ochsenbrauerei und auf die Malztenne, auf der eine so vollkommene Stille herrschte, daß keiner von uns ein Wort zu sagen wagte, und eines Tages besuchten wir auch den Büchsenmacher Corradi, der seit nahezu sechzig Jahren in S. seinen Beruf ausübte. Corradi trug stets einen grünen Augenschirm und war, wann immer das durchs Werkstattfenster einfallende Licht es erlaubte, über komplizierte alte Gewehrschlösser gebeugt, die außer ihm weit und breit niemand reparieren konnte. War es ihm gelungen, ein derartiges Schloß wieder herzurichten, dann ging er mit dem Gewehr in den Vorgarten hinaus und feuerte ein paar Schüsse als Schlußpunkt und Freudenzeichen in die Luft.

Der von Paul so genannte Anschauungsunterricht führte uns im Lauf der Zeit zu sämtlichen aus dem einen oder anderen Grund bemerkenswerten Plätzen in einem Umkreis von zirka zwei Wegstunden. Wir waren auf der Burg Fluhenstein, in der Starzlachklamm, im Wasserhaus oberhalb von Hofen und im Pulverturm auf dem Kalvarienberg, in dem die Böllerkanonen des Veteranenvereins standen. Nicht wenig erstaunt sind wir selber gewesen, als es uns nach diversen, über mehrere Wochen sich erstreckenden Vorstudien gelang, den zerfalle-

nen Stollen des nach dem Ersten Weltkrieg auf-
gelassenen Braunkohlebergwerks am Strauß-

berg ausfindig zu machen und die Überreste
der Seilbahn, mit der die Kohle vom Stollen-
eingang zum Altstätter Bahnhof hinunterbeför-
dert wurde. Aber nicht nur dergleichen, an
bestimmten Zielpunkten orientierte Exkursionen haben wir unternommen, sondern wir sind,
an besonders schönen Tagen, oft bloß zum Bo-
tanisieren oder, unter dem Vorwand des Botani-
sierens, zum Nichtstun in die Felder hinaus.
Bei diesen meist frühsommerlichen Gelegenheiten hat sich uns wiederholt der als nicht recht
im Kopf geltende Sohn des Friseurs und Lei-
chenbeschauers Wohlfahrt angeschlossen. Von

ungewissem Alter und kindlich ausgeglichenem Gemüt, war dieser von niemandem anders als Mangold genannte Mensch überglücklich, wenn er, lang aufgeschossen, unter uns noch nicht einmal Halbwüchsigen hergehen und demonstrieren konnte, daß er auf Anhieb imstande war, den zu jedem beliebigen Datum in der Vergangenheit oder Zukunft gehörigen Wochentag zu nennen, obschon er sonst nicht einmal die einfachste Rechnung zusammenbrachte. Sagte man also zu Mangold, man sei am 18. Mai 1944 geboren, erwiderte er unverzüglich, das war ein Donnerstag. Und versuchte man, ihn mit schwierigeren Aufgaben, etwa mit dem Geburtsdatum des Papstes oder König Ludwigs, auf die Probe zu stellen, so wußte er gleichfalls ohne das geringste Zögern anzugeben, um welchen Tag es sich jeweils gehandelt hatte. Der Paul, der selber ein erstaunlicher Kopfrechner und überhaupt ein ausgezeichneter Mathematiker gewesen ist, versuchte jahrelang vermittels komplizierter Versuchsreihen, Befragungen und anderer Anstalten, dem Mangold hinter sein Geheimnis zu kommen. Es ist dies aber, soviel ich weiß, weder ihm noch irgend jemandem sonst gelungen, weil der Mangold kaum eine der Fragen verstand, die man ihm stellte. Im übrigen hat der Paul geradeso wie wir und der Mangold die Ausflüge in die umliegende Gegend sichtlich genossen. In seiner Windjacke oder auch nur in Hemdsärmeln ging er mit leicht aufwärts gekehrtem Gesicht und mit den für ihn so charakteristischen, weit ausgreifenden und federnden Schritten vor uns her, ein wahres Inbild, wie ich jetzt erst in der Rückschau erkenne, der deutschen Wandervogelbewegung, die ihn zeit seiner Jugend geprägt haben mußte. Es gehörte zu den Gewohnheiten Pauls, auf dem Weg durch die Felder in einem fort zu pfeifen. Er hatte im Pfeifen eine wirklich seltene Fertigkeit; wunderbar voll war der Ton, genau wie der einer Flöte, den er hervorbrachte, und er konnte, sogar beim Bergaufgehen, mit anscheinender Leichtigkeit, die längsten Bögen und Läufe aneinanderreihen, und zwar nicht einfach etwas Beliebiges, sondern auskomponierte, schöne Passagen und Melodien, die keiner von uns zuvor je gehört hatte und die mir, wenn ich sie Jahre später in einer Bellini-Oper oder in einer Brahms-Sonate wiederentdeckte, jedesmal das Herz umdrehten. Wenn wir irgendwo Rast machten, spielte der Paul auf seiner Klarinette, die er unfehlbar in einem alten Baumwollstrumpf dabeihatte, die verschiedensten Stücke aus dem mir damals gänzlich unbekannten klassischen Repertoire, vornehmlich aus den langsamen Sätzen. Abgesehen von diesen Musikstunden, bei denen wir bloß die Zuhörerschaft abzugeben brauchten, übten wir zumindest jede zweite Woche ein Lied ein, wobei gleichfalls dem Tiefsinnigen vor dem Lustigen der Vorzug gegeben wurde. *Zu Straßburg auf der Schanz, da fing mein Trauern an, Auf den Bergen die Burgen, Im Krug zum grünen Kranze* und *Wir gleiten hinunter das Ufer entlang,* das waren solche Lieder, wie wir sie lernten. Die wahre Bedeutung der Musik für den Paul aber ging mir erst auf, als einmal der hochtalentierte Sohn des Organisten Brandeis, der bereits das Konservatorium besuchte, auf Veranlassung des Paul, wie ich annehme, in die Singstunde kam und vor den Bauernkindern — denn um solche handelte es sich bei uns ja so gut wie ausnahmslos — auf seiner Geige ein Konzert gegeben hat. Der Paul, der wie üblich an seinem Fensterplatz stand, konnte die von dem Spiel des jungen Brandeis auf ihn übergehende Bewegung so wenig verheimlichen, daß er die Brille abnehmen mußte, weil ihm die Tränen in die Augen traten. In meiner Erinnerung ist es mir sogar, als habe er sich abgewandt, um ein Aufschluchzen, das ihn überkam, vor uns zu verbergen. Aber nicht nur die Musik löste in Paul solche Anwandlungen aus; vielmehr konnte es jederzeit, mitten im Unterricht, während der Pause oder wenn wir unterwegs waren, geschehen, daß er abwesend und abseits irgendwo saß oder stehenblieb, als wäre er, der immer gut gelaunt und frohsinnig zu sein schien, in Wahrheit die Untröstlichkeit selber.

Was es mit dieser Untröstlichkeit auf sich hatte, das einigermaßen zu ergründen gelang mir erst, als ich meine eigenen, bruchstückhaften Erinnerungen einordnen konnte in das, was mir erzählt wurde von Lucy Landau, die, wie sich im Verlauf meiner Nachforschungen in S. herausstellte, das Begräbnis Pauls auf dem dortigen Friedhof arrangiert hatte. Lucy Landau war in Yverdon zu Hause, wo ich, an einem mir als eigenartig lautlos in Erinnerung gebliebenen Sommertag im zweiten Jahr nach dem Tod des Paul, den ersten einer längeren Reihe von Besuchen bei ihr machte. Sie hatte, wie sie mir zunächst berichtete, als siebenjähriges Kind zusammen mit ihrem verwitweten Vater, der Kunsthistoriker gewesen war, ihre Heimatstadt Frankfurt verlassen. Die kleine Villa am Seeufer, in der sie lebte, war um die Jahrhundertwende von einem Schokoladenfabrikanten als Alterssitz erbaut worden. Der Vater Mme. Landaus hatte sie im Sommer 1933 erworben, obgleich dieser Kauf, wie Mme. Landau sagte, fast sein gesamtes Vermögen aufzehrte und sie, infolgedessen, ihre ganze Kindheit und die anschließende Kriegszeit hindurch in dem so gut wie unmöblierten Haus hätten wohnen müssen. Das Wohnen in den leeren Zimmern sei ihr allerdings nie als ein Mangel, sondern vielmehr, auf eine nicht leicht beschreibbare Weise, wie eine besondere, durch eine glückliche Entwicklung der Dinge ihr zugefallene Auszeichnung oder Vergünstigung erschienen. Sie erinnere sich, so erzählte Mme. Landau, zum Beispiel noch mit großer Deutlichkeit an ihren achten Geburtstag, zu dem der Vater auf der Terrasse eine mit einem weißen Papiertuch bedeckte kleine Tafel gerichtet hatte, an der sie mit Ernest, ihrem neuen Schulfreund, zum Nachtmahl gesessen sei, während der Vater, in schwarzer Weste und mit einer Serviette überm Arm, einen Kellner von seltener Zuvorkommenheit gespielt habe. Das von den leicht bewegten Bäumen umstandene leere Haus mit den weit offenen Fenstern sei für sie damals wie die Kulisse zu einem Zauberspiel gewesen. Und als dann, so fuhr Mme. Landau fort, den See entlang bis nach St. Aubin und weiter hinauf ein Feuer ums andere aufzuleuchten begann, da sei sie vollends davon überzeugt gewesen, daß all dies nur ihretwegen, zu Ehren ihres Geburtstags geschehe. Ernest, sagte Mme. Landau mit einem ihm über die vergangene Zeit hinweg gewidmeten Lächeln, Ernest wußte natürlich sehr wohl, daß der Nationalfeiertag der Grund für die ringsum aus der Finsternis aufleuchtenden Freudenfeuer war, vermied es aber auf das taktvollste, meine Glückseligkeit durch irgendwelche aufklärerischen Bemerkungen zu stören. Überhaupt ist die Diskretion Ernests, der das jüngste Kind in einer vielköpfigen Arbeiterfamilie war, für mein Empfinden immer vorbildlich geblieben, und es hat niemand mehr an sie herangereicht, mit Ausnahme vielleicht des Paul, den ich leider viel zu spät erst kennengelernt habe — im Sommer 1971 in Salins-les-Bains im französischen Jura.

Dieser Eröffnung war ein längeres Schweigen gefolgt, ehe Mme. Landau hinzufügte, sie habe damals, in der Autobiographie Nabokovs lesend, auf einer Parkbank in der Promenade des Cordeliers gesessen, und dort habe der Paul, nachdem er zweimal bereits an ihr vorübergegangen war, sie mit einer ans Extravagante grenzenden Höflichkeit auf diese ihre Lektüre hin angesprochen und von da an den ganzen Nachmittag sowie die ganzen folgenden Wochen hindurch in seinem ein wenig altmodischen, aber überaus korrekten Französisch die einnehmendste Konversation mit ihr gemacht. Er hatte ihr sogleich, sozusagen einleitend, auseinandergesetzt, daß er in das ihm von früher her vertraute Salins-les-Bains gekommen sei, weil sich das, was er als seine Zustände bezeichnete, in den letzten Jahren verschlimmert habe bis auf den Punkt, wo er vor Platzangst nicht mehr Schule halten konnte und wo ihm, obschon er doch, wie er eigens betonte, seinen Schülern gegenüber immer Zuneigung verspürt habe, diese Schüler als verächtliche und hassenswerte Kreaturen erschienen seien, derart, daß er bei ihrem Anblick mehr als einmal eine grund- und bodenlose Gewalt in sich habe ausbrechen spüren. Die Verstörung und das Fürchten um den gesunden Verstand, die aus solchen Bekenntnissen sprachen, habe Paul nach Möglichkeit hintangehalten beziehungsweise überspielt. So habe er ihr auch, sagte Mme. Landau, in den ersten Tagen ihrer Bekanntschaft bereits mit einer alles ins Leichte und Unbedeutende wendenden Ironie berichtet über seinen unlängst erfolgten Versuch, sich das Leben zu nehmen, und dabei diesen Versuch als eine Peinlichkeit sondergleichen bezeichnet, deren er sich nur äußerst ungern erinnere, die er jedoch ihr gegenüber erwähnen müsse, damit sie richtig im Bilde sei über den seltsamen Wiedergänger, an dessen Seite sie freundlicherweise durch das sommerliche Salins promeniere. Le pauvre Paul, sagte Mme. Landau selbstvergessen und meinte dann, zu mir wieder hersehend, sie habe in ihrem nicht unbeträchtlichen Leben eine ziemliche Anzahl von Männern — des näheren, wie sie mit spöttischem Gesichtsausdruck hervorhob — kennengelernt, die sämtlich auf die eine oder andere Art von sich eingenommen gewesen seien. Jeder dieser Herren, deren Namen sie, gottlob, größtenteils vergessen habe, sei letztlich nur ein ungehobelter Klotz gewesen, wohingegen man sich einen umsichtigeren und unterhaltsameren Kompagnon einfach nicht habe wünschen können als den von seiner inneren Einsamkeit nahezu aufgefressenen Paul. Wunderschöne Spaziergänge und Exkursionen, erzählte Mme. Landau, hätten sie beide in Salins und von Salins aus gemacht. Sie seien gemeinsam in den Thermen und Salzgalerien gewesen und Nachmittage lang droben auf dem Fort Belin. Sie hätten von den Brücken ins grüne Wasser der Furieuse geschaut und sich Geschichten erzählt dabei, seien nach Arbois ins Pasteur-Haus hinüber und hätten in Arc-et-Senans die im 18. Jahrhundert als ein ideales Fabrik-, Stadt- und Gesellschaftsmodell errichteten Salinengebäude besichtigt, bei welcher Gelegenheit Paul für ihre Begriffe sehr kühne Verbindungslinien gezogen habe zwischen dem bürgerlichen Utopie- und Ordnungskonzept, wie es in den Entwürfen und Bauten des Nicolas Ledoux sich manifestierte, und der immer weiter fortschreitenden Vernichtung und Zerstörung des natürlichen Lebens. Es wundere sie, jetzt, wo sie davon rede, selbst, sagte Mme. Landau, wie gegenwärtig die Bilder, die sie von der Trauer um Paul verschüttet geglaubt hatte, in ihr noch seien. Von allen am schärfsten aber sehe sie diejenigen des trotz Sessellift nicht ganz unbeschwerlichen Ausflugs auf den Montrond, von dessen Gipfel sie eine Ewigkeit auf die um ein Vielfaches verkleinert wirkende, wie für eine

Spielzeugeisenbahn gebaute Genfer Seelandschaft hinabgeblickt hätten. Diese Winzigkeiten
einerseits und zum anderen das sanft sich auftür-
mende Massiv des Montblanc, die in der Ferne
fast verschimmernden Glaciers de la Vanoise
und das den halben Horizont einnehmende
Alpenpanorama hätten ihr zum erstenmal in
ihrem Leben ein Gefühl vermittelt für die wider-
sprüchlichen Dimensionen unserer Sehnsucht.
Auf meine bei einem späteren Besuch in der
Villa Bonlieu vorgebrachte Frage, die sich auf
eine Andeutung Mme. Landaus bezog, nach
der Paul den Jura und die Gegend um Salins
von früher her gut gekannt hatte, erfuhr ich, daß
er vom Herbst 1935 bis Anfang 1939 kurzfristig
zunächst in Besançon und dann bei einer Familie namens Passagrain in Dôle als Hauslehrer
tätig gewesen sei. Wie zur näheren Erklärung
dieser mit dem Lebenslauf eines deutschen
Volksschullehrers in den dreißiger Jahren ja
nicht ohne weiteres vereinbaren Auskunft legte
mir Mme. Landau ein großformatiges Album
vor, in welchem nicht nur die fragliche Zeit,
sondern, von einigen Leerstellen abgesehen,
fast das gesamte Leben Paul Bereyters fotogra-
fisch dokumentiert und von seiner eigenen Hand
annotiert war. Einmal ums andere, vorwärts
und rückwärts durchblätterte ich dieses Album
an jenem Nachmittag und habe es seither immer wieder von neuem durchblättert, weil es

mir beim Betrachten der darin enthaltenen Bilder tatsächlich schien und nach wie vor scheint, als kehrten die Toten zurück oder als stünden wir im Begriff, einzugehen zu ihnen. Die ersten Fotografien erzählten von einer glücklichen Kindheit in dem in unmittelbarer Nachbarschaft zur Gärtnerei Lerchenmüller in der Blumenstraße gelegenen Wohnhaus der Bereyters und zeigten Paul mehrfach mit seiner Katze und einem offensichtlich völlig zahmen Gockelhahn. Es folgten die Jahre in einem Landschulheim, kaum minder glücklich als die eben vergangene Kindheit, und daran anschließend der Eintritt in das Lehrerseminar Lauingen, das Paul in der Bildunterschrift als die Lehrerabrichtungsan-

stalt Lauingen bezeichnete. Mme. Landau merkte dazu an, Paul habe sich dieser von den borniertesten Richtlinien und einem krankhaften Katholizismus bestimmten Ausbildung nur deshalb unterzogen, weil er um jeden Preis, auch um den einer solchen Ausbildung, Kinderlehrer werden wollte, und einzig sein absolut bedingungsloser Idealismus habe es ihm erlaubt, die Lauinger Zeit durchzustehen, ohne einen Schaden zu nehmen an seiner Seele. 1934/35 absolvierte der damals vierundzwanzigjährige Paul das Probejahr in der Volksschule von S., und zwar, wie ich zu meiner nicht geringen Verwunderung feststellte, in demselben Klassenzimmer, in dem er gut fünfzehn Jahre darauf eine andere, von der hier abgebildeten kaum sich un-

terscheidende Kinderschar unterrichtete, unter der auch ich gewesen bin. Der auf das Pro-

bejahr folgende Sommer 1935 brachte, wie
die Albumbilder sowie einzelne Erläuterungen
Mme. Landaus sogleich deutlich werden ließen,
eine der schönsten Zeiten überhaupt im Leben
des angehenden Volksschullehrers Paul Bereyter
mit dem mehrwöchigen Aufenthalt in S. der
Helen Hollaender aus Wien. Die um ein paar

Monate ältere Helen, die, so findet es sich im
Album mit doppeltem Ausrufezeichen vermerkt, bei Bereyters im Hause wohnte, während
die Mutter in der Pension Luitpold einquartiert
war, ist für den Paul, einer Mutmaßung Mme.
Landaus zufolge, nicht weniger als eine Offen-

barung gewesen, denn wenn diese Bilder nicht trügen, sagte sie, dann war die Helen Hollaender freimütig, klug und zudem ein ziemlich tiefes Wasser, in welchem der Paul gerne sich spiegelte.

Und jetzt, so fuhr Mme. Landau fort, denken Sie sich: Helen kehrt zu Anfang September mit ihrer Mutter nach Wien zurück, Paul tritt in dem abgelegenen Dorf W. seine erste reguläre Stelle an und erhält dort, kaum daß er die Namen der Kinder sich eingeprägt hat, einen amtlichen Bescheid, in dem es heißt, sein Verbleiben im Schuldienst sei, aufgrund der ihm bekannten Gesetzesvorschriften, nicht mehr tragbar. Die schönen Zukunftshoffnungen, die er sich den Sommer über gemacht hat, fallen geräuschlos in sich zusammen wie das sprichwörtliche Kartenhaus. Es verschwimmt jede Aussicht vor seinen Augen, und er spürt, spürte damals zum erstenmal jenes unüberwindliche Gefühl der Niederlage, das ihn später so oft heimsuchen sollte und dem er zuletzt nicht mehr auskam. Ende Oktober, sagte Mme. Landau, ihren Bericht vorläufig abschließend, fuhr Paul über Basel nach Besançon, wo er eine ihm durch einen Geschäftsfreund des Vaters vermittelte Hauslehrerstelle antrat. Wie wenig wohl er sich zu jener Zeit befunden haben muß, zeigt eine kleine Sonntagnachmittagsfotografie, auf der links außen der innerhalb von Monatsfrist aus dem Glück ins Unglück verstoßene Paul abgebildet ist als ein zum Erschrecken magerer, fast auf dem Punkt der körperlichen Ver-

flüchtigung sich befindender Mensch. Was aus der Helen Hollaender geworden sei, darüber konnte Mme. Landau mir keine genauere Auskunft geben. Der Paul, sagte sie, habe sich hierzu beharrlich ausgeschwiegen, möglicherweise weil er, wie sie vermute, von der Vorstellung geplagt wurde, ihr gegenüber versagt und sie im Stich gelassen zu haben. Nach dem, was sie selbst habe in Erfahrung bringen können, bestünde aber wenig Zweifel daran, daß sie zusammen mit ihrer Mutter deportiert worden sei in einem dieser meist noch vor dem Morgengrauen von den Wiener Bahnhöfen abgehenden Sonderzüge, wahrscheinlich zunächst nach Theresienstadt.

Stück für Stück trat also das Leben Paul Bereyters aus seinem Hintergrund heraus. Mme. Landau wunderte sich keineswegs darüber, daß mir, trotz meiner Herkunft aus S. und meiner Vertrautheit mit den dortigen Verhältnissen, die Tatsache, daß der alte Bereyter ein sogenannter Halbjude und der Paul infolgedessen nur ein Dreiviertelarier gewesen war, hatte verborgen bleiben können. Wissen Sie, sagte sie mir, bei einem meiner Besuche in Yverdon, wissen Sie, die Gründlichkeit, mit welcher diese Leute in den Jahren nach der Zerstörung alles verschwiegen, verheimlicht und, wie mir manchmal vorkommt, tatsächlich vergessen haben, ist eigentlich nur die Kehrseite der perfiden Art, in der beispielsweise der Kaffeehausbesitzer Schöferle in S. die Mutter Pauls, die Thekla hieß und im Nürnberger Stadttheater einige Zeit auf der Bühne gestanden hatte, darauf aufmerksam machte, daß die Anwesenheit einer mit einem Halbjuden verheirateten Dame seiner bürgerlichen Kundschaft unangenehm sein könne und daß er sie daher aufs höflichste, wie es sich verstehe, bitte, von ihrem täglichen Kaffeehausbesuch Abstand zu nehmen. Es wundert mich nicht, sagte Mme. Landau, nicht im allergeringsten wundert es mich, daß Ihnen die Gemeinheiten und Mesquinerien verborgen geblieben sind, denen eine Familie wie die Bereyters ausgesetzt war in solch einem miserablen

Nest, wie S. es damals war und es, allem sogenannten Fortschritt zum Trotz, unverändert
ist; es wundert mich nicht, denn es liegt ja in
der Logik der ganzen Geschichte.

Der Vater Pauls, der ein kultivierter Melan-
choliker gewesen ist, stammte übrigens, sagte
Mme. Landau, bemüht, nach dem kleinen Ausbruch, den sie sich erlaubt hatte, wieder ins
Sachliche einzulenken, aus Gunzenhausen im
Fränkischen, wo der Großvater Amschel Bereyter einen Kramladen geführt und eine christliche Dienstmagd, die ihm nach ein paar Jahren
in seinem Haus sehr zugetan war, geehelicht
hatte, als er, der Amschel, schon über fünfzig,
die Rosina aber erst Mitte Zwanzig gewesen ist.
Aus dieser, wie es sich versteht, sehr eingezogen
geführten Ehe ging dann Theo, der Vater Pauls,
als das einzige Kind hervor. Nach Absolvierung
einer Kaufmannslehre in Augsburg und länge-
rer Tätigkeit in einem Nürnberger Warenhaus,
während der er sich in den oberen Angestellten-
bereich hinaufgearbeitet hatte, kam Theo Bereyter im Jahr 1900 nach S. und eröffnete dort
mit dem Kapital, das er sich teils erworben,
teils aufgenommen hatte, ein Emporium, in
dem es alles zu kaufen gab vom Bohnenkaffee
bis zum Kragenknopf, vom Kamisol bis zur
Kuckucksuhr und vom Kandiszucker bis zum
Klappzylinder. Dieses wundervolle Emporium,
erzählte Mme. Landau, habe der Paul ihr ein-

mal ausführlich beschrieben, als er im Sommer 1975 nach einer Operation am grauen Star mit verbundenen Augen in einem Berner Spital lag und, wie er sagte, mit reinster Traumklarheit Dinge sah, von denen er nicht geglaubt hatte, daß sie noch da waren in ihm. Alles in dem Emporium sei ihm in der Kinderzeit irgendwie viel zu hoch erschienen, einesteils wohl wegen seiner geringen Körpergröße, zum andern aber, weil die Regale tatsächlich bis zuoberst an den vier Meter hohen Plafond hinaufreichten. Die Beleuchtung im Emporium sei, weil die Rückwände der Schaufenster nur schmale Oberlichter hatten, auch am hellsten Sommertag eine schummrige gewesen, was ihm, so habe der Paul gesagt, als Kind um so mehr auffallen mußte, als er sich auf seinem Dreirädchen meist auf der untersten Ebene fortbewegt habe, durch die Schluchten zwischen Ladentischen, Kästen und Budeln und durch eine Vielfalt von Gerüchen hindurch, unter denen der des Mottenkampfers sowie der der Maiglöckchenseife immer die hervorstechendsten gewesen seien, während die Walkwolle und der Loden einem nur bei feuchtem, die Heringe und das Leinöl nur bei heißem Wetter in die Nase stiegen. Stundenlang sei er damals, habe der Paul voller Rührung über das Erinnerte gesagt, vorbeigeradelt an den ihm endlos erscheinenden dunklen Reihen der Stoffballen, den glänzenden Stiefelschäften, den Einweckgläsern, den verzinkten Gießkannen, dem Peitschenständer und dem für ihn besonders bezaubernden Spezialschrank, in welchem hinter gläsernen Fensterchen Gütermanns Nähseiden in sämtlichen Farben des Spektrums angeordnet gewesen seien. Das Personal des Emporiums habe bestanden aus dem Kontoristen und Buchhalter Frommknecht, der vom vielen Sichbeugen über seine Korrespondenz und die ewigen Zahlen und Ziffern bereits mit dreißig eine hohe Schulter hatte, aus dem alten Fräulein Steinbeiß, das den ganzen Tag mit Staubtuch und Flederwisch herumsprang, und den beiden, wie sie unablässig betonten, nicht miteinander verwandten Ladendienern Müller Hermann und Müller Heinrich, die, stets in Weste und Ärmelschonern, zur Linken und Rechten der monumentalen Registrierkassa standen und die Kundschaft mit der sozusagen natürlichen Herablassung der von Haus aus Höhergestellten behandelten. Der Vater aber, der Emporiumsinhaber Theo Bereyter selber, habe, wenn er, was täglich der Fall war, entweder im Gehrock oder im Nadelstreifenanzug mit Gamaschen auf ein paar Stunden in das Ladenlokal herunterkam, seinen Posten zwischen den beiden Topfpalmen bezogen, die je nach Wetterlage innerhalb oder außerhalb der Schwingtür aufgestellt waren, und habe jeden einzelnen Käufer, den notigsten Insassen des gegenüberliegenden Altenspitals nicht anders als die aufwendige Gattin des Brauereibesitzers Hastreiter, respektvollst in das Emporium hinein- beziehungsweise aus ihm hinauskomplimentiert.

Das Emporium, fügte Mme. Landau noch an, habe anscheinend als das einzige größere Geschäft am Ort und in der ganzen Umgebung der Familie Bereyter eine gutbürgerliche Existenz und selbst einiges darüber hinaus ermöglicht, was man, so Mme. Landau, allein schon daran ermessen könne, daß der Theodor in den zwanziger Jahren einen Dür-

kopp gefahren habe, mit dem er, wie Paul gern erinnerte, bis ins Tirol hinein, bis nach Ulm und bis an den Bodensee Aufsehen erregte. Gestorben war der Theodor Bereyter, auch das weiß ich aus den Erzählungen Mme. Landaus, die sich, wie mir von Mal zu Mal klarer wurde, endlos mit dem Paul über all diese Dinge unterhalten haben mußte, am Palmsonntag des Jahres 1936, wie es hieß, an einem Herzversagen, in Wahrheit jedoch, das hob Mme. Landau eigens hervor, an der Wut und Angst, die an ihm fraßen, seit es genau zwei Jahre vor seinem Todestag in seinem Heimatort Gunzenhausen zu schweren Ausschreitungen gegen die dort seit Generationen ansässigen jüdischen Familien gekommen war. Beerdigt worden sei der Emporiumsbesitzer, dem außer seiner Frau und seinen Angestellten niemand das letzte Geleit gegeben habe, noch vor Ostern auf einem abseitigen, hinter einem Mäuerchen gelegenen, für Konfessionslose und Selbstmörder reservierten Platz auf dem Friedhof von S. Es gehöre auch, sagte Mme. Landau, in diesen Zusammenhang, daß unter den durch den Tod Theodor Bereyters eingetretenen Umständen das an die verwitwete Thekla übergegangene Emporium zwar nicht arisiert werden konnte, daß es aber nichtsdestoweniger von der Hinterbliebenen für nicht viel mehr als einen Pappenstiel an den seit einiger Zeit als seriöser Geschäftsmann auftretenden Vieh- und Grundstückshändler Alfons Kienzle verkauft worden sei, nach welch eigenartiger Transaktion Thekla Bereyter in eine Depression versunken und innerhalb weniger Wochen gleichfalls verstorben sei.

All diese Vorgänge, sagte Mme. Landau, verfolgte Paul aus der Ferne, ohne in sie eingreifen zu können, denn zum einen war es beim Eintreffen der schlechten Nachrichten immer schon zu spät, zum anderen hatte ihn so etwas wie eine Lähmung seiner Entschlußkraft erfaßt, die es ihm unmöglich machte, auch nur den nächsten Tag vorauszudenken. Darum war Paul, wie mir Mme. Landau erklärte, lange Zeit auch nur unzulänglich im Bilde über das, was sich in S. 1935/36 abgespielt hatte, und mochte an die von blinden Flecken durchsetzte Vergangenheit nicht rühren. Erst während seines letzten Lebensjahrzehnts, das er zum Großteil in Yverdon verbrachte, war ihm die Rekonstruktion jener Ereignisse, sagte Mme. Landau, wichtig, sie glaube sogar lebenswichtig, geworden. Trotz seines schwächer werdenden Augenlichts habe er tagelang in Archiven gesessen und sich endlose Notizen gemacht, beispielsweise über die Gunzenhausener Vorfälle, als an dem bereits erwähnten Palmsonntag 1934, also Jahre vor der sogenannten Kristallnacht, die Scheiben der Judenhäuser eingeschlagen und die Juden selber aus ihren Kellerverstecken hervorgezerrt und durch die Gassen geschleift worden sind. Nicht allein die groben Über-griffe und Gewalttätigkeiten des Gunzenhause-ner Palmsonntagstreibens, das Ende des mit Messerstichen ums Leben gebrachten fünfund-siebzigjährigen Ahron Rosenfeld und des drei-ßigjährigen, an einem Gatter erhängten Sieg-fried Rosenau, nicht allein das, sagte Mme. Landau, entsetzte den Paul, sondern kaum minder die ihm im Verlauf seiner Nachfor-schungen in einem Zeitungsbericht unterge-kommene schadenfrohe Anmerkung, die Gun-zenhausener Schulkinder hätten am nächsten Morgen im ganzen Ort herum einen Gratis-basar gehabt und in den ruinierten Läden auf Wochen hinaus ihren Bedarf an Haarspangen, Schokoladenzigaretten, Buntstiften, Brausepul-ver und vielerlei mehr decken können.

Am wenigsten begreiflich an der Geschichte Pauls war es nach alldem für mich, daß er zu Beginn des 39er Jahrs, sei es, weil er sich als deutscher Hauslehrer in der immer schwieriger werdenden Zeit in Frankreich nicht mehr hal-ten konnte, sei es aus blindem Zorn oder gar aus Perversion nach Deutschland zurückgegan-gen war, in die ihm gänzlich fremde Reichs-hauptstadt, wo er in Oranienburg eine Anstel-lung als Bürokraft in einer Automobilwerkstatt fand und wo ihn nach Ablauf weniger Monate der Gestellungsbefehl erreichte, der offenbar auch an Dreiviertelarier ausgesandt wurde.

Sechs Jahre diente er, wenn das so gesagt werden kann, bei der motorisierten Artillerie und wechselte zwischen den verschiedensten Standorten in der großdeutschen Heimat und den bald zahlreichen besetzten Ländern hin und her, war in Polen, Belgien, Frankreich, auf dem Balkan, in Rußland und am Mittelmeer und wird mehr gesehen haben, als ein Herz oder Auge hält. Die Jahreszahlen und -zeiten wechselten, auf einen wallonischen Herbst folgte ein endloser weißer Winter in der Nähe von Ber-

ditschew, ein Frühjahr im Departement Haute-Saône, ein Sommer an der dalmatinischen Küste oder in Rumänien, immer jedenfalls war man, wie der Paul unter diese Fotografie geschrieben hat,

zirka 2000 km Luftlinie weit entfernt —
aber von wo?

und wurde Tag für Tag und Stunde um Stunde, mit jedem Pulsschlag, unbegreiflicher, eigenschaftsloser und abstrakter.

Die Rückkehr Pauls nach Deutschland im Jahr 1939 war, wie seine Rückkehr nach S. bei Kriegsende und sein Wiederaufnehmen des Lehrerberufs ebendort, wo man ihm zuvor die Türe gewiesen hatte, eine Aberration, sagte Mme. Landau. Ich verstehe natürlich, setzte sie hinzu, weshalb es ihn wieder in die Schule gezogen hat. Er ist einfach zum Unterrichten von Kindern geboren gewesen — ein echter Melammed, der, wie Sie selber mir geschildert haben, aus einem Nichts heraus die schönsten Schulstunden halten konnte. Und als ein guter Lehrer wird er außerdem geglaubt haben, daß man unter diese unguten zwölf Jahre einfach einen Schlußstrich ziehen und auf der nächsten Seite einen sauberen Neuanfang machen müsse. Doch das ist höchstens die Hälfte der Erklärung. Was den Paul 1939 und 1945 zur Rückkehr bewegte, wenn nicht gar zwang, das war die Tatsache, daß er von Grund auf ein Deutscher gewesen ist, gebunden an dieses heimatliche Voralpenland und an dieses elende S., das er eigentlich haßte und in seinem Innersten, dessen bin ich mir sicher, sagte Mme. Landau, samt seinen ihm in tiefster Seele zuwideren Einwohnern am liebsten zerstört und zermahlen gesehen hätte. Paul hat ja, sagte Mme. Landau, die neue Wohnung, in die einzuziehen er kurz vor seiner Versetzung in den Ruhestand mehr oder weniger gezwungen war, weil man das wunderbare alte Lerchenmüller-Haus abgerissen und an seiner Statt einen scheußlichen Wohnblock errichtet hatte, nicht ausstehen können, und dennoch hat er es, bemerkenswerterweise, in den letzten zwölf Jahren, in denen er hier in Yverdon lebte, nicht über sich gebracht, diese Wohnung aufzugeben, sondern er ist, ganz im Gegenteil, mehrmals im Jahr extra nach S. gefahren, um, wie er sich ausdrückte, nach dem Rechten zu sehen. Wenn er von diesen meist nur zweitägigen Expeditionen zurückkam, befand er sich regelmäßig in der gedrücktesten Stimmung und zeigte sich auf seine kindlich einnehmende Art reumütig darüber, daß er meinen dringenden Rat, nicht mehr nach S. zu fahren, zu seinem eigenen Schaden wieder einmal ausgeschlagen hatte.

Hier in Bonlieu, erzählte mir Mme. Landau im Verlauf eines anderen Gesprächs, verbrachte Paul viel Zeit mit der Gartenarbeit, die er liebte wie vielleicht nichts sonst. Er hatte mich, als wir nach der Rückkehr aus Salins den Beschluß faßten, daß er von nun an in Bonlieu leben würde, sogleich gebeten, ob er sich nicht des ziemlich vernachlässigten Gartens annehmen dürfe. Und tatsächlich war dem Paul ein wahrhaft einmaliges Verwandlungswerk gelungen. Die jungen Bäume, die Blumen, die Blatt- und Kletterpflanzen, die schattigen Efeubeete, die Rhododendren, die Rosensträucher, die Stauden und Boschen — es war alles am Wachsen, und nirgends gab es eine kahle Stelle mehr. Jeden Nachmittag, wenn das Wetter es zuließ, sagte Mme. Landau, ist Paul im Garten beschäftigt gewesen, und zwischenhinein ist er lang einfach irgendwo gesessen und hat in das um ihn herum sich vermehrende Grün hineingeschaut. Ein ruhiges Sichversenken in bewegte Blätter zur Schonung und Besserung seines Auges war ihm ja angeraten worden von dem Arzt, der ihm den Star gestochen hatte. Während der Nacht freilich, sagte Mme. Landau, habe Paul sich durchaus nicht an die ärztlichen Maßregeln und Vorschriften gehalten, sondern es habe immer bei ihm bis in die frühen Stunden die Lampe gebrannt. Er habe gelesen und gelesen — Altenberg, Trakl, Wittgenstein, Friedell, Hasenclever, Toller, Tucholsky, Klaus Mann, Ossietzky, Benjamin, Koestler und Zweig, in erster Linie also Schriftsteller, die sich das Leben genommen hatten oder nahe daran waren, es zu tun. Seine Exzerpthefte geben einen Begriff davon, wie ungeheuer ihn insbesondre das Leben dieser Autoren interessiert hat. Hunderte von Seiten hat er exzerpiert, großenteils in Gabelsberger Kurzschrift, weil es ihm sonst nicht geschwind genug gegangen wäre, und immer wieder stößt

man auf Selbstmordgeschichten. Es war mir, sagte Mme. Landau, indem sie mir die schwar-

Tante Lula

zen Wachstuchhefte aushändigte, als habe Paul
hier eine Beweislast zusammengetragen, deren
im Verlauf der Prozeßführung zunehmendes
Gewicht ihn endgültig zu der Überzeugung

brachte, daß er zu den Exilierten und nicht nach S. gehörte.

Anfang 1982 begann der Zustand von Pauls Augen sich zu verschlechtern. Bald sah er nurmehr zerbrochene oder zersprungene Bilder. Daß ein zweiter Eingriff nicht mehr möglich war, das habe Paul, sagte Mme. Landau, mit Gleichmut ertragen und er habe voller überschwenglicher Dankbarkeit stets auf die acht hellen Jahre zurückgeblickt, die die Berner Operation ihm gebracht hatte. Wenn er sich vergegenwärtige, so habe der Paul zu ihr bald nach der Erstellung der äußerst ungünstigen Prognose gesagt, daß er als Kind schon vom sogenannten Mückensehen geplagt worden sei und immer befürchtet habe, die kleinen dunklen Flecken und perlartigen Figuren, die durch sein Gesichtsfeld huschten, würden nächstens zu seiner Erblindung führen, dann sei es eigentlich verwunderlich, wie lange und gute Dienste seine Augen ihm geleistet hätten. Tatsächlich, so sagte Mme. Landau, redete Paul in jenen Tagen mit der größten Ausgeglichenheit über den, wie er sich ausdrückte, mausgrauen Prospekt, welcher nun vor ihm sich erstreckte, und er stellte die Hypothese auf, die neue Welt, in die er nun im Begriff sei einzutreten, wäre zwar enger als die bisherige, doch verspreche er sich davon ein gewisses Gefühl des Komforts. Ich machte

Paul damals das Angebot, sagte Mme. Landau, daß ich den gesamten Pestalozzi ihm vorlesen würde, worauf er erwiderte, dafür opfere er gern sein Augenlicht und ich solle unverzüglich damit beginnen, am besten vielleicht mit der *Abendstunde eines Einsiedlers*. Irgendwann im Herbst, während einer solchen Lesestunde, ist es gewesen, sagte Mme. Landau, daß Paul mir ohne jede Präambel die Mitteilung machte, er werde die Wohnung in S., die zu behalten es nun keinerlei Grund mehr gebe, auflösen. Kurz nach Weihnachten sind wir zu diesem Zweck eigens nach S. gefahren. Da ich überhaupt noch nie in dem neuen Deutschland gewesen war, blickte ich dieser Reise von vornherein mit einem gewissen Unbehagen entgegen. Es war kein Schnee gefallen, von irgendwelchem Winterbetrieb war nirgends eine Spur, und als wir in S. ausstiegen, schien es mir, als seien wir angekommen am Ende der Welt, und hatte ich ein derart unheimliches Vorgefühl, daß ich am liebsten auf der Stelle wieder umgekehrt wäre. Die Wohnung Pauls war kalt und verstaubt und voller Vergangenheit. Zwei, drei Tage lang kramten wir planlos darin herum. Am dritten Tag zog ein für diese Jahreszeit ganz und gar ungewöhnliches Föhnwetter herauf. Die Tannenwälder standen schwarz in den Bergen, bleiern glänzten die Fensterscheiben, und der Himmel hing so tief und so dunkel herunter, als müßte eine tintige Flüssigkeit gleich herauslaufen aus ihm. Meine Schläfen schmerzten mich so unsäglich, daß ich mich niederlegen mußte, und ich erinnere mich genau, daß, als das Aspirin, das Paul mir gegeben hatte, langsam zu wirken begann, hinter meinen Lidern zwei seltsame, unheilvolle Flekken lauernd sich bewegten. Erwacht bin ich erst wieder in der Abenddämmerung, die an diesem Tag allerdings bereits um drei Uhr einsetzte. Paul hatte mich zugedeckt, war aber selber nirgends in der Wohnung zu sehen. Unschlüssig im Vorzimmer stehend, bemerkte ich, daß die Windjacke fehlte, von der Paul am Morgen beiläufig gesagt hatte, daß sie bald vierzig Jahre schon an der Garderobe hänge. In diesem Augenblick wußte ich, daß Paul in dieser Jacke fortgegangen war und daß ich ihn lebend nicht mehr sehen würde. Ich war also gewissermaßen vorbereitet, als es bald darauf an der Haustüre klingelte. Nur die Todesart, dieses mir unvorstellbare Ende, brachte mich zunächst völlig aus der Fassung, wenn sie auch, wie ich bald schon begriff, durchaus folgerichtig gewesen ist. Die Eisenbahn hatte für Paul eine tiefere Bedeutung. Wahrscheinlich schien es ihm immer, als führe sie in den Tod. Fahrpläne, Kursbücher, die Logistik des ganzen Eisenbahnwesens, das alles war für ihn, wie die Wohnung in S. sogleich erkennen ließ, zeit-

weise zu einer Obsession geworden. Die in dem
leeren Nordzimmer auf einem Brettertisch aufgebaute Märklinanlage steht mir heute noch
vor Augen als das Sinn- und Abbild von Pauls
deutschem Unglück. Mir fielen bei diesen
Worten Mme. Landaus die Bahnhöfe, Gleis-
anlagen, Stellwerke, Güterhallen und Signale
ein, die Paul so oft an die Tafel gemalt hatte

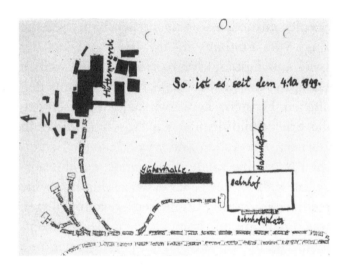

und die wir mit möglichster Genauigkeit in
unsere Schulhefte übertragen mußten. Es sei
eben, sagte ich zu Mme. Landau, als ich von
diesen Eisenbahnstunden erzählte, letzten Endes schwer zu wissen, woran einer sterbe. Ja,
sehr schwer ist das, sagte Mme. Landau, man
weiß es wahrhaftig nicht. Die ganzen Jahre,
die er hier in Yverdon verbrachte, hatte ich

keine Ahnung, daß Paul im Eisenbahnwesen sein Verhängnis sozusagen systematisiert vorgefunden hatte. Nur ein einziges Mal ist er, sehr andeutungsweise, auf seine Eisenbahnmanie zu sprechen gekommen, aber eher wie auf ein in der Vorvergangenheit zurückliegendes Kuriosum. Paul erzählte mir damals, sagte Mme. Landau, daß er als Kind in der Sommervakanz einmal in Lindau gewesen sei und dort vom Seeufer aus jeden Tag zugesehen habe, wie die Züge vom Festland auf die Insel und von der Insel aufs Festland hinüberrollten. Die weißen Dampfwolken in der blauen Luft, die aus den offenen Fenstern herauswinkenden Reisenden, das Spiegelbild drunten im Wasser — dieses in gewissen Abständen sich wiederholende Schauspiel habe eine solche Faszination auf ihn ausgeübt, daß er die ganze Vakanz hindurch nie rechtzeitig zum Mittagessen gekommen sei, was die Tante mit immer resignierterem Kopfschütteln und der Onkel mit der Bemerkung quittiert habe, er werde noch einmal bei der Eisenbahn enden. Dieser durchaus harmlosen Ferialgeschichte konnte ich, sagte Mme. Landau, als Paul sie erzählte, unmöglich die Bedeutung zumessen, die sie heute zu haben scheint, obgleich irgend etwas an ihrer Schlußwendung schon damals nicht recht geheuer war. Wahrscheinlich weil ich den Ausdruck *bei der Eisenbahn enden* in der von dem Onkel gemeinten landläufigen Bedeutung nicht sogleich begriff, hatte er auf mich die dunkle Wirkung eines Orakelspruchs. Die von meinem momentanen Fehlverständnis ausgelöste Beunruhigung — heute ist es mir manchmal, als hätte ich damals wirklich ein Todesbild gesehen — war aber nur von der kürzesten Dauer und ging über mich hinweg wie der Schatten eines Vogels im Flug.

Ambros Adelwarth

My field of corn is
but a crop of tears

Ich habe kaum eine eigene Erinnerung an meinen Großonkel Adelwarth. Gesehen habe ich ihn, soweit sich das jetzt mit Sicherheit noch sagen läßt, nur ein einziges Mal, im Sommer des Jahres 1951, als sämtliche Amerikaner, der Onkel Kasimir mit der Lina und der Flossie, die Tante Fini mit dem Theo und den Zwillingskindern und die ledige Tante Theres teils miteinander, teils nacheinander bei uns in W. wochenlang auf Besuch gewesen sind. Einmal während dieser Zeit waren auch die angeheirateten Schwiegerleute aus Kempten und Lechbruck — die Auswanderer halten sich in der Fremde bekanntlich vorzugsweise an ihresgleichen — auf ein paar Tage nach W. eingeladen worden, und es war bei dem so zustande gekommenen, an die sechzig Personen umfassenden Familientreffen, daß ich den Großonkel Adelwarth zum ersten- und, wie ich meine, letztenmal gesehen habe. Selbstverständlich ist er mir in dem allgemeinen Trubel, der damals in unserer Wohnung über der Engelwirtschaft und, durch die verschiedenen Aus- und Einquartierungen, im ganzen Dorf herum herrschte, zunächst ebensowenig aufgefallen wie die übrigen Verwandten, doch als er am Sonntagnachmittag bei der großen Kaffeetafel im Schützenhaus aufgefordert wurde, als der Älteste der Auswanderer und ihr Vorfahr sozusagen das Wort an die versammelte Sippschaft zu richten, ist meine Aufmerksamkeit naturgemäß auf ihn gelenkt worden in dem Augenblick, da er sich erhob und mit einem Löffelchen an sein Glas klopfte. Der Onkel Adelwarth ist nicht sonderlich groß gewachsen gewesen, aber er war demohngeachtet eine hochvornehme Erscheinung, durch die sich alle anderen Anwesenden, wie man dem beifälligen Gemurmel ringsum entnehmen konnte, in ihrem Selbstwert bestätigt und gehoben fühlten, auch wenn sie in Wahrheit durch den Vergleich mit dem Onkel geradezu deklassiert wurden, wie ich als Siebenjähriger im Gegensatz zu den stets in ihren Einbildungen befangenen Erwachsenen sofort erkannte. Obzwar mir vom Inhalt der Kaffeetafelansprache des Onkels Adelwarth nichts mehr erinnerlich ist, entsinne ich mich doch, zutiefst beeindruckt gewesen zu sein von der Tatsache, daß er anscheinend mühelos nach der Schrift redete und Wörter und Wendungen gebrauchte, von denen ich allenfalls ahnen konnte, was sie bedeuteten. Trotz dieses denkwürdigen Auftritts entschwand der Onkel Adelwarth, als er tags darauf mit dem Postauto nach Immenstadt und von dort aus mit der Bahn in die Schweiz fuhr, auf immer aus meinem Blickfeld. Nicht einmal in Gedanken ist er mir erhalten geblieben. Von seinem zwei Jahre später erfolgten Tod, geschweige denn von den damit verbundenen Umständen, ist mir während meiner ganzen Kindheit nichts zu Ohren gekommen, wahrscheinlich, weil das plötzliche Ende des Onkels Theo, der um dieselbe Zeit eines Morgens beim Zeitunglesen vom Schlag getroffen wurde, die Tante Fini mit den Zwillingskindern in eine äußerst schwierige Lage gebracht hatte, der gegenüber das Ableben eines alleinstehenden älteren Verwandten kaum Beachtung fand. Zudem war die Tante Fini, die über den Onkel Adelwarth aufgrund ihres engen Verhältnisses zu ihm am ehesten hätte Auskunft geben können, jetzt, wie sie schrieb, gezwungen gewesen, Tag und Nacht zu arbeiten, um sich und die Zwillinge halbwegs durchzubringen, weshalb sie, begreiflicherweise, auch als erste nicht mehr während der Sommermonate aus Amerika herüberkam. Der Kasimir ist auch immer seltener gekommen, und bloß die Tante Theres kam noch mit einiger Regelmäßigkeit, einesteils, weil sie als ledige Person bei weitem am besten gestellt war, und zum anderen, weil sie zeit ihres Lebens an einem unstillbaren Heimweh litt. Drei Wochen nach ihrer jeweiligen Ankunft weinte sie noch aus Wiedersehensfreude, und bereits drei Wochen vor der Abreise weinte sie vor Trennungsschmerz. War sie länger als sechs Wochen bei uns, so gab es für sie in der Mitte ihres Aufenthalts eine gewisse, meist mit Handarbeiten ausgefüllte Zeit der Beruhigung; blieb sie aber weniger lang, dann wußte man manches Mal wirklich nicht, ob sie in Tränen aufgelöst war, weil sie endlich wieder zu Hause sein durfte oder weil es ihr schon wieder vor dem Fortfahren grauste. Ihr letzter Besuch ist eine wahre Katastrophe gewesen. Sie hat still vor sich hin geweint beim Morgenkaffee und beim Nachtessen, beim Spazierengehen in den Feldern und beim Einkaufen der von ihr über alles geliebten Hummelfiguren, beim Kreuzworträtsellösen und beim Hinausschauen aus dem Fenster. Als wir sie nach München zurückbrachten, saß sie, während die Alleebäume zwischen Kempten und Kaufbeuren und zwischen Kaufbeuren und Buchloe in der Morgendämmerung draußen vorbeiflogen, tränenüberströmt zwischen uns Kindern im Fond des neuen Opel Kapitäns des Taxiunternehmers Schreck, und später, wie sie mit ihren Hutschachteln über das Flugfeld in Riem auf die silbrige Maschine zuging, sah ich von der Aussichtsterrasse aus, daß sie einmal ums andere aufschluchzen und mit ihrem Taschentuch sich die Augen trocknen mußte. Ohne sich noch einmal umzublicken, ist sie die Treppe hinaufgestiegen und durch die dunkle Öffnung im Bauch des Flugzeugs verschwunden, man könnte sagen — auf immer. Eine Zeitlang sind ihre allwöchentlichen Briefe bei uns noch eingetroffen (sie begannen stets mit den Worten: Meine Lieben daheim! Und wie geht es Euch immer? Mir geht es gut!), aber dann ist diese fast über drei Jahrzehnte unfehlbar aufrechterhaltene Korrespondenz abgerissen, wie ich am Ausbleiben der regelmäßig für mich beigelegten Dollarnoten merkte, und die Mutter mußte, mitten in der Fasnacht, eine Todesanzeige ins Anzeigeblatt einrücken lassen, in welcher es hieß, daß unsere liebe Schwester, Schwägerin und Tante in New York nach kurzer, schwerer Krankheit aus dem Leben geschieden sei. Bei dieser Gelegenheit, wenn man so sagen kann, ist auch wieder von dem viel zu frühen Tod des Onkels Theo die Rede gewesen, nicht hingegen, wie ich genau weiß, von dem gleichfalls vor ein paar Jahren erst verstorbenen Onkel Adelwarth.

Die Sommerbesuche der Amerikaner waren wahrscheinlich der erste Beweggrund für die von mir als Heranwachsender gehegte Vorstellung, daß ich einmal nach Amerika auswandern würde. Wichtiger aber als diese gewissermaßen persönliche Verbindung mit meinem amerikanischen Wunschtraum war die Zurschaustellung einer anderen Art von täglichem Leben durch die am Ort stationierte Besatzungsmacht, deren allgemeine Moral von den Einheimischen, wie man ihren halb hinter vorgehaltener Hand, halb lauthals gemachten Bemerkungen entnehmen konnte, als einer Siegernation unwürdig empfunden wurde. Sie ließen die von ihnen requirierten Häuser verlottern, hatten keine Blumen auf dem Balkon und statt Vorhänge Fliegengitter im Fenster. Die Weiber gingen in Hosen herum und warfen ihre lippenstiftverschmierten Zigarettenkippen einfach auf die Straße, die Männer hatten die Füße auf dem Tisch, die Kinder ließen die Fahrräder in der Nacht im Garten liegen, und was man von den Negern halten sollte, das wußte sowieso kein Mensch. Gerade diese abschätzigen Bemerkungen sind es gewesen, die mich damals bestärkten in meiner Sehnsucht nach dem einzigen Ausland, von dem ich überhaupt eine Ahnung hatte. In den endlosen Schulstunden vor allem und in der Abenddämmerung habe ich mir meine amerikanische Zukunft in allen Einzelheiten und Farben ausgemalt. Diese Phase der imaginären Amerikanisierung meiner Person, während der ich streckenweise zu Pferd, streckenweise in einem dunkelbraunen Oldsmobile die Vereinigten Staaten in allen Himmelsrichtungen durchquerte, erreichte ihren Höhepunkt zwischen

meinem sechzehnten und siebzehnten Lebensjahr, als ich die Geistes- und Körperhaltung
eines Hemingway-Helden in und an mir auszubilden versuchte, ein Simulationsprojekt, das
aus verschiedenen Gründen, die man sich denken kann, von vornherein zum Scheitern verurteilt war. In der Folge verflüchtigten sich
meine amerikanischen Träume allmählich und
machten, nachdem die Schwundstufe erreicht
worden war, einer bald gegen alles Amerikanische gerichteten Abneigung Platz, die schon im
Verlaufe meiner Studienzeit so tief in mir sich
festsetzte, daß mir bald nichts absurder erschienen wäre als der Gedanke, ich könnte irgendwann einmal ungezwungenermaßen eine Reise
nach Amerika unternehmen. Dennoch bin ich
schließlich nach Newark geflogen, und zwar
am zweiten Januar 1981. Der Anlaß für diesen
Sinneswandel ist ein mir einige Monate zuvor
in die Hände gefallenes Fotoalbum der Mutter
gewesen, welches eine Reihe mir gänzlich unbekannter Aufnahmen unserer in der Weimarer
Zeit ausgewanderten Verwandten enthielt. Je
länger ich die Fotografien studierte, desto nach-
drücklicher begann sich in mir das Bedürfnis
zu regen, mehr über die Lebensläufe der auf
ihnen Abgebildeten in Erfahrung zu bringen.
Die nachstehende Fotografie beispielsweise
wurde im März 1939 in der Bronx gemacht.
Ganz links sitzt die Lina neben dem Kasimir.

Ganz rechts sitzt die Tante Theres. Die anderen Leute auf dem Kanapee kenne ich nicht, bis auf das kleine Kind mit der Brille. Das ist die Flossie, die nachmals Sekretärin in Tucson / Arizona geworden ist und mit über fünfzig noch das Bauchtanzen gelernt hat. Das Ölgemälde an der Wand stellt unseren Heimatort W. dar. Es gilt inzwischen, soviel ich herauszufinden vermochte, als verschollen. Nicht einmal der Onkel Kasimir, der es als ein Abschiedsgeschenk der Eltern zusammengerollt in einer Pappdeckelrolle mit nach New York gebracht hat, weiß, wo es hingekommen sein kann.

Vom Flughafen Newark aus bin ich also an jenem zweiten Januar, es war ein licht- und trostloser Tag, auf dem New Jersey Turnpike nach Süden in Richtung Lakehurst gefahren, wo die Tante Fini und der Onkel Kasimir mit der Lina, nachdem sie Mitte der siebziger Jahre aus Mamaroneck beziehungsweise aus der Bronx weggezogen waren, sich je einen Bungalow gekauft hatten in einer mitten in den Blaubeerfeldern gelegenen sogenannten *retirement community*. Gleich außerhalb des Flughafengeländes wäre ich um ein Haar von der Straße abgekommen, als ich über einem dort aufgeworfenen wahren Riesengebirge aus Müll einen Jumbo wie ein Untier aus ferner Vorzeit schwerfällig in die Luft sich erheben sah. Er zog einen schwarzgrauen Rauchschleier hinter sich her, und einen Augenblick lang war mir, als habe er seine Schwingen bewegt. Dann ging es hinaus in eine ebene Gegend, in der es, den ganzen Garden State Parkway entlang, nichts gab als Krüppelholz, verwachsenes Heidekraut und von ihren Bewohnern verlassene, teils mit Brettern vernagelte Holzhäuser, umgeben von zerfallenen Gehegen und Hütten, in denen, wie der Onkel Kasimir mir später erklärte, bis in die Nachkriegszeit hinein Millionen von Hühnern gehalten wurden, die unvorstellbare Abermillionen von Eiern legten für den Markt von New York, bis neue Methoden der Hühnerhaltung das Geschäft unrentabel machten und die Kleinhäusler samt ihrem Federvieh verschwanden. Kurz nach Einbruch der Dunkelheit erreichte ich, über eine vom Parkway mehrere Meilen durch eine Art Sumpfmoos führende Stichstraße, die Altenkolonie Cedar Glen West. Trotz der ungeheuren Ausdehnung dieser Siedlung und trotz der Tatsache, daß die jeweils für vier Parteien gebauten Bungalow-Condominiums so gut wie ununterscheidbar voneinander waren und daß, darüber hinaus, in jedem Vorgarten nahezu derselbe, von innen heraus leuchtende Weihnachtsmann stand, habe ich das Haus der Tante Fini ohne Schwierigkeiten gefunden, weil in Cedar Glen West alles streng nach den Grundsätzen der Geometrie angeordnet ist.

Die Tante Fini hatte Maultaschen für mich gemacht. Sie saß mit am Tisch und forderte mich einmal ums andere auf, zuzugreifen, aß aber selber nichts, wie meistens die alten Frauen, wenn sie gekocht haben für einen jüngeren, auf Besuch gekommenen Verwandten. Die Tante erzählte aus der Vergangenheit. Dabei hielt sie die linke, seit Wochen von einer schweren Neuralgie geplagte Hälfte ihres Gesichts mit der Hand bedeckt. Zwischenhinein trocknete sie sich die Tränen, die ihr, sei es vom Schmerz, sei es von der Erinnerung, in die Augen getrieben wurden. Sie erzählte mir die Geschichte vom unzeitigen Tod des Theo und von den Jahren danach, in denen sie oft sechzehn Stunden am Tag und mehr habe arbeiten müssen, und sie berichtete, wie die Tante Theres gestorben war und monatelang zuvor schon wie eine Landfremde herumgegangen und -gesessen sei. Manchmal, im Sommerlicht, hat sie einer Heiligen gleichgesehen, mit den weißen Zwillichhandschuhen, die sie wegen ihres Ekzems seit Jahr und Tag tragen mußte. Vielleicht, sagte die Tante Fini, ist die Theres wirklich eine Heilige gewesen. Ausgestanden hat sie jedenfalls genug zeit ihres Lebens. Schon als Kind in der Schule ist ihr vom Katecheten gesagt worden, sie habe zu nah ans Wasser gebaut, und wenn sie es sich überlege, sagte die Tante Fini, so sei die Theres eigentlich andauernd am Weinen gewesen. Gar nie habe sie sie anders als mit einem nassen Taschentuch in der Hand gekannt. Und hergeschenkt hat sie, wie du weißt, auch alles, was sie verdiente oder was ihr aus dem von ihr geführten Wallersteinschen Millionärshaushalt zufiel. Die Theres ist ja, so wahr ich hier sitze, sagte die Tante Fini, als eine arme Frau gestorben. Zwar sei dies gelegentlich vom Kasimir oder vielmehr von der Lina in Zweifel gezogen worden, aber sie habe tatsächlich nichts anderes hinterlassen als ihre aus nahezu hundert Stücken bestehende Hummelfigurensammlung, ihre allerdings wunderbare Garderobe und große Mengen von Straßschmuck — alles in allem gerade genug zur Bestreitung der Begräbniskosten.

Die Theres, der Kasimir und ich,
sagte die Tante Fini, als wir ihr Fotografiealbum durchblätterten, sind Ende der zwanziger
Jahre aus W. ausgewandert. Zuerst habe ich
am 6. September 1927 in Bremerhaven mit der
Theres mich eingeschifft. Die Theres ist dreiundzwanzig, ich bin einundzwanzig gewesen,
und beide haben wir einen Kapotthut aufgehabt. Der Kasimir ist im Sommer 1929, ein
paar Wochen vor dem schwarzen Freitag, von
Hamburg aus nachgekommen, weil er als ausgelernter Spengler ebensowenig eine Arbeit

hatte finden können wie ich als Schullehrerin
oder wie die Theres, die Schneiderin war. Ich
hatte das Institut in Wettenhausen im Vorjahr
schon absolviert gehabt, und vom Herbst 1926
an bin ich Hilfslehrerin ohne Gehalt an der
Volksschule in W. gewesen. Das hier ist eine
Fotografie aus der damaligen Zeit, wie wir

einen Ausflug gemacht haben auf den Falken-
stein. Die Schüler haben alle hinten auf der
Ladefläche gestanden, während ich mit dem
Lehrer Fuchsluger, der ein Nationalsozialist der
ersten Stunde gewesen ist, im Führerhaus gesessen bin neben dem Adlerwirt Benedikt Tann-

heimer, dem der Wagen gehörte. Das Kind ganz rückwärts mit dem Kreuzchen über dem Kopf ist deine Mutter, die Rosa. Ich erinnere mich, sagte die Tante Fini, wie ich ein paar Monate später, zwei Tage vor meiner Einschiffung ist es gewesen, mit ihr nach Klosterwald gefahren bin und sie dort abgeliefert habe im Internat. Sie hat, glaube ich, damals viel Angst ausstehen müssen durch die so unglücklich mit ihrem Verlassen des Elternhauses zusammentreffende Ausreise ihrer Geschwister nach Übersee, denn auf Weihnachten hat sie uns einen Brief nach New York geschrieben, in dem stand, daß es ihr nicht sehr geheuer sei, wenn sie in der Nacht im Schlafsaal liege. Ich habe versucht, sie zu trösten damit, daß sie ja den Kasimir noch habe, aber dann ist auch der Kasimir, wie die Rosa grad fünfzehn war, nach Amerika gegangen. So kommt eben immer eines zum andern, sagte die Tante Fini nachdenklich und fuhr nach einer Weile fort: Die Theres und ich jedenfalls haben es vergleichsweise leicht gehabt bei unserer Ankunft in New York. Der Onkel Adelwarth, ein Bruder der Mutter, der schon vor dem ersten Krieg nach Amerika gegangen und seitdem nur in den besten Häusern tätig gewesen war, hat uns aufgrund seiner vielfältigen Beziehungen sogleich zu einer Stellung verhelfen können. Ich wurde Erzieherin bei den Seligmans in Port Washington und die Theres persönlich Bedienstete bei der mit ihr nahezu gleichaltrigen Mrs. Wallerstein, deren aus der Ulmer Gegend stammender Mann es mit verschiedenen brauereitechnischen Patentverfahren innerhalb kurzer Frist zu einem beträchtlichen und über die Jahre stetsfort wachsenden Vermögen gebracht hat.

Der Onkel Adelwarth, an den du dich wahrscheinlich nicht mehr erinnerst, sagte die Tante Fini, als fange nun eine ganz andere, weitaus bedeutungsvollere Geschichte an, ist ein selten nobler Mensch gewesen. Er ist 1886 in Gopprechts bei Kempten auf die Welt gekommen, und zwar als das jüngste von acht Kindern, bis auf ihn lauter Mädchen. Die Mutter ist, an Erschöpfung wahrscheinlich, gestorben, wie der auf den Namen Ambros getaufte Adelwarth-Onkel noch keine zwei zählte. Danach mußte die älteste Tochter, die Kreszenz geheißen hat und zu jener Zeit mehr gewiß nicht als siebzehn war, den Haushalt führen und die Mutterstelle vertreten, so gut es ging, während der Vater, der es als Wirt besser nicht wußte, bei seinen Gästen hocken blieb. Der Ambros hat wie die übrigen Geschwister der Zenzi frühzeitig an die Hand gehen müssen und ist schon als Fünfjähriger zusammen mit der nicht viel älteren Minnie nach Immenstadt auf den Wochenmarkt geschickt worden zum Verkaufen der von ihnen am Vortag gesammelten Pfifferlinge und

Preiselbeeren. In den Herbst hinein, sagte die
Tante Fini, hätten die beiden jüngsten Adel-
warth-Kinder, wie sie aus Erzählungen der
Minnie wisse, manchmal wochenlang nichts
anderes getan als korbweise Hagebutten heim-
zuholen, sie einzeln alle aufzuschneiden, die
haarigen Kerne mit einem Löffelspitz herauszugraben und die roten Fruchtschalen, nachdem sie in einem Waschzuber ein paar Tage
Feuchtigkeit gezogen hatten, durch die Presse
zu treiben. Vergegenwärtigt man sich heute
die Verhältnisse, unter denen der Ambros aufgewachsen ist, dann kommt man, sagte die
Tante Fini, unweigerlich zu dem Schluß, daß
er so etwas wie eine Kindheit nie gehabt hat.
Mit dreizehn Jahren bereits ist er von zu Hause
weg nach Lindau gegangen, wo er im *Bairischen
Hof* als Küchenmann gearbeitet hat, bis genug
Geld beieinander war für ein Bahnbillett ins
Welschland, von dessen Schönheit er in der
Wirtschaft in Gopprechts einmal einen durch-
reisenden Uhrmacher voller Begeisterung hatte
erzählen hören. Warum, weiß ich auch nicht,
sagte die Tante Fini, aber in meiner Einbildung
fährt der Ambros immer von Lindau aus mit
dem Dampfschiff im Mondschein über den
Bodensee, obgleich das in Wirklichkeit nicht
gut der Fall gewesen sein kann. Fest steht hingegen, daß der damals höchstens vierzehn-
jährige Ambros bereits wenige Tage nach

dem endgültigen Verlassen seines Heimatlands, wahrscheinlich dank seines ungemein einnehmenden und gleichwohl beherrschten Wesens, im Grand Hotel Eden in Montreux als *apprenti garçon* in den Etagendienst aufgenommen wurde. Ich glaube jedenfalls, sagte die Tante Fini, daß es das *Eden* war, denn in einem vom Adelwarth-Onkel hinterlassenen Ansichtskartenalbum ist dieses weltberühmte Hotel mit seinen gegen die Nachmittagssonne herabgelassenen Sonnenblenden gleich auf einer der ersten Seiten zu sehen. In Montreux, fuhr die Tante Fini fort, nachdem sie das Album aus einer ihrer Schlafzimmerschubladen hervorgeholt und

653 Montreux - Hôtel Eden et le Mont Cubli

vor mir aufgeschlagen hatte, ist der Ambros im Verlauf seiner Lehrzeit nicht nur in sämtliche Geheimnisse des Hotellebens eingeweiht worden, sondern er hat zugleich auch das Französische perfekt erlernt oder, genauer gesagt, in sich aufgenommen; er besaß nämlich die besondere Fähigkeit, eine Fremdsprache ohne jedes Lehrmittel innerhalb von ein, zwei Jahren anscheinend mühelos sich anzueignen, einzig und allein durch gewisse Adjustierungen, wie er mir einmal auseinandersetzte, seiner inneren Person. Neben seinem sehr schönen New Yorker Englisch hat er ein elegantes Französisch und, was mich immer am meisten verwunderte, ein äußerst gediegenes, gewiß nicht auf Gopprechts zurückgehendes Deutsch gesprochen, und darüber hinaus, so erinnerte die Tante Fini sich noch, ein durchaus nicht unebenes Japanisch, wie ich zufällig einmal entdeckte, als wir miteinander bei Sacks Einkäufe machten und er dort für einen des Englischen nicht mächtigen, in irgendeine Mißliebigkeit verwickelten Japaner sozusagen zum Retter in der Not wurde.

Nach Beendigung der Schweizer Lehrjahre ging der Ambros, versehen mit hervorragenden Empfehlungsschreiben und Zeugnissen, nach London, wo er im Herbst 1905 im Savoy Hotel im Strand wiederum als Etagenkellner eine Stellung antrat. In die Londoner Zeit fiel die geheimnisvolle Episode mit der Dame aus Schanghai, von der ich nur weiß, daß sie eine Vorliebe für braune Glacéhandschuhe hatte, denn obschon der Adelwarth-Onkel späterhin gelegentlich auf die mit dieser Dame gemachten Erfahrungen anspielte (sie stand am Anfang meiner Trauerlaufbahn, sagte er einmal), ist es mir nie gelungen, herauszufinden, was es in Wahrheit auf sich hatte mit ihr. Ich nehme an, daß die von mir wahrscheinlich ganz unsinnigerweise immer mit der Mata Hari in Verbindung gebrachte Dame aus Schanghai damals des öfteren im *Savoy* abgestiegen und daß der jetzt zirka zwanzigjährige Ambros von Berufs wegen, wenn man so sagen kann, mit ihr in Kontakt gekommen war, wie es ja auch der Fall gewesen ist mit dem Herrn von der japanischen Gesandtschaft, den er dann 1907, wenn mich nicht alles täuscht, auf einer Reise per Schiff und per Bahn über Kopenhagen, Riga, St. Petersburg, Moskau und quer durch Sibirien bis nach Japan begleitete, wo der alleinstehende Legationsrat in der Nähe von Kioto ein wunderschönes Wasserhaus besaß. Halb als Kammerdiener, halb als Gast des Legationsrats hat der Ambros an die zwei Jahre in diesem schwimmenden und so gut wie leeren Haus verbracht und sich dort meines Wissens weit wohler gefühlt als an jedem anderen Ort bis dahin.

Einen ganzen Nachmittag lang, sagte die Tante
Fini, hat mir der Adelwarth-Onkel in Mamaroneck einmal von seiner Zeit in Japan erzählt.
Ich weiß aber nicht mehr genau, was es war.
Von papierenen Zimmerwänden ist, glaube ich,
die Rede gewesen, vom Bogenschießen und viel
von immergrünem Lorbeer, Myrten und wil-
den Kamelien. Und auch an einen alten Kamp-
ferbaum entsinne ich mich noch, in den fünfzehn Menschen hineingepaßt haben sollen, und

an die Geschichte einer Enthauptung und an den Ruf, sagte die Tante mit halb schon geschlossenen Augen, des japanischen Kuckucks, Hototogisu, den er so gut nachmachen konnte.

Am zweiten Tag meines Aufenthalts in Cedar Glen West ging ich nach dem Morgenkaffee zum Onkel Kasimir hinüber. Es war gegen halb elf Uhr, als ich mich mit ihm an den Küchentisch setzte. Die Lina wirtschaftete bereits am Herd herum. Der Onkel hatte zwei Gläser herausgeholt und schenkte den Enzian ein, den ich mitgebracht hatte. Unsereiner ist eben damals, so fing er an, als es mir nach einer gewissen Zeit gelungen war, das Gespräch auf das Thema der Auswanderung zu lenken, in Deutschland auf keinen grünen Zweig gekommen. Nur ein einziges Mal habe ich, wie ich mit der Spenglerlehre in Altenstadt fertig war, eine Arbeit gehabt, anno 28, als ein neues Kupferdach auf die Augsburger Synagoge gemacht worden ist. Das alte Kupferdach haben die Augsburger Juden im ersten Krieg für die Kriegshilfe geopfert, und erst im achtundzwanziger Jahr haben sie dann den für ein neues Dach benötigten Betrag wieder beieinander gehabt. Das hier bin ich, sagte der Onkel Kasimir, indem er eine postkartengroße, gerahmte Fotografie, die er von der Wand genommen hatte, mir über den Tisch zuschob, der ganz rechts außen, von dir aus gesehen.

Aber nach diesem Auftrag war es wochenlang
wieder nichts, und einer von meinen Arbeits-
kollegen, der Wohlfahrt Josef, der auf dem
Synagogendach droben immer noch voller Zuversicht gewesen ist, hat sich nachher aufge-
hängt aus Hoffnungslosigkeit. Die Fini hat
natürlich begeisterte Briefe geschrieben aus der
neuen Heimat, und also war es kein Wunder,
wenn ich mich schließlich entschloß, den
Schwestern nach Amerika nachzufolgen. An
die Bahnfahrt durch Deutschland habe ich
keine Erinnerung mehr, außer daß mir alles,
wahrscheinlich weil ich nie über das Allgäu und
das Lechfeld hinausgekommen war, fremd und
unbegreiflich erschienen ist, die Gegenden,

durch die wir kamen, die großen Bahnhofshallen und Städte, das Rheinland und die weiten Ebenen droben im Norden. Mit ziemlicher Genauigkeit sehe ich allerdings den Saal im Norddeutschen Lloyd in Bremerhaven vor mir, in dem die weniger zahlungskräftigen Passagiere auf ihre Einschiffung warteten. Besonders gut erinnere ich mich an die vielen verschiedenen Kopfbedeckungen der Auswanderer, Kapuzen und Kappen, Winter- und Sommerhüte, Schals und Tücher und dazwischen die Uniformmützen des Personals der Reederei und der Zollbeamten und die abgewetzten Melonen der Mittelsmänner und Agenten. An den Wänden hingen große Ölbilder der zur Flotte des Lloyd gehörenden Ozeandampfer. Ein jeder dieser Dampfer befand sich in voller Fahrt von links hinten nach rechts vorn, ragte ungeheuer weit mit dem Bug aus dem wogenden Meer empor und vermittelte so den Eindruck einer unaufhaltsam alles vorantreibenden Kraft. Über der Tür, durch die wir zuletzt hinaus mußten, war eine runde Uhr angebracht mit römischen Ziffern, und über der Uhr stand mit verzierten Buchstaben geschrieben der Spruch *Mein Feld ist die Welt*. Die Tante Lina drückte gesottene Kartoffeln durch eine Presse auf ein gemehltes Nudelbrett, der Onkel Kasimir schenkte Enzian ein und erzählte weiter von seiner Überfahrt mitten durch die Februarstürme hindurch. Es ist zum Fürchten gewesen, sagte er, wie die Wellen sich aus der Tiefe heraushoben und wieder zurückgerollt kamen. Schon als Kind hat es mir gegraust, wenn ich beim Eisstockschießen auf dem Froschweiher zuschaute und auf einmal an das Dunkel denken mußte unter meinen Füßen. Und jetzt ringsum nur schwarzes Wasser, tagaus und tagein, und das Schiff, wie es schien, die ganze Zeit auf demselben Fleck. Meine Mitreisenden waren größtenteils seekrank. Erschöpft, mit glasigem Blick oder halbgeschlossenen Augen lagen sie in ihren Kojen. Andere hockten am Boden, standen stundenlang an eine Wand gelehnt oder wankten wie Schlafwandler in den Gängen herum. Auch mir ist es acht Tage sterbenselend gewesen. Wohler wurde mir erst wieder, als wir durch die Narrows in die Upper Bay hineinfuhren. Ich saß auf einer Bank an Deck. Das Schiff war schon langsamer geworden. Ich spürte eine schwache Brise an meiner Stirn, und indem wir der Waterfront uns annäherten, wuchs Manhattan vor uns höher und höher aus den jetzt von der Morgensonne durchdrungenen Nebeln heraus.

Die Schwestern, die mich an Land erwarteten, haben mir in der Folge nicht viel weiterhelfen können. Auch der Adelwarth-Onkel wußte mich nirgends unterzubringen, wahrscheinlich, weil ich weder zum Gärtner noch zum Koch, noch zum Hausdiener geeignet gewesen bin. Am zweiten Tag habe ich in der Lower East Side, in der Bayard Street bei einer Frau Risa Litwak ein Hinterzimmer genommen, das auf einen engen Lichtschacht hinausging. Die Frau Litwak, der vor einem Jahr der Mann gestorben war, ist den ganzen Tag am Kochen und Putzen gewesen, und wenn sie nicht gekocht oder geputzt hat, dann machte sie Papierblumen oder nähte nächtelang, für ihre Kinder oder für andere Leute oder als Zulieferin für einen Betrieb, ich weiß es nicht. Manchmal hat sie auf einem Pianola sehr schöne Lieder gespielt, die mir vertraut vorgekommen sind von irgendwoher. Die Bowery und die ganze Lower East Side ist bis zum Ersten Weltkrieg das Haupteinwandererviertel gewesen. Über hunderttausend Juden sind hier alljährlich neu angekommen und in die engen, lichtlosen Wohnungen der fünf- bis sechsstöckigen Mietskasernen gezogen. Nur der sogenannte *parlour* hatte in diesen Wohnungen zwei Fenster zur Straße hin, und an dem einen davon führte die Feuerleiter vorbei. Auf den Absätzen der Feuerleitern haben die Juden im Herbst ihre Laubhütten gebaut, und im Sommer, wenn die Hitze oft wochenlang unbeweglich in den Straßen stand und es im Inneren der Häuser nicht mehr auszuhalten war, schliefen dort draußen in der luftigen Höhe Hunderte und Tausende von Menschen, und sie schliefen auch auf den Dächern und auf den *sidewalks* und auf den eingezäunten kleinen Grasplätzen in der Delancey Street und im Seward Park. The whole of the Lower East Side was one huge dormitory. Und doch sind die Einwanderer erfüllt gewesen von Hoffnung in jener Zeit, und auch ich war keineswegs niedergeschlagen, als ich mich Ende Februar 28 auf Arbeitssuche machte. Tatsächlich habe ich, noch vor eine Woche verstrichen war, bereits an der Werkbank gestanden, und zwar in der Soda- und Seltzerfabrik Seckler & Margarethen nicht weit von der Auffahrt zur Brooklyn

Bridge. Ich habe dort Kessel und Geschirre verschiedener Größe aus rostfreiem Stahl angefertigt, die der alte Seckler, der ein Brünner Jude gewesen ist (was es mit Margarethen auf sich hatte, habe ich nie in Erfahrung gebracht), größtenteils als *catering equipment* an Schwarzbrennereien verkaufte, denen es weniger auf den verlangten Preis ankam als auf eine möglichst diskrete Abwicklung des Geschäfts. Den Verkauf dieser Stahlwaren und sonstiger für das Destillieren wichtiger Geräte bezeichnete Seckler, der aus irgendeinem Grund einen Narren an mir gefressen hatte, als einen Nebenerwerbszweig, der, seiner Auffassung nach, aus dem Stamm oder Grundstock der Soda- und Seltzerfabrik von selber und ganz gewiß ohne sein Zutun ausgeschlagen war und den mir nichts, dir nichts zurückzustutzen er einfach das Herz nicht hatte. Der Seckler hat meine Arbeit immer gelobt, aber gezahlt hat er ungern und wenig. Bei mir, hat er gesagt, hast du zum mindesten einen Anfang. Und dann hat er mich einmal, es ist ein paar Wochen nach Passah gewesen, in sein Kontor gerufen, hat sich zurückgelehnt in seinem Sessel und hat gesagt: Bist du schwindelfrei? Und falls ja, kannst du hingehen auf die neue Jeschiwa, wo sie brauchen Blechschmiede wie dich. Er hat mir auch gleich die Anschrift gegeben — 500 West 187th Street corner Amsterdam Avenue —, und am nächsten Tag schon bin ich zuoberst auf dem Turm gestanden, wie zuvor auf der Augsburger Synagoge, nur viel höher, und habe die fast sechs Meter breiten Kupferbänder anschmieden helfen an die Kuppel, die das halb wie ein Bahnhof, halb wie ein morgenländischer Palast aussehende Gebäude krönte. Ich habe in der Folgezeit noch viel zu tun gehabt in den Gipfelregionen der Wolkenkratzer, die trotz der Depression in New York bis in die frühen dreißiger Jahre hinein gebaut worden sind. Ich habe die Kupferspitzhauben auf das General Electric Building gesetzt, und 29/30 waren wir ein Jahr lang mit den durch die Rundungen und Schräglagen unglaublich schwierigen Stahlblecharbeiten auf der Spitze des Chrysler Building beschäftigt. Naturgemäß habe ich durch das Herumturnen zweihundert bis dreihundert Meter über der Erde sehr gut verdient, aber das Geld ist, so, wie es hereinkam, auch wieder hinaus. Und dann hab ich mir beim Schlittschuhfahren im Central Park das Handgelenk gebrochen und war stellungslos bis 34, und dann sind wir in die Bronx gezogen, und das luftige Leben war aus.

Nach dem Mittagessen wurde der Onkel Kasimir zusehends unruhig, ging im Zimmer herum und sagte schließlich: I have got to get out of the house!, worauf die Tante Lina, die am Geschirrwaschen war, erwiderte: What a

day to go for a drive! Tatsächlich konnte man draußen meinen, es sei am Nachtwerden, so tintenschwarz und so tief hing jetzt der Himmel herab. Die Straßen waren leer. Nur selten kam uns ein anderer Wagen entgegen. Wir brauchten für die knapp zwanzig Meilen bis an den Atlantik hinunter bald eine Stunde, weil der Onkel Kasimir so langsam fuhr, wie ich auf einer freien Strecke noch nie jemanden habe fahren sehen. Er saß schräg hinterm Steuer, lenkte mit der linken Hand und erzählte Geschichten aus der Glanzzeit der Prohibition. Nur ab und zu vergewisserte er sich durch einen Blick nach vorn, daß wir uns noch auf der richtigen Spur befanden. Die Italiener haben das meiste Geschäft gemacht, sagte er. Die ganze Küste entlang, in places like Leonardo, Atlantic Highlands, Little Silver, Ocean Grove, Neptune City, Belmar and Lake Como, haben sie Sommerpaläste gebaut für ihre Familien und Villen für ihre Weiber und meistens auch eine Kirche und ein Häuschen für einen Kaplan. Der Onkel verlangsamte die Fahrt noch mehr und ließ sein Fenster herab. This is Toms River, sagte er, there's no one here in the winter. Im Hafen lagen dicht wie eine verängstigte Herde aneinandergedrängt Segelboote mit schepperndem Takelwerk. Auf einem *coffee shop* in Form eines Lebkuchenhäuschens hockten ein paar Möwen. Der Buyright Store, der Pizza Parlour und der Hamburger Haven waren geschlossen, und auch die Wohnhäuser waren versperrt und hatten die Läden herabgelassen. Der Wind trieb den Sand über die Fahrbahn und unter die *sidewalks* hinein. Die Dünen, sagte der Onkel, erobern die Stadt. Wenn nicht im Sommer immer wieder die Leute kämen, wäre alles in ein paar Jahren begraben. Von Toms River führte die Straße hinab an die Barnegat Bay und über Pelican Island hinüber auf die der Küste von New Jersey vorgelagerte, fünfzig Meilen lange, aber nirgends mehr als eine Meile breite Landzunge. Wir stellten den Wagen ab und gingen miteinander, den scharfen Nordostwind im Rücken, den Strand entlang. Über den Ambros Adelwarth weiß ich leider nicht viel, sagte der Onkel Kasimir. Er war ja bei meiner Ankunft in New York bereits über vierzig, und ich habe ihn während der ersten Zeit und auch später kaum öfter als ein-, zweimal im Jahr gesehen. Seine legendäre Vergangenheit betreffend, sind natürlich gewisse Gerüchte im Umlauf gewesen, aber mit Sicherheit weiß ich nur, daß der Ambros Majordomus und Butler war bei den Solomons, die am Rock Point auf der äußersten Spitze von Long Island einen großen, auf drei Seiten von Wasser umgebenen Besitz hatten und zusammmen mit den Seligmanns, den Loebs, den Kuhns, den Speyers und den Wormsers zu

den reichsten jüdischen Bankiersfamilien von New York gehörten. Vor der Ambros Butler geworden ist bei den Solomons, war er Kammerdiener und Reisebegleiter des um ein paar Jahre jüngeren Solomon-Sohns, der Cosmo geheißen hat und in der gehobenen New Yorker Gesellschaft bekannt gewesen ist für seine Extravaganz und seine andauernden Eskapaden. Beispielsweise soll er einmal versucht haben, im Foyer des Hotels *The Breakers* in Palm Beach die Treppe hinaufzureiten. Aber dergleichen Geschichten kenne ich nur vom Hörensagen. Die Fini, die zuletzt für den Ambros zu einer Art von Vertrauten geworden ist, hat gelegentlich auch etwas gemunkelt von einem tragischen Verhältnis, das zwischen dem Ambros und dem Solomon-Sohn bestanden haben soll. Und soviel ich weiß, ist der junge Solomon Mitte der zwanziger Jahre tatsächlich an irgendeiner

Geisteskrankheit zugrunde gegangen. Was den Adelwarth-Onkel angeht, so kann ich nur sagen, daß er mich immer gedauert hat, weil er sich sein Lebtag lang von nichts aus der Fassung bringen lassen durfte. Er ist natürlich, wie jeder leicht sehen konnte, von der anderen Partei gewesen, sagte der Onkel Kasimir, auch wenn die Verwandtschaft das immer ignoriert beziehungsweise verbrämt oder zum Teil vielleicht wirklich nicht begriffen hat. Je älter der Adelwarth-Onkel geworden ist, desto hohler ist er mir vorgekommen, und wie ich ihn das letztemal gesehen habe, in dem sehr vornehm eingerichteten Haus in Mamaroneck, das die Solomons ihm vermacht hatten, war es, als werde er bloß noch von seinen Kleidern zusammengehalten. Wie gesagt, die Fini hat sich um ihn gekümmert gegen das Ende zu. Von ihr kannst du dir genauer erzählen lassen, was war. Der Onkel Kasimir blieb stehen und schaute auf das Meer hinaus. Das ist der Rand der Finsternis, sagte er. Und wirklich schien es, als sei hinter uns das Festland versunken und als ragte nichts mehr aus der Wasserwüste heraus außer diesem schmalen, nach Norden hinauf und nach Süden hinunter sich erstreckenden Streifen Sand. I often come out here, sagte der Onkel Kasimir, it makes me feel that I am a long way away, though I never quite know from where. Dann holte er eine Kamera aus

seinem großkarierten Überzieher heraus und
machte diese Aufnahme, von der er mir zwei

Jahre später, wahrscheinlich, als der Film endlich voll war, einen Abzug schickte zusammen
mit seiner goldenen Taschenuhr.

Die Tante Fini saß in ihrem Lehnstuhl in
dem dunklen Wohnzimmer, als ich am Abend
wieder eintrat bei ihr. Nur der Widerschein
der Straßenbeleuchtung lag auf ihrem Gesicht.
Das Reißen hat nachgelassen, sagte sie, die
Schmerzen sind fast vergangen. Ich habe zuerst
geglaubt, daß ich mir die Besserung bloß einbilde, so langsam hat sie sich ausgebreitet. Und
wie ich wirklich die Schmerzen kaum mehr
spürte, habe ich gedacht, wenn du dich jetzt
rührst, fängt es wieder an. Darum bin ich einfach sitzen geblieben. Ich sitze hier schon den
ganzen Nachmittag. Ob ich zwischenhinein
geschlafen habe, weiß ich nicht. Ich glaube,
ich bin die meiste Zeit in Gedanken gewesen.

Die Tante schaltete die kleine Leselampe an, behielt aber die Augen weiter geschlossen. Ich ging in die Küche hinaus, machte ihr zwei Eier im Glas, getoastetes Weißbrot und einen Pfefferminztee. Als ich damit zurückkam, brachte ich das Gespräch wieder auf den Adelwarth-Onkel. Zirka zwei Jahre nach seiner Ankunft in Amerika, sagte die Tante Fini, indem sie ein Weißbrotstäbchen in die gekochten Eier tunkte, ist der Ambros bei den Solomons auf Long Island in Stellung gegangen. Was mit dem japanischen Legationsrat weiter gewesen ist, kann ich nicht mehr sagen. Jedenfalls ist der Onkel im Haus der Solomons schnell avanciert. Innerhalb erstaunlich kurzer Zeit hat ihm der alte Samuel Solomon, der sogleich sehr beeindruckt war von seiner in allen Dingen unfehlbaren Sicherheit, die Position eines persönlichen Bediensteten und Hüters seines, wie er nicht zu Unrecht glaubte, äußerst gefährdeten Sohns angetragen. Zweifelsohne neigte der Cosmo Solomon, den ich nicht mehr habe kennenlernen können, zum Exzentrischen. Hochtalentiert, hat er ein vielversprechendes Ingenieurstudium abgebrochen, um selber in einer alten Fabrikhalle in Hackensack Flugapparate zu bauen. Zur gleichen Zeit hat er sich freilich auch viel an Plätzen wie Saratoga Springs und Palm Beach aufgehalten, einesteils, weil er ein hervorragender Polospieler war, und zum ande-

ren, weil er in Luxushotels wie dem *Breakers,*
dem *Poinciana* oder dem *American Adelphi* ungeheure Mengen Geld durchbringen konnte,
woran ihm, wie der Onkel Adelwarth mir einmal erzählte, damals offenbar vorab gelegen
war. Als nun der alte Solomon versuchte, das
ihn mit Sorge erfüllende ausschweifende und,
wie er meinte, zukunftslose Leben seines Sohnes
durch Vorenthaltung der an sich grenzenlos
zur Verfügung stehenden Gelder einzuschrän-
ken, ist der Cosmo auf die Idee verfallen, während der Sommermonate in den europäischen
Spielcasinos eine sozusagen unversiegbare Ein-
kommensquelle sich aufzutun. Im Juni 1911
ist er, mit dem Ambros als Freund und Führer,
zum erstenmal in Europa gewesen und hat
sogleich in Evian am Genfer See und anschließend in Monte Carlo, in der Salle Schmidt,

beträchtliche Summen gewonnen. Der Adelwarth-Onkel erzählte mir einmal, daß der
Cosmo beim Roulettespiel immer in einen
Zustand der Geistesabwesenheit geraten sei,
den er, Ambros, zunächst für Konzentration
auf irgendein Probabilitätskalkül gehalten habe,
bis Cosmo ihm bedeutete, daß er wirklich in
einer Art Selbstversenkung versuche, die inmitten einer sonst undurchdringlichen Nebelhaftig-
keit jeweils nur für den Bruchteil eines Augen-
blicks auftauchende richtige Ziffer zu erkennen,
um sie dann ohne das geringste Zögern, gewissermaßen im Traum noch, entweder *en plein*
oder *à cheval* zu setzen. Die Aufgabe des Ambros
sei es bei dieser, wie Cosmo behauptete, gefahr-
vollen Entfernung aus dem normalen Leben
gewesen, über ihn zu wachen wie über ein
schlafendes Kind. Ich weiß natürlich nicht,
was da in Wahrheit vor sich gegangen ist, sagte
die Tante Fini, aber fest steht, daß die beiden
in Evian und Monte Carlo Gewinne erzielt
haben in einer Höhe, daß der Cosmo dem
französischen Industriellen Deutsch de la Meurthe einen Aeroplan abkaufen konnte, in dem
er im August in Deauville an der *Quinzaine
d'Aviation de la Baie de Seine* teilgenommen und
bei weitem die waghalsigsten Schleifen geflogen
hat. Auch im Sommer 1912 und 1913 war
Cosmo mit dem Ambros in Deauville und hat
dort die Phantasie der eleganten Welt bald

sehr stark in Anspruch genommen, wozu nicht
nur sein staunenswertes Glück im Roulette und
seine akrobatische Kühnheit auf dem Polofeld
beitrugen, sondern in erster Linie gewiß die
Tatsache, daß er sämtliche Einladungen zu
Thees, Diners und dergleichen ausschlug und
nie mit jemand anderem als mit dem Ambros,
den er stets wie einen Gleichgestellten behan-
delte, ausging oder speiste. Im Postkartenal-
bum des Onkels Adelwarth gibt es übrigens,
sagte die Tante Fini, eine Abbildung, auf der
der Cosmo zu sehen ist, wie ihm nach einem
wahrscheinlich zu Wohltätigkeitszwecken im
Hippodrom von Clairefontaine veranstalteten
Match von einer aristokratischen Dame —
wenn ich mich recht entsinne, war es die Comtesse de Fitz James — der Siegerpreis über-
reicht wird. Es ist die einzige in meinem Besitz
befindliche Aufnahme von Cosmo Solomon,

wie ja auch von Ambros nur verhältnismäßig wenig Fotografien existieren, wahrscheinlich, weil er, nicht anders als der Cosmo, trotz seiner Weltgewandtheit ausgesprochen leutscheu gewesen ist. Im Sommer 1913, fuhr die Tante Fini fort, wurde in Deauville ein neues Casino eröffnet, und in diesem Casino brach gleich während der ersten Wochen eine derart frenetische Spielleidenschaft aus, daß sämtliche Roulette- und Bakkarattische und auch die sogenannten *petits chevaux* andauernd von Spiellustigen besetzt und belagert waren. Eine bekannte *joueuse* namens Marthe Hanau galt als die Drahtzieherin der allgemeinen Hysterie. Ich entsinne mich genau, sagte die Tante Fini, daß der Adelwarth-Onkel sie einmal als eine notorische *filibustière* bezeichnet hat, die, nachdem sie jahrelang der Casinoverwaltung ein Dorn im Auge gewesen war, jetzt in deren Auftrag und Interesse die Spieler aus ihrer Reserve herauslockte. Abgesehen von den Machenschaften der Marthe Hanau ist, nach Ansicht des Onkels Adelwarth, die durch den ostentativen Luxus des neuen Casinos von Grund auf veränderte und überdrehte Atmosphäre für die im Sommer 1913 auf eine unerhörte Weise auf einmal ansteigenden Einnahmen der Deauviller Bank verantwortlich gewesen. Was den Cosmo anbelangt, so hat er sich in diesem Sommer 1913 mehr noch als in den Jahren zuvor

aus dem immer weiter um sich greifenden Ge-
sellschaftstrubel herausgehalten und einzig am
späten Abend im inneren Sanctum, in der
Salle de la Cuvette, gespielt. Nur Herren im
Smoking hatten Zutritt zu dem *privé*, in welchem stets, wie der Onkel Adelwarth sich ausdrückte, eine sehr funestre Stimmung herrschte
— kaum verwunderlich, sagte die Tante Fini,
wenn man bedenkt, daß dort nicht selten ganze
Vermögen, Familienbesitze, Liegenschaften und
Lebenswerke innerhalb weniger Stunden ver-
tan wurden. Cosmo spielte eingangs der Saison
mit wechselndem, gegen deren Ende zu aber
mit einem sogar seine Begriffe übersteigenden
Glück. Mit halbgeschlossenen Augen setzte er
Mal für Mal auf das richtige Feld und pausierte
nur, wenn ihn der Ambros auf eine *consommé*
oder einen *café au lait* an die Bar hinübernahm.
An zwei Abenden hintereinander, so habe ihr
der Adelwarth-Onkel erzählt, sagte die Tante
Fini, hätten die Emissäre der von Cosmo ausgeräumten Bank neues Geld herbeischaffen
müssen, und am dritten Abend sei dann dem
Cosmo durch ein Spiel mit offener Bank ein
dermaßen hoher Gewinn zugefallen, daß der
Ambros bis ins Morgengrauen hinein mit dem
Zählen und dem Verstauen des Geldes in einem
Überseekoffer — *steamer trunk*, sagte die Tante
Fini — zu schaffen gehabt habe. Im Anschluß
an den Sommer in Deauville fuhren Cosmo und

Ambros über Paris und Venedig nach Konstantinopel und Jerusalem. Über diese Reise kann ich dir freilich keinen Aufschluß geben, sagte die Tante Fini, weil der Adelwarth-Onkel auf diesbezügliche Fragen nie eingegangen ist. Es gibt jedoch ein Fotoporträt in arabischer Kostümierung von ihm aus der Jerusalemer Zeit.

Außerdem besitze ich, sagte die Tante Fini, eine Art von Tagebuch, das der Ambros damals geführt hat und das geschrieben ist in einer winzigen Schrift. Ich habe mich, nachdem ich lange ganz auf es vergessen gehabt hatte, seltsamerweise erst letzthin um seine Entzifferung bemüht, habe aber meiner schwachen Augen wegen bis auf einzelne Wörter nichts Rechtes herausbringen können. Vielleicht solltest du es einmal versuchen.

Mit langen Unterbrechungen, während der sie mir oft sehr weit weg und verloren vorkam, erzählte mir die Tante Fini an meinem letzten Tag in Cedar Glen West vom Ende des Cosmo Solomon sowie von den späteren Jahren meines Großonkels Ambros Adelwarth. Kurz nach der Rückkehr der beiden Weltreisenden aus dem Heiligen Land, so hatte die Tante Fini sich ausgedrückt, brach in Europa der Krieg aus, und je weiter er um sich griff und je mehr das Ausmaß der Verwüstung bei uns bekannt wurde, desto weniger gelang es dem Cosmo, in dem so gut wie unveränderten amerikanischen Leben wieder Fuß zu fassen. Für seinen ehemaligen Freundeskreis wurde er ein Fremder, seine New Yorker Stadtwohnung verwaiste, und auch draußen auf Long Island zog er sich bald völlig auf sein eigenes Quartier und letztendlich in ein entlegenes Gartenhaus, die sogenannte Sommervilla, zurück. Von einem alten Gärtner der Solomons, sagte die Fini, habe sie einmal erfahren, daß zu jener Zeit der Cosmo tagsüber oft in tiefem Trübsinn verharrte, wohingegen er in der Nacht in der ungeheizten Sommervilla leise klagend hin- und widerging. In irrer Aufgeregtheit soll er bisweilen auch irgendwie mit den Kriegshandlungen in Zusammenhang stehende Wörter aneinandergereiht haben, und bei der Aneinanderreihung solcher Kriegswörter hat er sich anscheinend, als ärgere er sich über seine Begriffsstützigkeit oder als gelte es, das Gesagte auf ewig auswendig zu lernen, mit der Hand immer wieder vor die Stirn geschlagen. Mehrfach geriet er darüber so außer sich, daß er nicht einmal den Ambros zu erkennen vermochte. Hingegen behauptete er, in seinem Kopf wahrzunehmen, was in Europa vor sich ging, das Brennen, das Sterben und das Verwesen unter der Sonne auf dem offenen Feld. Es kam sogar so weit, daß er mit einem Prügel über die Ratten hergefallen ist, die er durch die Schützengräben laufen sah. Mit Kriegsende trat eine zeitweilige Besserung im Befinden Cosmos ein. Er begann von neuem Flugmaschinen zu entwerfen, machte Pläne für ein Turmhaus an der Küste von Maine, nahm das Cellospiel wieder auf, studierte Schiffs- und Landkarten und besprach mit dem Ambros verschiedene Reisevorhaben, von denen, meines

Wissens, nur eines verwirklicht wurde, im Frühsommer 1923, als die beiden in Heliopolis gewesen sind. Einige Ansichten von dieser ägyptischen Reise sind erhalten geblieben, darunter die eines *kafeneions* mit dem Namen *Paradeissos* in Alexandria, die des Casinos San Stefano in Ramleh und die des Casinos von Heliopolis. Was der Adelwarth-Onkel mir

gegenüber zu dem anscheinend ziemlich kurzfristigen Aufenthalt in Ägypten verlauten ließ, deutete, so sagte die Tante Fini, darauf hin, daß er gedacht war als ein Versuch, die Vergangenheit zurückzuerobern, sowie darauf, daß man diesen Versuch als in jeder Hinsicht gescheitert bezeichnen mußte. Der Ausbruch der zweiten schweren Nervenkrise Cosmos stand

anscheinend in Verbindung mit einem deutschen Film über einen Spieler, der damals in
New York gezeigt wurde und den Cosmo als
ein Labyrinth bezeichnete, in dem er gefangen
und durch Spiegelverkehrungen verrückt gemacht werden sollte. Insbesondere beunruhigt
haben muß ihn eine Episode gegen Ende des
Films, wo ein einarmiger Schausteller und Hyp-
notiseur namens Sandor Weltmann eine Art
von kollektiver Halluzination unter seinem
Publikum hervorruft. Aus dem Bühnenhinter-
grund tauchte, so hat Cosmo es Ambros aufs
neue stets wieder beschrieben, das Trugbild
einer Oase auf. Eine Karawane kam aus einem
Palmenhain hervor auf die Bühne und von dort
in den Saal herunter, um mitten durch die
voller Erstaunen ihre Köpfe wendenden Zuschauer hindurchzuziehen und so spukhaft, wie
sie erschienen war, wieder zu verschwinden.
Das furchtbare sei, so habe Cosmo hinfort behauptet, daß er mit dieser Karawane den Saal
verlassen habe und jetzt nicht mehr sagen
könne, wo er sich befinde. Bald darauf, so
erzählte die Tante Fini weiter, ist der Cosmo
eines Tages tatsächlich verschwunden gewesen.
Ich weiß nicht, wo überall und wie lang nach
ihm gesucht wurde, nur, daß ihn der Ambros
nach zwei, drei Tagen endlich im obersten
Stock des Hauses in einem der seit vielen Jahren
versperrten Kinderzimmer entdeckt hat. Mit

bewegungslos herabhängenden Armen stand er auf einem Schemelchen und starrte hinaus auf das Meer, wo manchmal, sehr langsam, die Dampfschiffe vorbeifuhren nach Boston und nach Halifax. Als der Ambros ihn fragte, zu welchem Zweck er hier heraufgegangen sei, sagte Cosmo, er habe nach seinem Bruder schauen wollen. Einen solchen Bruder aber hat es, dem Adelwarth-Onkel zufolge, nie gegeben. Bald darauf, nachdem eine gewisse Besserung eingetreten war, reiste der Ambros mit Cosmo auf Anraten der Ärzte zu einer Luftkur nach Banff im kanadischen Hochgebirge. Den ganzen Sommer verbrachten sie in dem berühmten

Banff Springs Hotel, der Cosmo zumeist wie ein braves, aber an nichts interessiertes Kind, der

Ambros vollauf beschäftigt mit seiner Arbeit und der Sorge um ihn. Mitte Oktober begann es zu schneien. Cosmo sah viele Stunden lang zum Turmfenster hinaus auf die ungeheuren, ringsherum sich ausdehnenden Tannenwälder und den gleichmäßig aus unvorstellbarer Höhe niedertaumelnden Schnee. Er hielt sein Taschentuch zusammengeballt in der Faust und biß wiederholt vor Verzweiflung in es hinein. Als es finster wurde draußen, legte er sich auf den Boden, zog die Beine an den Leib und verbarg das Gesicht in den Händen. In diesem Zustand mußte der Ambros ihn nach Hause bringen und eine Woche später in die Nervenklinik Samaria in Ithaca, New York, wo er innerhalb desselben Jahres noch, stumm und unbeweglich, wie er war, verdämmerte.

Über ein halbes Jahrhundert liegen diese Ereignisse schon zurück, sagte die Tante Fini. Ich war zu jener Zeit in Wettenhausen im Institut und wußte weder etwas von Cosmo Solomon, noch hatte ich die geringste Vorstellung von dem aus Gopprechts ausgewanderten Bruder unserer Mutter. Selbst nach der Ankunft in New York erfuhr ich lange Zeit nichts über die Vorgeschichte des Onkels Adelwarth, trotzdem ich andauernd in Kontakt stand mit ihm. Er war seit dem Ableben des Cosmo Butler in dem Haus auf Rock Point. Regelmäßig bin ich zwischen 1930 und 1950 entweder allein oder aber mit dem Theo nach Long Island hinausgefahren, sei es als zusätzliche Hilfe bei der Ausrichtung größerer Gesellschaften, sei es bloß zu Besuch. Der Adelwarth-Onkel hatte damals mehr als ein halbes Dutzend Dienstboten unter sich, die Gärtner und Chauffeure nicht gerechnet. Er war vollkommen von seiner Arbeit in Anspruch genommen. Rückblickend kann man sagen, daß er gar nicht existiert hat als Privatperson, daß er nur mehr aus Korrektheit bestand. Unmöglich hätte ich ihn mir in Hemdsärmeln vorstellen können oder in Strumpfsocken, ohne seine unfehlbar auf Hochglanz gewichsten Stiefeletten, und es ist mir immer ein Rätsel gewesen, wann er geschlafen oder auch nur ein wenig sich ausgeruht hat. Über die Vergangenheit zu reden zeigte er damals keinerlei Neigung. Wichtig war für ihn ausschließlich, daß in der großen Haushaltung der Solomons die Stunden und Tage störungsfrei ineinander übergingen und daß die Interessen und Gewohnheiten des alten Solomon mit denen der zweiten Mrs. Solomon nicht über Kreuz kamen. Etwa ab dem fünfunddreißiger Jahr ist gerade dies, sagte die Tante Fini, zu einer besonders schwierigen Aufgabe für den Adelwarth-Onkel geworden, insofern als der alte Solomon eines Tages ohne weiteren Vorsatz erklärte, daß er von nun an keinem Diner und keiner wie immer gearteten

Gesellschaft mehr beiwohnen würde, daß er überhaupt mit der Außenwelt nichts mehr zu schaffen haben und statt dessen ganz seiner Orchideenzucht sich widmen wolle, wohingegen, sagte die Tante Fini, die um gut zwanzig Jahre jüngere zweite Mrs. Solomon nach wie vor ihre weit über New York hinaus bekannten *weekend parties* gab, zu denen die Leute in der Regel am Freitagnachmittag bereits anreisten. Der Adelwarth-Onkel hat also einerseits in zunehmendem Maße um den praktisch in seinen Treibhäusern lebenden alten Solomon sich kümmern müssen und war andererseits vollauf damit beschäftigt, dem der zweiten Mrs. Solomon eigenen Hang zu gewissen Geschmacklosigkeiten durch vorbeugende Maßnahmen entgegenzuwirken. Diese zweifache Aufgabe hat ihm wahrscheinlich auf die Dauer mehr abverlangt, als er sich einzugestehen vermochte, insbesondere während der Kriegsjahre, als der alte Solomon, entsetzt über die trotz seiner Zurückgezogenheit bis zu ihm vordringenden Nachrichten, die meiste Zeit in eine Schottendecke gehüllt in einem der überheizten Glashäuser zwischen seinen südamerikanischen Luftwurzelpflanzen saß und kaum das Nötigste noch sagte, während die Margo Solomon das Hofhalten einfach nicht lassen konnte. Als aber, sagte die Tante Fini, der alte Solomon im Frühjahr 1947 in seinem Rollstuhl verstarb, hatte dies seltsamerweise zur Folge, daß die Margo, die ihren Mann zehn Jahre lang überhaupt nicht zur Kenntnis genommen hatte, ihrerseits jetzt kaum mehr zum Verlassen ihrer Zimmer zu bewegen war. Fast das gesamte Personal wurde entlassen, und die Hauptaufgabe des Adelwarth-Onkels war jetzt das Hüten des nahezu menschenleeren, zum Großteil mit weißen Staubblachen verhängten Hauses. Es war um jene Zeit, daß der Adelwarth-Onkel angefangen hat, mir die eine oder andere Begebenheit aus seinem zurückliegenden Leben mitzuteilen. Da selbst die geringfügigsten der von ihm sehr langsam aus einer offenbar unauslotbaren Tiefe hervorgeholten Reminiszenzen von staunenswerter Genauigkeit waren, gelangte ich beim Zuhören allmählich zu der Überzeugung, daß der Adelwarth-Onkel zwar ein untrügliches Gedächtnis besaß, aber kaum mehr eine mit diesem Gedächtnis ihn verbindende Erinnerungsfähigkeit. Das Erzählen ist darum für ihn eine Qual sowohl als ein Versuch der Selbstbefreiung gewesen, eine Art von Errettung und zugleich ein unbarmherziges Sichzugrunde-Richten. Wie um abzulenken von ihren letzten Worten, nahm die Tante Fini jetzt eines der auf dem Beistelltischchen liegenden Alben zur Hand. Das hier, sagte sie, indem sie es aufgeschlagen mir herüberreichte, ist der Adelwarth-Onkel, so, wie er damals war. Links

wie du siehst, bin ich mit dem Theo, und rechts
neben dem Onkel sitzt seine Schwester Balbina,
die gerade auf ihrem ersten Besuch in Amerika
gewesen ist. Man schrieb Mai 1950. Ein paar
Monate, nachdem diese Aufnahme gemacht
wurde, starb die Margo Solomon an den Folgen
der Bantischen Krankheit. Rock Point fiel
einer Erbengemeinschaft zu und wurde mit
sämtlichen Einrichtungsgegenständen und Ge-

rätschaften in einer mehrere Tage in Anspruch
nehmenden Auktion versteigert. Der Adelwarth-Onkel, den diese Auflösung arg mitgenommen hat, ließ sich wenige Wochen darauf
in einem vom alten Solomon bei seinen Leb-
zeiten noch ihm überschriebenen Haus in
Mamaroneck nieder, von dem auf einer der
nächsten Seiten, sagte die Tante Fini, das
Wohnzimmer abgebildet ist. So bis auf die

letzte Kleinigkeit geordnet wie auf dieser Fotografie war es immer im ganzen Haus. Mir kam
es oft vor, als rechne der Onkel Adelwarth
jederzeit mit dem Eintreffen eines fremden

Gasts. Es ist aber nie jemand gekommen, woher denn auch, sagte die Tante Fini. Darum bin ich mindestens zweimal in der Woche nach Mamaroneck hinaus. Ich bin meistens bei meinen Besuchen in dem blauen Sessel gesessen, und der Onkel saß immer etwas schräg an seinem Sekretär, als beabsichtige er, die eine oder andere Schreibarbeit noch zu erledigen. Und von diesem Platz aus erzählte er — viele absonderliche Geschichten, von denen ich fast alle vergessen habe. Manches Mal dünkten mich seine Erlebnisberichte, beispielsweise von Enthauptungen, deren Zeuge er in Japan geworden war, dermaßen unwahrscheinlich, daß ich glaubte, er leide an dem Korsakowschen Syndrom, bei dem, wie du vielleicht weißt, sagte die Tante Fini, der Erinnerungsverlust durch phantastische Erfindungen ausgeglichen wird. Jedenfalls ist der Adelwarth-Onkel, je mehr er erzählte, desto trostloser geworden. In der Nachweihnachtszeit des zweiundfünfziger Jahrs verfiel **er** dann in eine so abgrundtiefe Depression, daß er, trotz offenbar größtem Bedürfnis, weitererzählen zu können, nichts mehr herausbrachte, keinen Satz, kein Wort, kaum einen Laut. Ein wenig seitwärts gewandt, saß er an seinem Schreibbureau, die eine Hand auf der Schreibunterlage, die andere im Schoß liegend, und hielt den Blick vor sich hin auf den Boden gesenkt. Berichtete ich ihm von unseren

Familiendingen, von Theo, von den Zwillingskindern oder von dem neuen Oldsmobile mit
den Weißwandreifen, so wußte ich nie, ob er
mir zuhörte oder nicht. Auf meine Versuche,
ihn zum Hinausgehen in den Garten zu über-
reden, reagierte er nicht, und einen Arzt zu Rate
zu ziehen lehnte er auch ab. Eines Morgens,
als ich nach Mamaroneck hinauskam, war der
Adelwarth-Onkel verschwunden. Im Spiegel
der Flurgarderobe steckte eine seiner Visiten-
karten mit einer Nachricht für mich, die ich
seither stets bei mir getragen habe. Have gone

Have gone to Ithaca.
Ambrose Adelwarth
123 Lebanon Drive
Mamaroneck
New York
yours ever - Ambrose.

to Ithaca. Yours ever — Ambrose. Es dauerte
einige Zeit, bis ich begriff, was mit Ithaca ge-
meint war. Selbstverständlich, sagte die Tante
Fini, bin ich in den nächsten Wochen und
Monaten, sooft es anging, nach Ithaca hinaufgefahren. Ithaca ist ja in einer wundervollen
Gegend gelegen. Überall ringsum sind Wälder
und Schluchten, durch die das Wasser hinab-
rauscht zum See. Die Anstalt, die von einem

Professor Fahnstock geleitet wurde, lag in einem parkartigen Gelände. Ich weiß noch wie heut, sagte die Tante Fini, wie ich mit dem Adelwarth-Onkel an seinem Fenster gestanden bin an einem glasklaren Altweibersommertag, wie die Luft von draußen hereingekommen ist und wie wir durch die kaum sich bewegenden Bäume auf eine an das Altachmoos mich erinnernde Wiese geschaut haben, als dort ein Mann mittleren Alters auftauchte, der ein weißes Netz an einem Stecken vor sich hertrug und ab und zu seltsame Sprünge vollführte. Der Adelwarth-Onkel blickte starr voraus, registrierte aber nichtsdestoweniger meine Verwunderung und sagte: It's the butterfly man, you know. He comes round here quite often. Ich glaubte, einen Ton der Belustigung aus diesen Worten herauszuhören, und hielt sie daher für ein Zeichen der nach Ansicht Professor Fahnstocks durch die Schocktherapie herbeigeführten Besserung. In den Herbst hinein freilich zeigte es sich mit zunehmender Deutlichkeit, wie schwer der Onkel an Geist und Körper schon geschädigt war. Er magerte mehr und mehr ab, die einst so ruhig gewesenen Hände zitterten, das Gesicht war asymmetrisch geworden, und das linke Auge wanderte unstet herum. Zum letztenmal besuchte ich den Adelwarth-Onkel im November. Als ich aufbrechen mußte, bestand er darauf, mit mir vors Haus zu treten. Und zu diesem Zweck legte er eigens mit vieler Mühe seinen Paletot mit dem schwarzsamtenen Kragen an und setzte sich einen Homburg auf. I still see him standing there in the driveway, sagte die Tante Fini, in that heavy overcoat looking very frail and unsteady.

Es war ein eisiger, lichtloser Morgen, als ich Cedar Glen West wieder verließ. Geradeso, wie sie es am Vortag vom Onkel Adelwarth mir geschildert hatte, stand jetzt die Tante Fini selber auf dem Gehsteig vor ihrem Bungalow in einem schwarzen, zu schwer gewordenen Wintermantel und winkte mir nach mit einem Taschentuch. Im Davonfahren sah ich sie im Rückspiegel, umwölkt von weißen Auspuffschwaden, kleiner und kleiner werden; und indem ich mich erinnere an dieses Rückspiegelbild, denke ich, wie seltsam es ist, daß mir seitlang niemand mehr mit einem Taschentuch zum Abschied gewunken hat. Während der wenigen mir in New York noch verbleibenden Tage fing ich mit meinen Aufzeichnungen an über die untröstliche Tante Theres und über den Onkel Kasimir auf dem Augsburger Synagogendach. Insbesondere aber beschäftigte mich der Ambros Adelwarth sowie die Frage, ob ich nicht in Ithaca die Pflegeanstalt in Augenschein nehmen müßte, in die er in seinem siebenundsechzigsten Lebensjahr aus freiem

Entschluß eingetreten und wo er in der Folge zugrunde gegangen war. Freilich ist es diesbezüglich damals bei bloßen Erwägungen geblieben, sei es, weil ich meinen Flug nach London nicht verfallen lassen wollte, sei es, daß ich vor genaueren Nachforschungen zurückscheute. Erst im Frühsommer 1984 bin ich schließlich in Ithaca gewesen, und zwar, nachdem ich über der äußerst mühevollen Entzifferung der Reisenotizen des Onkels Adelwarth aus dem Jahr 1913 zu der Einsicht gelangt war, daß mein Vorhaben länger nicht hinausgeschoben werden dürfe. Also bin ich wieder nach New York geflogen und von dort aus am selben Tag noch mit einem Mietwagen nordwestwärts gefahren auf dem State Highway 17, vorbei an allerhand mehr oder weniger ausgedehnten Ansiedlungen, die mir trotz ihrer teilweise vertrauten Bezeichnungen im Nirgendwo zu liegen schienen. Monroe, Monticello, Middletown, Wurtsboro, Wawarsing, Colchester und Cadosia, Deposit, Delhi, Neversink und Niniveh — es kam mir vor, als bewegte ich mich, ferngelenkt mitsamt dem Automobil, in dem ich saß, durch ein überdimensionales Spielzeugland, dessen Ortsnamen von einem unsichtbaren Riesenkind willkürlich unter den Ruinen einer anderen, längst aufgegebenen Welt zusammengesucht und -geklaubt worden waren. Wie von selber glitt man auf der breiten Fahrbahn dahin. Die

Überholvorgänge, wenn sie bei den geringen Geschwindigkeitsdifferenzen überhaupt zustande kamen, verliefen so langsam, daß man, während man Zoll für Zoll sich nach vorn schob oder zurückfiel, sozusagen zu einem Reisebekannten seines Spurnachbarn wurde. Beispielsweise befand ich mich einmal eine gute halbe Stunde in Begleitung einer Negerfamilie, deren Mitglieder mir durch verschiedene Zeichen und wiederholtes Herüberlächeln zu verstehen gaben, daß sie mich als eine Art Hausfreund bereits in ihr Herz geschlossen hatten, und als sie an der Ausfahrt nach Hurleyville in einem weiten Bogen von mir sich trennten — die Kinder machten Kasperlgesichter beim hinteren Fenster heraus —, da fühlte ich mich wirklich eine Zeitlang ziemlich allein und verlassen. Auch wurde die Umgegend jetzt zusehends leerer. Die Straße lief über ein großes Plateau, aus dem zur Rechten Hügelwellen und Kuppen sich erhoben, die gegen den nördlichen Horizont zu einem mittleren Gebirge anstiegen. So finster und farblos die vor drei Jahren in Amerika verbrachten Wintertage gewesen waren, so lichtüberstrahlt erschien jetzt die aus lauter verschiedenen grünen Flecken zusammengesetzte Oberfläche der Erde. In den bergan ziehenden, längst nicht mehr bewirtschafteten Weiden hatten sich Eichen und Schwarzlinden in kleinen Bauminseln angesiedelt, geradlinige

Fichtenschonungen wechselten ab mit unregelmäßigen Versammlungen von Birken und Es-
pen, deren unzählige zitternde Blätter vor ein
paar Wochen erst wieder aufgegangen waren,
und sogar aus den im Hintergrund aufsteigenden, dunkleren Höhenregionen, wo Tannenwälder die Abhänge bedeckten, leuchteten in
der Abendsonne stellenweise hellgrün die Lärchen heraus. Beim Anblick dieses anscheinend
weitgehend unbewohnten Hochlandes kam mir
in den Sinn, mit welchem Fernweh ich als
Klosterschüler über meinen Atlas gebeugt gesessen bin und wie oft ich die amerikanischen
Staaten, die ich auswendig in alphabetischer
Reihenfolge hersagen konnte, in Gedanken
durchreiste. Während einer unmittelbar an die
Ewigkeit angrenzenden Erdkundestunde —
draußen lag die Welt in einem von der Taghelle
unberührten Morgenblau — erforschte ich auch
einmal, so erinnerte ich mich, die Landstriche,
durch die ich jetzt fuhr, sowie das höher im
Norden gelegene Adirondeck-Gebirge, von dem
mir der Onkel Kasimir gesagt hatte, daß es
dort geradeso aussehe wie bei uns daheim.
Ich weiß noch, wie ich damals mit dem Vergrößerungsglas nach dem Ursprung des immer
kleiner werdenden Hudson-Flusses gesucht und
mich dabei verloren habe in einem Planquadrat
mit sehr vielen Berggipfeln und Seen. Unaus-
löschlich sind mir von daher bestimmte Orts-

bezeichnungen und Namen wie Sabattis, Gabriels, Hawkeye, Amber Lake, Lake Lila und Lake Tear-in-the-Clouds im Gedächtnis geblieben.

In Owego, wo ich von dem State Highway abbiegen mußte, machte ich halt und saß bis gegen neun Uhr in einer Raststätte, gelegentlich ein paar Worte zu Papier bringend, die meiste Zeit aber gedankenverloren hinausstarrend durch die Panoramascheiben auf den ohne Unterlaß vorbeifließenden Verkehr und den lange nach Sonnenuntergang noch von orange-, flamingo- und goldfarbenen Strömungen durchzogenen westlichen Himmel. Es war darum schon spät am Abend, als ich in Ithaca ankam. Eine halbe Stunde vielleicht fuhr ich, um mich zu orientieren, in der Stadt und den Vororten herum, ehe ich in einer Seitenstraße vor einem *guesthouse* hielt, das still erleuchtet gleich dem noch von niemandem betretenen *Empire des Lumières* in seinem dunklen Garten stand. Ein geschwungener Weg mit einigen Steinstufen führte vom Trottoir aus zur Eingangstüre hinauf, vor der ein weißblühender Strauch (im Schein des Lampenlichts glaubte ich einen Augenblick, er sei schneebedeckt) seine waagrechten Zweige ausbreitete. Es dauerte eine beträchtliche Zeit, bis aus dem Inneren des offenbar schon schlafenden Hauses ein greiser Portier herbeikam, der so stark vornübergebeugt ging, daß er mit Sicherheit nicht imstand war, von seinem Gegenüber mehr als die Beine oder den Unterleib wahrzunehmen. Aufgrund dieser Behinderung wohl hatte er, bereits vor er sich anschickte, die Halle zu durchqueren, den draußen vor der halbverglasten Türe wartenden späten Gast von unten herauf mit einem kurzen, aber um so durchdringenderen Blick ins Auge gefaßt. Wortlos geleitete er mich über eine wunderbare Mahagonistiege — man hatte auf ihr gar nicht das Gefühl des Treppaufgehens, sondern schwebte gewissermaßen hinan — in die oberste Etage, wo er mir ein geräumiges, nach hinten hinaus gelegenes Zimmer anwies. Ich stellte meine Tasche ab, öffnete eines der hohen Fenster und schaute mitten hinein in den wogenden Schatten einer aus der Tiefe heraufragenden Zypresse. Die Luft war erfüllt von ihrem Geruch und von einem beständigen Rauschen, das aber nicht, wie ich zunächst meinte, von dem Wind in den Bäumen herrührte, sondern von den in geringer Entfernung niedergehenden, wenn auch von meinem Fenster aus unsichtbaren Ithaca Falls, von denen ich mir vor meiner Ankunft in der Stadt ebensowenig eine angemessene Vorstellung gemacht hatte wie von den über hundert anderen Wasserfällen, die in der Gegend des Cayugasees seit dem Ende der Eiszeit in die tief eingeschnittenen Schluchten und Täler hinunterstürzen.

Ich legte mich nieder und verfiel, todmüde wie ich war von der langen Reise, sogleich in einen schweren Schlaf, in den die aus dem Wassertosen lautlos aufsteigenden Staubschleier hineinwehten wie weiße Vorhänge in einen nachtschwarzen Raum. Am nächsten Morgen durchforschte ich vergeblich die Telefonbücher nach dem Sanatorium Samaria und nach dem von der Tante Fini erwähnten Professor Fahnstock. Nicht minder vergeblich war ein Anruf in einer nervenärztlichen Praxis und die Befragung der über die Bezeichnung *private mental home* sichtlich entsetzten blaßblau ondulierten Dame an der Rezeption. Als ich das Hotel verließ, um in der Stadt Erkundigungen einzuziehen, traf ich im Vorgarten auf den krummen Portier, der gerade mit einem Kehrbesen in der Hand den Fußweg heraufkam. Mit äußerster Konzentration hörte er sich meine Bitte um Auskunft an und dachte dann, stillschweigend auf den Besen gestützt, bald eine Minute lang nach. Fahnstock, rief er schließlich so laut, als habe er es mit einem Tauben zu tun, Fahnstock died in the fifties. Of a stroke, if I am not mistaken. Und mit wenigen, aus seiner zusammengedrückten Brust rasselnd hervorkommenden Sätzen erklärte er mir noch, daß Fahnstock einen Nachfolger gehabt habe, einen gewissen Dr. Abramsky, der aber seit Ende der sechziger Jahre schon keine Patienten mehr aufnehme.

Was er jetzt in dem alten Kasten alleinig mache, sagte der Portier, indem er mit einem Ruck sich zum Gehen wandte, das wisse kein Mensch. Und von der Türe aus rief er mir noch nach: I have heard it say he's become a beekeeper.

Vermittels der von dem alten Hausdiener mir gegebenen Hinweise habe ich das Sanatorium am Nachmittag ohne Schwierigkeiten gefunden. Über eine lange Einfahrt ging es durch einen mindestens vierzig Hektar großen Park zu einer ganz und gar aus Holz gebauten Villa hinauf, die mit ihren überdachten Veranden und Altanen teils an ein russisches Landhaus erinnerte und teils an eine jener mit Trophäen vollgestopften, riesigen Zirbelhütten, wie sie die österreichischen Erzherzöge und Landesfürsten zu Ende des letzten Jahrhunderts überall in ihren steirischen und Tiroler Revieren zur Einquartierung des auf die Jagd geladenen Hoch- und Industrieadels hatten errichten lassen. So deutlich waren die Anzeichen des Zerfalls, so eigenartig blinkten die Scheiben im Sonnenlicht, daß ich nicht wagte, näher heranzutreten, und statt dessen zunächst in dem Park mich umsah, in welchem Nadelbäume beinah jeder mir bekannten Art, libanesische Zedern, Thujen, Silberfichten, Lärchen, Arolla- und Monterey-Pinien und feingefiederte Sumpfzypressen bis zu ihrer vollen Größe sich hatten entwickeln können. Einige der Zedern und Lärchen waren bis zu vierzig, eine Schierlingstanne gewiß an die fünfzig Meter hoch. Zwischen den Bäumen taten sich kleine Waldwiesen auf, in denen blaue Sternhyazinthen, weißes Schaumkraut und gelber Bocksbart nebeneinander wuchsen. An anderen Stellen standen verschiedene Farne oder bewegte sich über dem Laubgrund das neue, von den einfallenden Strahlen durchleuchtete Blattgrün japanischer Ahornsträucher. Den Dr. Abramsky fand ich, nachdem ich fast eine Stunde in dem Waldgarten herumgewandert war, auf dem Platz vor seinem Bienenhaus mit der Ausrüstung neuer Kästen beschäftigt. Er war an die sechzig Jahre alt, untersetzt, trug eine abgewetzte Hose und einen vielfach geflickten Kittel, aus dessen rechter Tasche ein Gänseflügel herausragte, wie man ihn früher einmal als Handfeger verwendet hat. Auf den ersten Blick auffallend an Dr. Abramsky war auch sein dichter, wie in größter Erregung ihm zu Berg stehender, feuerroter Haarschopf, der mich an die Flammenzungen über den Häuptern der in meinem ersten Katechismus abgebildeten Pfingstjünger erinnerte. Ohne jedes Erstaunen über mein unvermitteltes Auftauchen bei ihm rückte mir Dr. Abramsky einen Korbsessel zurecht und hörte sich, immerfort an seinen Bienenkästen arbeitend, meine Geschichte an. Als ich geendigt hatte, legte er sein Werkzeug beiseite und begann seinerseits zu erzählen. Den Cosmo Solomon, sagte er, habe ich nicht mehr gekannt, wohl aber Ihren Großonkel, denn ich bin bereits 1949 im Alter von einunddreißig Jahren als Assistenzarzt neben Fahnstock hier in den Dienst getreten. Ich entsinne mich des Falls Adelwarth insbesondere deshalb mit unverminderter Deutlichkeit, weil er am Anfang stand einer völligen Umwandlung in meinem Denken, die mich, im Verlauf des auf den Tod Fahnstocks folgenden Jahrzehnts, zu einer immer weitergehenden Einschränkung und zuletzt zur Aufgabe meiner psychiatrischen Tätigkeit gebracht hat. Seit Mitte Mai 1969 — ich habe unlängst den 15. Jahrestag meiner Emeritierung gefeiert — lebe ich hier heraußen, je nach Witterung entweder im Boots- oder im Bienenhaus und kümmere mich grundsätzlich nicht mehr um das, was vor sich geht in der sogenannten wirklichen Welt. Zweifellos bin ich jetzt in einem gewissen Sinne verrückt, aber wie Sie vielleicht wissen, sind diese Dinge einzig eine Frage der Perspektive. Daß das Haus Samaria leersteht, werden Sie gesehen haben. Seine Preisgabe war die Voraussetzung für meine Auslösung aus dem Leben. Wahrscheinlich macht sich niemand einen zureichenden Begriff von dem in diesem extravaganten Bretterpalast angehäuften und nun allmählich mit seinem Zerfall, wie ich hoffe, zergehenden Schmerz und Unglück.

Dr. Abramsky sagte eine Weile nichts und blickte bloß in die Ferne. Es ist richtig, sagte er dann, daß Ambrose Adelwarth nicht von seinen Verwandten bei uns eingewiesen wurde, sondern sich aus freien Stücken unter psychiatrische Aufsicht begeben hat. Was er mit diesem Schritt bezweckte, ist mir lange nicht klar gewesen, denn er hat nie etwas von sich erzählt. Fahnstocks Diagnose lautete auf schwere Melancholie im Senium, verbunden mit stupuröser Katatonie, doch stand hierzu im Widerspruch die Tatsache, daß Ambrose keinerlei Anzeichen der gemeinhin mit diesem Zustand einhergehenden körperlichen Verwahrlosung zeigte. Ganz im Gegenteil legte er den denkbar größten Wert auf seine äußere Erscheinung. Nie habe ich ihn anders als im dreiteiligen Anzug und mit tadellos gebundener Schleife gesehen. Nichtsdestoweniger erweckte er, selbst wenn er nur am Fenster stand und hinausblickte, stets den Eindruck, als sei er von einem heillosen Leid erfüllt. Ich glaube nicht, sagte Dr. Abramsky, daß ich jemals einem schwermütigeren Menschen begegnet bin als Ihrem Großonkel; jedes seiner beiläufigen Worte, jede seiner Gesten, sein ganzer, bis zuletzt aufrechter Habitus kam eigentlich einem immer wieder aufs neue vorgebrachten Absentierungsgesuch gleich. Bei den Mahlzeiten, zu denen er sich aufgrund seiner selbst in der ärgsten Zeit unbedingt gebliebenen Höflichkeit unfehlbar einfand, legte er sich zwar noch vor, was er aber zu sich nahm, war so wenig wie die symbolische Wegzehrung, die man dereinst zu den Toten auf die Gräber hinaustrug. Bemerkenswert war auch, mit welcher Bereitwilligkeit Ambrose sich der Schockbehandlung unterzog, die zu Beginn der fünfziger Jahre, wie mir rückblickend erst aufgegangen ist, wahrhaftig an eine Folterprozedur oder ein Martyrium heranreichte. Mußten die anderen Patienten nicht selten mit Gewalt in die Apparatekammer gebracht werden (*frogmarched*, lautete der Ausdruck, dessen sich Dr. Abramsky an dieser Stelle bediente), so saß Ambrose zum anberaumten Zeitpunkt jedesmal schon auf dem Hocker vor der Türe und wartete, den Kopf an die Wand gelehnt, die Augen geschlossen, auf das, was ihm bevorstand.

Einer von mir geäußerten Bitte entsprechend, berichtete Dr. Abramsky eingehender über die Schocktherapie. Ich war, sagte er, zu Beginn meiner psychiatrischen Laufbahn der Auffassung, daß es sich bei der Elektroschockbehandlung um ein humanes und effektives Verfahren handelte. Fahnstock hatte mir in seinen Erzählungen »aus der Praxis« wiederholt drastisch geschildert, und auch während des Studiums hatte man uns darüber aufgeklärt, wie früher, als man mit Insulininjektionen pseudoepilepti-

sche Anfälle auslöste, die Patienten mit verzerr-
tem, blau angelaufenem Gesicht oft minuten-
lang in einer Art Todeskrampf sich krümmten.
Gegenüber diesem Vorgehen bedeutete die
Einführung der elektrischen Behandlung, bei
der genauer dosiert und bei extremer Reak-
tion sogleich abgebrochen werden konnte, an
sich schon einen beträchtlichen Fortschritt, und
vollends legitimiert war sie unseres Erachtens,
als anfangs der fünfziger Jahre durch Narkoti-
sierung und Verabreichung muskelentspannen-
der Mittel die schlimmsten Nebenschäden wie
Schulter- und Kieferluxationen, abgebrochene
Zähne und andere Frakturen vermieden werden
konnten. Aufgrund dieser weitgehenden Ver-
besserungen in der Durchführung der Schockbehandlung übernahm Fahnstock, indem er
über meine bedauerlicherweise nicht sehr nach-
drücklichen Einspruchsversuche mit der für ihn
bezeichnenden Unbekümmertheit sich hinweg-
setzte, ein halbes Jahr etwa, bevor Ambrose zu
uns kam, die von dem deutschen Psychiater
Braunmühl befürwortete sogenannte Blockme-
thode, bei der nicht selten über hundert Schocks
in Abständen von jeweils nur wenigen Tagen
verabfolgt wurden. Selbstverständlich konnte
bei solcher Behandlungsfrequenz von einer ordentlichen Protokollierung und Evaluation des
therapeutischen Fortgangs, auch im Falle Ihres
Großonkels, nicht mehr die Rede sein. Außer-

dem, sagte Dr. Abramsky, ist das gesamte Aktenmaterial, die Anamnesen, die Krankengeschichten und die unter Fahnstock ohnehin nur recht kursorisch geführten Tagesberichte, in der Zwischenzeit wahrscheinlich längst von den Mäusen gefressen worden, die von der Narrenburg nach ihrer Auflassung Besitz ergriffen und sich seither dort drinnen bis ins Ungeahnte vermehrt haben. Jedenfalls höre ich in windstillen Nächten ein ständiges Huschen und Rascheln durch das ausgetrocknete Gehäuse gehen, und bisweilen, wenn der volle Mond hinter den Bäumen heraufkommt, erhebt sich auch, wie mich dünkt, ein aus Tausenden von winzigen Kehlen gepreßter, pathetischer Gesang. Dem Mäusevolk gilt heute meine Hoffnung, und sie gilt den Holzbohrern, den Klopfkäfern und Totenuhren, die das ächzend an einigen Stellen schon nachgebende Sanatorium über kurz oder lang zum Einsturz bringen werden. Ich habe von diesem Einsturz einen regelmäßig wiederkehrenden Traum, sagte Dr. Abramsky und blickte dabei in die Fläche seiner linken Hand. Ich sehe das Sanatorium auf seinem erhobenen Platz, sehe alles zugleich, das Gebäude in seiner Gesamtheit sowohl als jede kleinste Einzelheit, und ich weiß, daß das Fachwerk, das Dachstuhlgebälk, die Türstöcke und Paneele, die Böden, Dielen und Stiegen, die Geländer und Balustraden,

Rahmungen und Gesimse unter der Oberfläche restlos bereits ausgehöhlt sind und daß jeden Augenblick, wenn der aus der blinden Heerschar der Käfer auserwählte mit einem letzten Schaben seines Kieferrands den letzten, schon gar nicht mehr materiellen Widerstand durchbricht, alles in sich zusammensinken wird. Und so geschieht es dann auch, vor meinen Traumaugen, mit unendlicher Langsamkeit, und eine große, gelbliche Wolke steigt auf und verweht, und an der Stelle des ehemaligen Sanatoriums bleibt nichts als ein Häufchen puderfeines, blütenstaubähnliches Holzmehl. Dr. Abramsky hatte mit immer leiser werdender Stimme gesprochen, kehrte aber nun, nach einer Pause, in der sich das von ihm imaginierte Schauspiel, wie ich mir dachte, noch einmal in seiner Einbildung vollzog, in die Wirklichkeit zurück. Fahnstock, so setzte er wieder ein, Fahnstock hatte seine nervenärztliche Ausbildung in einer Lemberger Anstalt absolviert, unmittelbar vor dem Ersten Weltkrieg; zu einer Zeit also, da die Psychiatrie in erster Linie mit der sicheren Verwahrung und Niederhaltung der Internierten befaßt war. Er neigte darum von Haus aus dazu, die durch eine fortgesetzte Schockbehandlung regelmäßig sich einstellende Verödung und Einebnung des kranken Subjekts, die zunehmende Schwerbesinnlichkeit, das verlangsamte Denken, den herabgeminderten Tonus, ja sogar das gänzliche Verstummen als therapeutischen Erfolg zu verbuchen. Dementsprechend betrachtete er die ihm bis dahin nicht vorgekommene Fügsamkeit des Ambrose, der als einer der ersten Gäste in unserem Haus mit einer über Wochen und Monate sich hinziehenden Serie von Schocks behandelt wurde, als ein Ergebnis des neuen Verfahrens, obgleich diese Fügsamkeit in Wahrheit, wie ich damals bereits zu ahnen begann, auf nichts anderes zurückzuführen war als auf die Sehnsucht Ihres Großonkels nach einer möglichst gründlichen und unwiderruflichen Auslöschung seines Denk- und Erinnerungsvermögens.

Dr. Abramsky verfiel abermals in ein längeres Schweigen und studierte angelegentlich die Linien in seiner linken Hand. Ich glaube, fuhr er dann fort, indem er aufblickte zu mir, ich glaube, es war der unverkennbar österreichische Tonfall Fahnstocks, der mich anfangs eingenommen hat für ihn. Er mahnte mich an meinen Vater, der aus Kolomea stammte und wie Fahnstock nach dem Zusammenbruch des Habsburgerreiches aus Galizien nach dem Westen gewandert ist. Fahnstock hat versucht, in seiner Heimatstadt Linz wieder Fuß zu fassen, mein Vater wollte in Wien im Spirituosenhandel eine Existenz sich gründen, aber beide sind gescheitert an den damals herrschenden Verhältnissen, der eine in Linz und der andere in der Leopoldstadt. Im Frühjahr 1921 ist mein Vater schließlich nach Amerika aufgebrochen, und Fahnstock muß in den Sommermonaten in New York angelangt sein, wo er seine psychiatrische Laufbahn bald wieder aufnehmen konnte. 1925, nach zwei Dienstjahren in einem staatlichen Krankenhaus in Albany, trat er die Stellung in der damals gerade neu gegründeten privaten Nervenheilanstalt Samaria an. Etwa um die gleiche Zeit ist mein Vater bei einer Kesselexplosion in einer Sodafabrik in der Lower East Side ums Leben gekommen. Seine Leiche wurde nach dem Unglücksfall in teilweise gekochtem Zustand aufgefunden. Mir hat der Vater, wie ich in Brooklyn aufgewachsen bin, oft sehr gefehlt. Er war ein selbst angesichts der größten Widrigkeiten zuversichtlicher Mensch gewesen; die Mutter hingegen wirkte nach seinem Tod nur noch wie ein Schatten. Ich glaube heute, daß ich, weil vieles an Fahnstock den Vater wachrief in mir, zunächst kritiklos mich angeschlossen habe an ihn, als ich meinerseits die Assistentenstelle im Haus Samaria übernahm. Erst als Fahnstock, der nie den geringsten wissenschaftlichen Ehrgeiz gehabt hatte, gegen Ende seiner nervenärztlichen Karriere mit der Block- oder Annihilierungsmethode eine psychiatrische Wunderwaffe entdeckt zu haben glaubte und sich mehr und mehr in eine Art Wissenschaftswahn hineinsteigerte — er beabsichtigte sogar, eine Abhandlung über Ambrose zu schreiben —, erst dann ist mir an seinem Beispiel und an meinem eigenen Zögern etwas anderes aufgegangen, nämlich unsere entsetzliche Ignoranz und Korrumpierbarkeit.

Es war beinahe Abend geworden. Dr. Abramsky führte mich durch das Arboretum zu der Einfahrt zurück. Er hatte den weißen Gänseflügel in der Hand und deutete damit bisweilen die Wegrichtung an. Ihr Großonkel, sagte er, indem wir so gingen, ist gegen das Ende zu von einer progressiven, wahrscheinlich von der Schocktherapie verursachten Erstarrung seiner Gelenke und Glieder befallen worden. Er konnte sich bald nur noch mit der größten Mühe versorgen. Fast den ganzen Tag hat er gebraucht, um seine Kleider anzulegen. Allein zum Anbringen der Manschettenknöpfe und zum Binden der Schleife benötigte er Stunden. Und kaum ist er mit dem Anziehen fertig gewesen, mußte er wieder an das Sichauskleiden denken. Außerdem litt er jetzt andauernd an Sehstörungen und schweren Kopfschmerzen, weshalb er oft einen grünen Zellophanschirm über den Augen trug — like someone who works in a gambling saloon. Als ich ihn am letzten Tag seines Lebens auf seinem Zimmer aufsuchte, weil er zum erstenmal verabsäumt hatte, zur Behandlung zu kommen, da stand er mit diesem Zellophanschirm am Fenster und schaute auf die jenseits des Parklands gelegene Moorwiese hinaus. Absonderlicherweise hatte er ein paar schwarze Ärmelschoner aus einem satinartigen Stoff übergezogen, wie er sie wahrscheinlich früher einmal zum Silberputzen zu tragen pflegte. Auf meine Frage, weshalb er nicht wie sonst zum vereinbarten Zeitpunkt sich eingefunden habe, erwiderte er — ich entsinne mich genau seines Wortlauts —: It must have slipped my mind whilst I was waiting for the butterfly man. Ambrose hat sich nach dieser rätselhaften Bemerkung sogleich mit mir zu Fahnstock in den Behandlungsraum begeben und hat dort so widerstandslos wie immer alle vorbereitenden Maßnahmen über sich ergehen lassen. Ich sehe ihn, sagte Dr. Abramsky, vor mir liegen, die Elektroden an der Stirn, den Gummikeil zwischen den Zähnen, eingeschnallt in die an den Behandlungstisch angenietete Segeltuchumhüllung wie einer, der gleich beigesetzt werden soll auf hoher See. Die Applikation verlief ohne Zwischenfall. Fahnstock stellte eine ausgesprochen optimistische Prognose. Ich aber erkannte am Gesicht von Ambrose, daß er bis auf einen geringen Rest nun vernichtet war. Als er aus der Betäubung zu sich kam, gingen die seltsam starr gewordenen Augen ihm über, und ein für mein Gehör bis heute nicht vergangener Seufzer stieg auf aus seiner Brust. Ein Pfleger brachte ihn auf sein Zimmer zurück, und dort habe ich ihn im Morgengrauen des folgenden Tages, als mein Gewissen mich plagte, auf seinem Bett liegen gefunden in Lackstiefeln und sozusagen voller Montur. Dr. Abramsky ging den Rest des Wegs stillschweigend neben mir her. Auch zum Abschied sagte er nichts, sondern machte nur mit dem Gänseflügel einen Fahrer in die schon dunkler werdende Luft.

Als ich Mitte September 1991, in einer Zeit entsetzlicher Dürre, von England aus nach Deauville gefahren bin, war die Saison längst zu Ende gegangen, und selbst das *Festival du Cinéma Américain,* mit dem man dort die einträglicheren Sommermonate ein wenig zu verlängern versucht, war schon vorbei. Ich weiß nicht, ob ich mir, entgegen jeder vernünftigen Annahme, etwas Besonderes von Deauville erwartet habe — einen Rest von Vergangenheit, grüne Alleen, Strandpromenaden oder gar ein mondänes oder demimondänes Publikum; was immer meine Vorstellungen gewesen sein mögen, es zeigte sich sogleich, daß dieses einst legendäre Seebad, genau wie jeder andere Ort, **den man heute, ganz gleich, in welchem Land** oder Weltteil, besucht, hoffnungslos heruntergekommen war und ruiniert vom Autoverkehr, vom Boutiquenkommerz und der auf jede Weise und immer weiter um sich greifenden Zerstörungssucht. Die in der zweiten Hälfte des letzten Jahrhunderts als neugotische Burgen mit Zinnen und Türmchen, im Schweizer Cottagestil, ja sogar nach orientalischen Vorbildern erbauten Villen boten fast ausnahmslos ein Bild der Verwahrlosung und Verlassenheit. Bleibt man, wie ich es bei meinem ersten morgendlichen Spaziergang durch die Straßen von Deauville getan habe, eine Zeitlang vor einem dieser anscheinend unbewohnten Häuser stehen, so tut sich seltsamerweise fast jedesmal, sei es im Parterre, sei es in der Beletage oder im oberen Stock, einer der geschlossenen Fensterläden etwas auf, und es erscheint eine Hand, die mit auffallend langsamer Bewegung ein Staubtuch ausschüttelt, so daß man unweigerlich bald denkt, ganz Deauville bestehe aus dusteren Interieurs, in denen zu ewig unsichtbarem Dasein und ewigem Abstauben verurteilte Frauenspersonen lautlos herumgehen und darauf lauern, daß sie einem zufällig vor ihrem Gefängnis stehenbleibenden und an der Fassade hinaufblickenden fremden Passanten mit ihrem Staubfetzen ein Zeichen geben können. Auch sonst fand ich in Deauville und jenseits des Flusses, in Trouville, beinahe alles zugemacht und geschlossen, das Musée Montebello, das Stadtarchiv im Bürgermeisteramt und die Bibliothek, in der ich mich hatte umsehen wollen,

und selbst die Kinderbewahranstalt *de l'enfant
Jésus,* eine Stiftung der längst verflossenen
Madame la Baronne d'Erlanger, wie eine von
der dankbaren Bürgerschaft Deauvilles an der
Vorderfront des Hauses angebrachte Gedenk-
tafel anzeigte. Gleichfalls nicht mehr betretbar
war das Grand Hôtel des Roches Noires, ein ungeheurer Backsteinpalast, in dem sich um die
Jahrhundertwende amerikanische Multimillio-
näre, englische Hocharistokraten, französische
Börsenkönige und deutsche Großindustrielle
gegenseitig die Ehre gaben. Das *Roches Noires*
hat, soviel ich herausfinden konnte, in den
fünfziger oder sechziger Jahren seinen Betrieb

eingestellt und wurde danach in Appartements aufgeteilt, von denen sich allerdings nur die zum Meer hin gelegenen einigermaßen losschlagen ließen. Heute ist das ehemals luxuriöseste Hotel der normannischen Küste nur noch eine zur Hälfte bereits in den Sand gesunkene monumentale Monstrosität. Die meisten Wohnungen sind seit langem verlassen, ihre Besitzer aus dem Leben geschieden. Einige unzerstörbare Damen aber kommen nach wie vor jeden Sommer und geistern in dem riesigen Gebäude herum. Sie ziehen für ein paar Wochen die weißen Tücher von den Möbeln, liegen in der Nacht still aufgebahrt irgendwo in der leeren Mitte, wandern durch die weiten Korridore, durchqueren die immensen Säle, steigen, vorsichtig einen Schuh vor den andern setzend, in den hallenden Treppenhäusern auf und nieder und führen am frühen Morgen ihre von Geschwüren durchwachsenen Pudelhunde und Pekinesen auf der Promenade spazieren. Im Gegensatz zu dem allmählich zerfallenden *Roches Noires* ist das 1912 fertiggestellte Hôtel Normandy am anderen Ende von Trouville-Deauville auch jetzt noch ein Haus der gehobensten Klasse. Der um mehrere Innenhöfe herum errichtete, überdimensional sowohl als miniaturhaft wirkende Fachwerkbau beherbergt

allerdings nahezu ausschließlich japanische Gäste, die vom Hotelpersonal mit einer zwar ausgesuchten, aber zugleich, wie ich beobachten konnte, eiskalten, wenn nicht gar an Indignation grenzenden Höflichkeit durch das genau vorgegebene Tagesprogramm gelenkt werden. Tatsächlich glaubt man sich im *Normandy* weniger in einem renommierten internationalen Hotel als in einem außerhalb von Osaka anläßlich einer Weltausstellung eigens errichteten französischen Gastronomiepavillon, und mich zumindest hätte es überhaupt nicht gewundert, wenn ich, aus dem *Normandy* heraustretend, sogleich auf ein balinesisches oder alpenländisches Phantasiehotel gestoßen wäre. Alle drei Tage wurden die Japaner im *Normandy* abgelöst von einem neuen Kontingent ihrer Landsleute, die jeweils, wie einer der Gäste mich aufklärte, direkt vom Flughafen Charles de Gaulle in klimatisierten Autocars nach Deauville gebracht wurden, der nach Las Vegas und Atlantic City dritten Station einer Globusglücksreise, die über Wien, Budapest und Macao wieder nach Tokio zurückführte. In Deauville gingen die Japaner jeden Morgen um zehn in das zugleich mit dem *Normandy* erbaute neue Casino hinüber, wo sie bis zum Lunch in den in allen Kaleidoskopfarben funkelnden und von dudelnden Tongirlanden durchwobenen Automatensälen spielten. Auch den Nachmittag und die Abendstunden verbrachten sie bei den Maschinen, denen sie mit stoischer Miene ganze Hände voll Münzgeld opferten, und wie wahre Festtagskinder freuten sie sich, wenn es klingelnd endlich wieder aus dem Kasten sprang. Am Roulettetisch habe ich nie einen Japaner gesehen. Dort saßen gegen Mitternacht meist nur ein paar fragwürdige Kunden aus dem Hinterland, irgendwelche Winkeladvokaten, Grundstücksmakler oder Großgaragisten mit ihren Geliebten, und versuchten, das Glück zu übertölpeln, das ihnen in Gestalt eines kurzleibigen und unpassenderweise in der Uniform eines Manegendieners steckenden Croupiers gegenüberstand. Der Roulettetisch befand sich übrigens in einer offenbar vor kurzem erst renovierten, von jadegrünen Glasparavents abgeschirmten Innenhalle und also nicht an dem Ort, an dem früher in Deauville gespielt worden ist. Der Spielsaal von damals, das wußte ich, war weitaus größer. Es gab eine doppelte Reihe von Roulette- und Bakkarattischen und auch solche, an denen man auf die fleißig immer im Kreis herumrennenden kleinen Pferdchen setzen konnte. Lüster aus Venezianerglas hingen von der Stuckdecke herunter, durch ein Dutzend acht Meter hohe Halbrundfenster sah man auf die Terrasse hinaus, wo die exotischsten Herrschaften in Gruppen oder paarweise beieinanderstanden, und man sah, jenseits der Balustrade, im Widerschein den weißen Meeresstrand und die weit draußen vor Anker liegenden illuminierten Hochseejachten und Dampfsegler, die ihre Signalscheinwerfer in den Nachthimmel hinaufrichteten und zwischen denen und der Küste kleine Boote wie langsame Leuchtkäfer sich hin- und herbewegten. Als ich das Casino von Deauville das erstemal betrat, lag der alte Spielsaal verdämmernd im letzten Abendglanz. Man hatte für ein Hochzeitsbankett oder eine Jubiläumsfeier Tische für gut hundert Gäste gedeckt. Die Strahlen der untergehenden Sonne brachen sich in den Gläsern und blinkten an dem silbernen Schlagzeug der Band, die auf dem Podium soeben anfing, für ihren bevorstehenden Auftritt zu proben. Die Instrumentalisten waren vier schon etwas gealterte Jünglinge mit lockigem Haar. Sie spielten Songs aus den sechziger Jahren, die ich in der Union Bar in Manchester ich weiß nicht wie oft gehört hatte. It is the evening of the day. Hingebungsvoll hauchte die Vokalistin, ein blondes Mädchen mit noch sehr kindlicher Stimme, hinein in das Mikrofon, das sie mit beiden Händen ganz dicht an ihre Lippen hielt. Sie sang in englischer Sprache, aber mit deutlichem französischen Akzent. It is the evening of the day, I sit and watch the children play. Manchmal, wenn sie die Worte nicht richtig erinnern konnte, ging ihr Gesang in ein wundervolles Summen über. Ich setzte mich auf einen der weißen Schleiflacksessel. Die Musik erfüllte den ganzen Raum. Rosarote

Quellwolken bis unter den goldumrankten Plafond. Procul Harum. *A whiter shade of pale.* Die reine Rührseligkeit.

Später im Hotelzimmer in der Nacht hörte ich das Rauschen des Meers, und es träumte mir, ich überquerte auf einem *paquebot,* dessen Deckaufbauten genauso aussahen wie das Hôtel Normandy, den Atlantischen Ozean. Ich stand an der Reling, als wir im Morgengrauen in Le Havre einliefen. Dreimal dröhnte das Nebelhorn, und der riesige Schiffskörper zitterte unter meinen Füßen. Von Le Havre nach Deauville fuhr ich mit der Bahn. In meinem Abteil saß eine gefiederte Dame mit einer Menge verschiedener Hutschachteln. Sie rauchte eine große Brasilzigarre und sah durch den blauen Qualm manchmal auffordernd zu mir herüber. Ich wußte aber nicht, wie ich sie ansprechen sollte, und starrte in meiner Verlegenheit fortwährend auf die weißen Glacéhandschuhe mit den vielen kleinen Knöpfen, die neben ihr auf dem Sitzpolster lagen. In Deauville angekommen, nahm ich einen Einspänner zum Hôtel des Roches Noires. Auf den Straßen herrschte ein unmäßiger Betrieb. Fuhrwerke und Kutschen jeder Art, Automobile, Handwagen, Bicyclettes, Laufburschen, Lieferanten und Flaneure bewegten sich anscheinend richtungslos durcheinander. Es war, als sei das Pandämonium ausgebrochen. Das Hotel war hoffnungslos überbelegt. Scharenweise drängten sich die Menschen vor der Rezeption. Der Beginn der Rennsaison stand unmittelbar bevor, und man setzte alles daran, um bei einer der besten Adressen, gleich wie, ein Quartier zu finden. Die Gäste im *Roches Noires* mieteten Kanapees und Fauteuils im Lesesaal oder im Salon als Schlafplätze; das Hauspersonal wurde aus den Dachkammern in den Keller evakuiert; die Herren überließen den Damen ihre Zimmer und legten sich selber zur Ruhe, wo sie gerade konnten, im Foyer, in den Korridoren, in den Fensternischen, auf Treppenabsätzen und Billardtischen. Durch ein horrendes Bestechungsgeld gelang es mir, in einem Abstellraum eine Pritsche zu ergattern, die wie ein Gepäcknetz hoch an der Wand angebracht war. Nur wenn ich vor Müdigkeit nicht mehr weiter konnte, kletterte ich dort hinauf und schlief ein paar Stunden. Sonst war ich Tag und Nacht auf der Suche nach Cosmo und Ambros. Bisweilen glaubte ich, ich hätte sie in einem Eingang oder Aufzug verschwinden oder um eine Straßenecke biegen sehen. Dann wieder sah ich sie wirklich, wie sie beim Tee im Hof draußen saßen oder in der Halle in den frischen Zeitungen blätterten, die von dem Chauffeur Gabriel jeden Morgen früh in halsbrecherischer Fahrt von Paris nach Deauville gebracht wurden. Wie meistens die Toten, wenn sie in unseren

Träumen auftauchen, waren sie stumm und schienen ein wenig betrübt und niedergeschlagen. Überhaupt verhielten sie sich, als sei ihre gewissermaßen auswärtige Verfassung ein furchtbares, unter keinen Umständen zu lüftendes Familiengeheimnis. Näherte ich mich ihnen, so lösten sie sich vor meinen Augen auf und hinterließen nichts als den leeren Platz, den sie soeben noch eingenommen hatten. Ich begnügte mich darum, wenn ich ihrer ansichtig wurde, sie aus der Ferne zu betrachten. Bald schien es mir, als bildeten sie, wo immer ich ihnen begegnete, einen ruhigen Punkt in dem unablässigen Getümmel ringsum. Es war tatsächlich, als habe sich hier in Deauville im Sommer 1913 die ganze Welt versammelt. Ich sah die Comtesse de Montgomery, die Comtesse de Fitz James, die Baronne d'Erlanger und die Marquise de Massa, die Rothschild, die Deutsch de la Meurthe, die Koechlin und Bürgel, die Peugeot, die Worms und die Hennessy, die Isvolskys und die Orlovs, Künstler und Künstlerinnen und Demimondäne wie die Réjane und die Reichenberg, griechische Reeder, mexikanische Petroleummagnaten und Baumwollpflanzer aus Louisiana. In der *Trouville Gazette* stand zu lesen, daß heuer eine regelrechte Welle des Exotismus über Deauville hereingebrochen sei: des musulmans moldo-valaques, des brahmanes hindous et toutes les variétés de

Cafres, de Papous, de Niam-Niams et de Bachi-
bouzouks importés en Europe avec leurs danses
simiesques et leurs instruments sauvages. Rund
um die Uhr war alles in Bewegung. Beim ersten
großen Pferderennen der Saison im Hippodrom
von La Touque hörte ich einen englischen
Klatschkolumnisten sagen: It actually seems
as though people have learnt to sleep on the
hoof. It's their glazed look that gives them
away. Touch them, and they keel over. Ich
stand, selber todmüde, auf der Tribüne des
Hippodroms. Die um das Polofeld herum-
führende Grasbahn war eingesäumt von einer
langen Reihe gleichmäßig gewachsener Pappeln. Mit dem Fernrohr sah ich, wie ihre
Blätter silbergrau sich wendeten im Wind.
Immer zahlreicher wurde das Publikum. Bald
war unter mir nur noch ein einziges Meer von
wogenden Hüten, über dem die weißen Reiher-
federn schwebten wie Schaumkronen über
dunkel dahinlaufenden Wellen. Ganz zuletzt
erschienen die schönsten der jungen Damen,
die Jährlinge sozusagen der Saison, in Spitzen-
kleidern, durch die die seidene Wäsche hin-
durchschimmerte, nilgrün, crevettenfarben oder
absinthblau. In kürzester Zeit waren sie umringt von schwarzen Männerfiguren, von denen
einige besonders verwegene ihre Zylinder auf
Spazierstöcken in die Höhe hielten. Als das
Rennen bereits beginnen sollte, kam noch der

Maharadscha von Kaschmir in seinem inwendig vergoldeten Rolls und hinter ihm her eine zweite Limousine, der eine unvorstellbar korpulente Dame entstieg, die von zwei uralten Grooms auf ihren Platz geführt wurde. Unmittelbar über ihr saß, wie ich plötzlich gewahr wurde, der Cosmo Solomon mit dem Ambros. Der Ambros hatte einen gelben Leinenanzug an und auf dem Kopf einen spanischen, schwarzlackierten Strohhut. Der Cosmo aber trug trotz des strahlenden Hochsommerwetters einen dicken Teddymantel und eine Fliegerhaube, unter der seine blonden Locken hervorschauten. Sein rechter Arm lag unbeweglich auf der Sessellehne des Ambros, und unbeweglich blickten die beiden in die Ferne. Im übrigen waren, wie mir jetzt wieder erinnerlich wird, meine Deauviller Träume erfüllt von einem beständigen Gemurmel, das seinen Ursprung hatte in den Gerüchten, welche über Cosmo und Ambros kursierten. Einmal beispielsweise sah ich die zwei jungen Männer zu später Stunde im Speisesaal des *Normandy* an einem genau in der Mitte für sie eigens aufgestellten und darum gänzlich abgesondert wirkenden Katzentischchen sitzen. Ein wunderbar rosarot durch die gedämpfte Atmosphäre leuchtendes Hummertier, das langsam manchmal eines seiner Glieder rührte, lag zwischen ihnen auf einer silbernen Platte. Ambros nahm mit großem Geschick den Hummer nach und nach auseinander und legte dem Cosmo kleine Portionen vor, die dieser gleich einem wohlerzogenen Kinde verzehrte. Von der wie von einem leichten Seegang bewegten Menge der dinierenden Gäste waren nur die glitzernden Ohrringe und Halsketten der Damen und die weißen Hemdbrüste der Herren zu sehen. Dennoch spürte ich, daß alle Welt die Augen unverwandt gerichtet hielt auf die beiden Hummeresser, von denen ich abwechslungsweise sagen hörte, sie seien Herr und Diener, ein Freundespaar, einander Anverwandte oder gar Brüder. Zu jeder dieser Thesen gab es ein endloses Für und Wider, das den Saal als ein sachtes Raunen noch durchzog, als das Katzentischchen längst geräumt war und das Morgengrauen durch die Fenster drang. In erster Linie ist es gewiß die Exzentrizität Cosmos gewesen, die, im Verein mit der wahrhaft vorbildlichen Korrektheit des Ambros, die Wißbegierde der Deauviller Sommergäste geweckt hatte. Und die Wißbegierde wuchs naturgemäß, und die angestellten Mutmaßungen wurden um so kühner, je mehr die zwei Freunde für sich blieben und je öfter sie die Einladungen ausschlugen, die man ihnen tagtäglich schickte. Auch die staunenswerte Sprachgewandtheit des Ambros, die in so auffälligem Gegensatz stand zu Cosmos anscheinend vollkommen wortlosem Wesen, war der

Anlaß zu allerhand Spekulationen. Darüber hinaus sorgten die Kunstflug- und Poloeskapaden Cosmos fortgesetzt für Gesprächsstoff, und vollends erreichte das Interesse an den seltsamen Amerikanern seinen Gipfel, als die unerhörte Glückssträhne Cosmos im Séparée des Casinos einzusetzen begann und die Kunde davon wie ein Lauffeuer durch Deauville sich verbreitete. Zu den bereits kolportierten Gerüchten kam jetzt noch das der Hochstapelei beziehungsweise das verbrecherischer Machenschaften, ja, es wurde, auch an dem fraglichen Abend im Speisesaal, wiederholt davon geredet, daß der Ambros, der selbst niemals am Roulettetisch saß, sondern stets unmittelbar hinter dem Cosmo stand, über die geheimnisvollen Kräfte eines Magnetiseurs verfüge. Tatsächlich schien mir an Unergründlichkeit mit ihm vergleichbar einzig und allein jene österreichische Gräfin, *femme au passé obscur,* die in den etwas abgelegeneren Ecken meiner Deauviller Traumphantasie hofhielt. Eine ungeheuer feingliedrige, beinah transparente Person in grau- und braunseidenen Moirékleidern, war sie zu jeder Tages- und Nachtzeit umgeben von einer Schar von Verehrern und Verehrerinnen. Niemand kannte ihren wahren Namen (eine Gräfin Dembowski gab es in Wien nicht), niemand vermochte ihr Alter zu schätzen oder wußte, ob sie ledig, verheiratet oder verwitwet war. Ich bemerkte die Gräfin Dembowski erstmals, wie sie, was außer ihr keine Frau gewagt hätte, draußen auf der Terrasse vor dem Casino ihren weißen Sommerhut abnahm und neben sich auf die Balustrade legte. Und zum letztenmal erblickte ich sie, als ich, aus dem Deauviller Traum wieder erwacht, ans Fenster meines Hotelzimmers getreten war. Der Morgen brach soeben an. Farblos noch ging der Strand in das Meer und das Meer in den Himmel über. Da erschien sie, in dem fahl allmählich sich ausbreitenden Zwielicht, auf der verlassenen Promenade des Planches. Auf das geschmackloseste zusammengerichtet und auf das entsetzlichste geschminkt, kam sie daher, mit einem hoppelnden weißen Angorakaninchen an der Leine. Außerdem hatte sie einen giftgrün livrierten Clubman dabei, der immer, wenn das Kaninchen nicht mehr weiterwollte, sich hinunterbeugte zu ihm, um es ein wenig zu füttern von dem riesigen Blumenkohl, den er in seiner linken Armbeuge hielt.

Vor mir auf dem Schreibtisch liegt das Agendabüchlein des Ambros, das mir die Tante Fini bei meinem Winterbesuch in Cedar Glen West ausgehändigt hat. Es ist ein in weiches, weinrotes Leder gebundener, etwa zwölf auf acht Zentimeter großer Taschenkalender für das Jahr 1913, den der Ambros in Mailand gekauft

haben muß, denn dort beginnt er am 20. August mit seinen Aufzeichnungen: Palace H. 3 p.m. Signora M. Abends Teatro S. Martino, Corso V. Em. *I tre Emisferi.* Die Entzifferung der winzigen, nicht selten zwischen mehreren Sprachen wechselnden Schrift hat nicht wenig Mühe bereitet und wäre wahrscheinlich nie von mir zuwege gebracht worden, hätten sich nicht die vor beinahe achtzig Jahren zu Papier gebrachten Zeilen sozusagen von selber aufgetan. Den allmählich ausführlicher werdenden Eintragungen ist zu entnehmen, daß Ambros und Cosmo Ende August mit einem Dampfsegler in Richtung Griechenland und Konstantinopel von Venedig abgegangen sind. Früher Morgen, steht da geschrieben, ich lange an Deck, Rückschau haltend. Die sich entfernenden Lichter der Stadt unter einem Regenschleier. Die Inseln in der Lagune wie Schatten. Mal du pays. Le navigateur écrit son journal à la vue de la terre qui s'éloigne. Tags darauf heißt es: Vor der kroatischen Küste. Cosmo sehr unruhig. Ein schöner Himmel. Baumlose Berge. Die sich türmenden Wolken. Nachmittags um drei so gut wie finster. Unwetter. Wir streichen die Segel. Um 7 Uhr abends der Sturm in voller Stärke. Wellen brechen über das Deck herein. Der österreichische Kapitän hat in seiner Kajüte eine Ölfunzel angezündet vor dem Bildnis der lb. Frau. Er kniet am Boden und betet. Auf italienisch, seltsamerweise, für die armen verschollenen Seeleute sepolti in questo sacro mare. Auf die stürmische Nacht folgt ein windstiller Tag. Unter Dampf gleichmäßig weiter nach Süden. Ich ordne die durcheinandergeratenen Sachen. Bei abnehmendem Licht vor uns, perlgrau schwebend auf der Linie des Horizonts, eine Insel. Cosmo steht im Bug wie ein Lotse. Ruft einem Matrosen das Wort *Fano* zu. Sísiorsí, schreit dieser und vorausweisend lauter noch einmal: Fano! Fano! Später seh ich am Fuß der schon ins Dunkel getauchten Insel ein Feuer. Es sind Fischer am Strand. Einer von ihnen schwenkt ein brennendes Holz. Wir fahren vorbei und laufen ein paar Stunden später in den Hafen von Kassiopé an der Nordküste von Kérkyra ein. Am Morgen an Bord der furchtbarste Lärm. Behebung eines Maschinenschadens. Mit Cosmo an Land. Steigen zu dem verfallenen Befestigungswerk hinauf. Eine Steineiche wächst mitten aus der Burg. Wir liegen unter ihrem Blätterdach wie in einer Laube. Drunten schlagen sie mit dem Hammer an den Dampfkessel. Einen Tag lang außer der Zeit. In der Nacht schlafen wir an Deck. Grillengesang. Von einem Luftzug geweckt an der Stirn. Jenseits der Wasserstraße, hinter den schwarzblauen albanischen Bergen, kommt der Tag herauf, breitet seinen Flammenschein über die noch lichtlose Welt. Und zugleich durchqueren zwei weiße Hochseejachten unter weißen Rauchfahnen das Bild, so langsam, als würden sie Zoll für Zoll an einem Seil über eine weite Bühne gezogen. Man glaubt kaum, daß sie sich fortbewegen, aber endlich verschwinden sie doch hinter der Seitenkulisse des dunkelgrün bewaldeten Caps Varvara, über welchem die hauchdünne Sichel des zunehmenden Mondes steht. — 6. September: Von Kérkyra aus über Ithaka und Patras in den Golf von Korinth. In Itéa beschlossen, das Schiff vorauszuschicken und selber auf dem Landweg nach Athen zu gehen. Jetzt im Gebirge von Delphi die Nacht bereits sehr kühl. Haben uns vor zwei Stunden, in unsere Mäntel gehüllt, schlafen gelegt. Die Sättel dienen als Kopfpolster. Unter dem Lorbeerbaum, dessen Blätter wie Blechplättchen leise rascheln, stehen die Pferde mit gesenktem Haupt. Über uns die Milchstraße (where the Gods pass on their way, says Cosmo) so hell, daß ich in ihrem Licht dieses aufschreiben kann. Schaue ich lotrecht in die Höhe, sehe ich den Schwan und die Kassiopeia. Es sind dieselben Sterne, die ich als Kind gesehen habe über den Alpen und später über dem Wasserhaus in Japan, über dem Stillen Ozean und draußen über dem Long Island Sound. Kaum glaube ich, daß ich derselbe Mensch und in Griechenland bin. Aber ab und zu weht der Geruch der Wacholderbäume zu uns herüber, und also ist es wohl wahr.

Nach diesen nächtlichen Aufzeichnungen findet sich die erste ausführlichere Notiz am Tag der Ankunft in Konstantinopel. Gestern am Vormittag ab Piräus, hat Ambros unter dem Datum des 15. September vermerkt. Etwas mitgenommen, schreibt er, von der beschwerlichen Reise über Land. Stille Meerfahrt. Ruhestunden unter dem Sonnensegel an Deck. Nie blaueres Wasser gesehen. Wirklich ultra marin. Heute morgen durch die Dardanellen. Große Schwärme von Kormoranen. Am frühen Nachmittag weit voraus auftauchend die morgenländische Hauptstadt, wie eine Luftspiegelung zuerst, dann allmählich deutlicher werdend das Baumgrün und das buntfarbige Häusergewirr. Davor und dazwischen aufragend, dicht ineinandergedrängt und leicht von der Brise bewegt, die Masten der Schiffe und die, wie es den Anschein hat, gleichfalls ein wenig schwankenden Minarette. — Nach Auszahlung des Triestiner Kapitäns vorerst abgestiegen im *Pera Palas*. Wir betreten die Halle zur Zeit des Nachmittagstees. Cosmo schreibt ins Register: Frères Solomon, New York, en route pour la Chine. *Pera,* sagt der Empfangschef auf meine Frage, *pera* heißt *jenseits.* Jenseits von Stanbul. Sanfte Orchestermusik wogt durch das Foyer. Hinter den zugezogenen Tüllgardinen des Ballsaals schweben die Schatten der tanzenden Paare. Quand l'amour meurt, singt eine Frau mit gespenstisch irrender Stimme. Die Treppen und Zimmer sehr prächtig. Teppichlandschaften unter hohen Plafonds. Die Bäder mit riesigen Wannen. Vom Balkon aus Blick über das Goldene Horn. Der Abend bricht an. Wir sehen zu, wie die Dunkelheit von den umliegenden Hängen hereinzieht über die niedrigen Dächer, wie sie emporwächst aus den Abgründen der Stadt über die bleigrauen Kuppeln der Moscheen und schließlich hinaufreicht bis zu den vor dem Erlöschen besonders hell noch einmal aufleuchtenden Spitzen der Minarette. — Die Notizen des Ambros gehen jetzt quer über die Daten hinweg weiter. Niemand, schreibt er, würde eine solche Stadt sich vorstellen können. So viel Bauwerk, so viel verschiedenes Grün. Pinienkronen hoch in der Luft. Akazien, Korkeichen, Sykomoren, Eukalyptus, Wacholder, Lorbeer, wahre Baumparadiese und Schattenhalden und Haine mit rauschenden Bächen und Brunnen. Jeder Spaziergang voller Überraschungen, ja Schrecken. Wie von Szene zu Szene in einem Schauspiel wechseln die Prospekte. Eine Straße mit palastartigen Gebäuden endet in einer Schlucht. Du besuchst ein Theater und gelangst durch eine Türe im Vorraum hinaus in ein Wäldchen; ein anderes Mal biegst du in eine dustere, immer enger werdende Gasse, glaubst dich bereits gefangen, machst einen letzten Verzweiflungsschritt um eine Ecke und überblickst unvermittelt von einer Art Kanzel das ausgedehnteste Panorama. Du steigst ewig einen kahlen Hügel hinan und findest dich wieder in einem beschatteten Tal, trittst in ein Haustor und stehst auf der Straße, läßt dich im Basar etwas treiben und bist plötzlich von Grabsteinen umgeben. Denn wie der Tod selber, so sind die Friedhöfe von Konstantinopel mitten im Leben. Für jeden Dahingegangenen, heißt es, wird eine Zypresse gepflanzt. In ihrem dichten Gezweig nisten die türkischen Tauben. Wenn es Nacht wird, hören sie mit ihrem klagenden Gurren auf und teilen die Ruhe der Toten. Mit dem Eintritt der Stille kommen die Fledermäuse heraus und hasten durch ihre Bahnen. Cosmo behauptet, er höre jeden der von ihnen ausgestoßenen Schreie. — Große Teile der Stadt ganz aus Holz. Häuser aus braun und grau verwitterten Balken und Brettern, mit flachen Giebeldächern, vorstehenden Altanen. Auch das Judenviertel ist so gebaut. Wie wir durch es hindurchgehen heute, eröffnet sich an einer Straßenecke unvermutet ein Fernblick auf eine blaue Berglinie und das beschneite Haupt des Olymps. Einen furchtbaren Herzschlag lang glaube ich mich in der Schweiz oder wieder daheim . . .

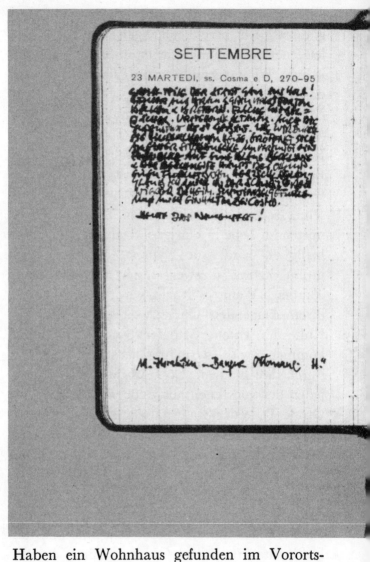

SETTEMBRE

23 MARTEDI, ss. Cosma e D, 270-95

Haben ein Wohnhaus gefunden im Vororts-
bezirk von Eyüp. Es steht neben der alten
Dorfmoschee an der Stirnseite eines Platzes,

auf dem drei Straßen zusammenlaufen. In der Mitte des gepflasterten Vierecks, umringt von gestutzten ... Platanen, ein rundes Brunnenbecken aus weißem Marmor. Viel Volk aus dem Hinterland macht auf dem Weg in die Stadt hier Station. Bauern mit Gemüsekörben, Kohlenbrenner, Zigeuner, Seiltänzer und Bärenführer. Es wundert mich, daß man kaum einen Wagen sieht oder sonst ein Gefährt. Alles ist zu Fuß unterwegs, höchstens mit einem Lasttier. Als wäre das Rad noch nicht erfunden. Oder sind wir nicht mehr in der Zeit? Was bedeutet der 24. September?? — Hinten am Haus ist ein Garten, genauer gesagt eine Art Hof mit einem Feigen- und einem Granatapfelbaum. Außerdem wachsen Kräuterstauden — Rosmarin, Salbei, Myrte, Melisse. Laudanum. Durch die rückwärtige, blau gestrichene Tür tritt man ein. Der weite Flur ist mit Steinplatten ausgelegt und frisch geweißelt. Die Wände wie Schnee. Die Zimmer, kaum ausstaffiert, wirken verlassen und leer. Cosmo behauptet, wir hätten ein Geisterhaus gemietet. Eine hölzerne Stiege führt auf die von einem Weinstock überlaubte Dachterrasse hinauf. Nebenan auf der Galerie des Minaretts erscheint ein zwergenhafter Muezzin. Er ist so nah, daß wir seine Gesichtszüge erkennen können. Vor dem Ausrufen des Gebets grüßt er zu uns herüber. — Unter dem Weinstock auf dem Dach das erste Nachtmahl in unserem Haus. Wir sehen drunten auf dem Goldenen Horn Tausende von Kähnen kreuzen, und weiter zur

Rechten bis an den Horizont erstreckt sich die Stadt Istanbul. Feuerfarben, kupfern und purpurrot die von der untergehenden Sonne durchstrahlten Wolkenhalden darüber. Gegen Morgen vernehmen wir ein ungeheures, noch nie gehörtes Geräusch. Wie das Wispern einer sehr weit entfernten Menschenmenge, versammelt unter freiem Himmel auf einem Gefilde oder auf einem Berg. Wir steigen hinauf auf das Dach und sehen über uns gewölbt einen bewegten Baldachin, schwarzweiß gemustert, so weit das Auge reicht. Es sind Störche, ungezählt auf ihrem Zug in den Süden. Noch am Vormittag reden wir davon in einem Kaffeehaus am Ufer des Horns. Wir sitzen auf einem offenen Altan etwas überhöht und ausgestellt wie zwei Heilige. Große Segler fahren vorbei in geringster Entfernung. Man spürt die sie umgebenden Schwaden der Luft. Bei stürmischem Wetter, sagt der Wirt, kommt es vor, daß sie mit den Quersparren ein Fenster einstoßen oder einen Blumenstock fegen von seinem Gesims. — 17. Oktober: Mit meinen Notizen im Verzug, weniger wegen der Anforderungen des Lebens als aus Müßiggang. Gestern Ausflug mit einem türkischen Boot das Goldene Horn hinab und dann entlang dem rechtsseitigen, asiatischen Bosporusufer. Die Vororte bleiben zurück. Waldüberwachsene Felsen, Böschungen mit immergrünem Gehölz. Dazwischen einzelne Villen und weiße Sommerhäuser. Cosmo, der sich als guter Matrose bewährt. Einmal sind wir umschwärmt von ich weiß nicht wieviel Delphinen. Hunderte, wenn nicht Tausende müssen es gewesen sein. Wie eine große Schweineherde durchpflügten sie mit ihren Schnauzen das Wasser, umkreisten uns immer wieder aufs neue und stürzten zuletzt kopfüber davon. In den tiefen Buchten beugte sich das Astwerk bis zu den kreiselnden Fluten hernieder. Wir glitten darunter hindurch und mit wenigen Ruderschlägen in einen von stillen Gebäuden umgebenen Hafen hinein. Zwei Würfelspieler hockten am Quai. Ansonsten nirgends eine Menschenseele. Wir traten unter die Pforte der kleinen Moschee. Drinnen im Dämmer saß in einer Nische ein junger Mann und studierte den Koran. Die Lider hielt er gesenkt, die Lippen murmelten leise. Mit dem Oberkörper wiegte er sich vor und zurück. In der Mitte der Halle verrichtete ein Landmann das Nachmittagsgebet. Mal für Mal berührte er mit der Stirne den Boden. Dann verharrte er eine Ewigkeit, wie mir vorkam, in gebeugter Haltung. Seine Fußsohlen glänzten in den Ausläufern des beim Tor hereinfallenden Lichts. Schließlich erhob er sich, aber zuvor warf er noch einen scheuen Blick rechts und links über die Schulter — um seine Schutzengel zu grüßen, sagte Cosmo, die hinter ihm stehn. Wir wandten uns zum Gehen, aus dem Halbdunkel der Moschee in die sandweiße Helligkeit des Hafenplatzes. Als wir ihn überquerten, beide wie Wüstenwanderer mit der Hand die geblendeten Augen beschattend, wankte eine graue Taube von der Größe eines ausgewachsenen Hahns unbeholfen vor uns her und wies uns den Weg in eine Gasse, in der wir auf einen etwa zwölfjährigen Derwisch trafen. Er trug ein sehr weites, bis auf den Boden reichendes Kleid und

ein enganliegendes, ebenso wie das Kleid aus feinstem Leinen geschneidertes Jäckchen. Auf dem Kopf hatte der außerordentlich schöne Knabe eine hohe, randlose Haube aus Kamelhaar. Ich richtete auf türkisch das Wort an ihn, er jedoch sah uns wortlos nur an. Auf der Heimfahrt glitt unser Kahn gleichsam von selber längs der dunkelgrün verhangenen Felsen dahin. Die Sonne war untergegangen, das Wasser eine schattige Ebene, in den Höhen herum aber hie und da noch ein irrendes Licht.

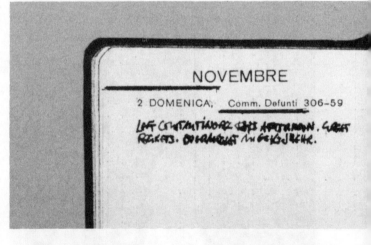

Cosmo am Ruder sagt, daß er nächstens wieder herauskommen wolle, mit einem Fotografen, um von dem Kinderderwisch ein Erinnerungsbild machen zu lassen ...

Am 26. Oktober schreibt Ambros: Heute die Aufnahmen von dem weißen Knaben aus dem

Studio geholt. Später Erkundigungen eingezogen bei den *Chemins de Fer Orientaux* und der
Banque Ottomane, die Weiterreise betreffend.
Außerdem eine türkische Tracht für Cosmo
gekauft sowohl als für mich. Die Abendstunden
über Fahrplänen, Karten und Karl Baedekers
Handbuch.

Die Route, welche die beiden von Konstantinopel aus genommen haben, läßt sich anhand
der Agendanotizen mit einiger Sicherheit nach-
zeichnen, auch wenn diese jetzt eher spärlich

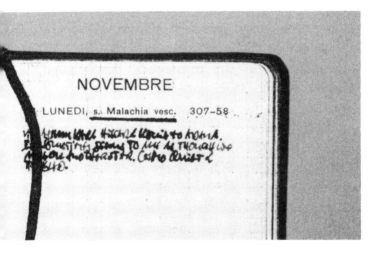

sind und manchmal überhaupt aussetzen. Mit
der Bahn müssen sie durch die ganze Türkei bis
hinab nach Adana und von dort nach Aleppo
und Beirut gefahren sein, und an die vierzehn
Tage scheinen sie sich im Libanon aufgehalten
zu haben, denn erst unter dem 21. November

findet sich der Eintrag *Passage to Jaffa.* In Jaffa wurden gleich am Ankunftstag über den Agenten Dr. Immanuel Benzinger in Franks Hotel um einen Preis von 15 frs zwei Pferde gemietet für den zwölfstündigen Ritt von der Küste hinauf nach Jerusalem. Das Gepäck ging mit der Bahn voraus. Am frühen Morgen des 25. waren Cosmo und Ambros bereits unterwegs durch die Orangenhaine hinaus in südöstlicher Richtung über die Ebene von Sharon auf die judäischen Berge zu. Oft weitab vom Weg, schreibt Ambros, durch das Hl. Land. Die Felsen im Umkreis weiß strahlend im Licht. Über weite Strecken kein Baum, kein Strauch, kaum ein armseliges Büschelchen Kraut. Cosmo sehr wortkarg. Verdunkelung des Himmels. Große Staubwolken rollen durch die Luft. Grauenvolle Verlassenheit und Leere. Am späten Nachmittag reißt es wieder auf. Ein rosafarbener Schein liegt über dem Tal, und durch eine Öffnung in dem gebirgigen Terrain voraus erblicken wir in der Ferne die gepriesene Stadt — a ruined and broken mass of rocks, the Queen of the desert ... Eine Stunde nach Anbruch der Nacht reiten wir in den Hof des Hotels Kaminitz in der Jaffa Road. Der Maître d'hôtel, ein pomadisierter kleiner Franzose, im höchsten Grade erstaunt, geradezu *scandalisé,* angesichts der völlig verstaubten Ankömmlinge, studiert kopfschüttelnd unseren

Registereintrag. Erst als ich ihm sage, er möge zusehen, daß die Pferde anständig versorgt würden, besinnt er sich seiner Pflicht und erledigt alles so hurtig, wie er nur kann. Die Einrichtung der Zimmer ist äußerst absonderlich. Man weiß nicht, in welcher Zeit oder Weltgegend man sich befindet. Ausblick nach der einen Seite über gewölbte Steindächer. Gleichen in dem weißen Mondlicht einem gefrorenen Meer. Tiefe Müdigkeit, Schlaf bis weit in den Morgen. Viele Träume mit fremden Stimmen und Rufen. Am Mittag Totenstille, durchbrochen nur von dem ewigen Krähen der Hähne. — Heute, heißt es zwei Tage später, erster Gang durch die Stadt und in die Vororte hinaus. Im großen und ganzen furchtbarer Eindruck. Andenken- und Devotionalienhändler beinahe in jedem Haus. Sie hocken im Dunkel ihrer Läden zwischen hunderterlei Schnitzwerk aus Olivenholz und perlmuttverziertem Kram. Ab Ende des Monats werden die Gläubigen einkaufen kommen, scharenweise, zehn- oder fünfzehntausend christliche Pilger aus aller Welt. Die neueren Bauten von einer schwer zu beschreibenden Häßlichkeit. In den Straßen große Mengen von Unrat. On marche sur des merdes!!! Knöcheltief mancherorts der pudrige Kalkstaub. Die wenigen Pflanzen nach der seit Mai andauernden Dürre von diesem Steinmehl überzogen wie von einer bösen Krankheit. Une malédiction semble planer sur la ville. Verfall, nichts als Verfall, Marasmus und Leere. Kein Anzeichen von irgendeiner Betriebsamkeit oder Industrie. Nur an einer Unschlitt- und Seifenfabrik und einem Knochen- und Häutelager kommen wir vorbei. Daneben auf einem weiten Karree der Schindanger der Abdeckerei. In der Mitte ein großes Loch. Geronnenes Blut, Haufen von Eingeweiden, schwärzlich braunes Gekröse, an der Sonne vertrocknet und verbrannt ... Sonst einmal ums andere Kirchen, Klöster, religiöse und philanthropische Einrichtungen jeder Art und Denomination. Nach Norden zu liegen die russische Kathedrale, das russische Männer- und Frauenhospiz, das französische Hospital de St. Louis, das jüdische Blindenheim, die Kirche und das Hospiz des hl. Augustinus, die deutsche Schule, das deutsche Waisenhaus, das deutsche Taubstummenasyl, the School of the London Mission to the Jews, die Abessinische Kirche, the Anglican Church, College and Bishop's House, das Dominikanerkloster, das Seminar und die Kirche St. Stephan, das Rothschildsche Institut für Mädchen, die Gewerbeschule der Alliance Israélite, die Kirche Notre Dame de France und am Teich von Bethesda der St. Anna Convent; auf dem Ölberg steht der Russische Turm, die Himmelfahrtskapelle, die französische Paternosterkirche, das Kloster der

Karmeliterinnen, das Gebäude der Kaiserin-Augusta-Victoria-Stiftung, die orthodoxe Kirche der hl. Maria Magdalena und die Todesangst-Basilika; im Süden und Westen befinden sich das armenische Kloster Berg Zion, die Protestantenschule, die Niederlassung der Schwestern des hl. Vinzenz, das Johanniterspital, der Klarissinnenkonvent, das Montefiorehospiz und das moravische Leprosenhaus. In der inneren Stadt schließlich gibt es die Kirche und die Residenz des lateinischen Patriarchen, den Felsendom, die Schule der Frères de la Doctrine Chrétienne, die Schule und Druckerei der franziskanischen Brüderschaft, das koptische Kloster, das deutsche Hospiz, die deutsche evangelische Erlöserkirche, die sogenannte United Armenian Church of the Spasm, den Couvent des Sœurs de Zion, das österreichische Spital, das Kloster und Seminar der algerischen Missionsbrüderschaft, die Kirche Sant'Anna, das Judenhospiz, die aschkenasischen und sephardischen Synagogen und die Grabeskirche, unter deren Portal ein verwachsenes Männlein mit einer mordsmäßigen Nase sich uns antrug als Führer durch das Gewirr der ineinandergebauten Quer- und Seitenschiffe, Kapellen, Schreine und Altäre. Er hatte einen meines Erachtens weit ins letzte Jahrhundert zurückdatierenden grellgelben Gehrock am Leib, und seine krummen Beine steckten in einer mit himmelblauen Streifen besetzten einstmaligen Dragonerhose. Mit winzigen Schrittchen tanzte er, halb stets uns zugewandt, vor uns voraus und redete in einem fort in einer von ihm wahrscheinlich für Deutsch oder Englisch gehaltenen, in Wirklichkeit aber von ihm selber erfundenen und mir jedenfalls gänzlich unverständlichen Sprache. Immer wenn mich sein Auge traf, fühlte ich mich verachtet und kalt

wie ein herrenloser Hund. Auch später noch, außerhalb der Grabeskirche, anhaltende Beklemmung und Elendigkeit. Gleich, in welche Richtung wir gingen, immer wieder führten die

Wege an den Rand einer der vielen die Stadt durchziehenden und gegen die Täler steil abfallenden Schluchten. Die Schluchten sind heute größtenteils angefüllt mit dem Abraum eines Millenniums, und überall läuft offen der Odel in sie hinein. Ungenießbar geworden ist infolgedessen das Wasser zahlreicher Brunnen. Die dereinstigen Teiche von Siloam sind nur mehr faule Tümpel und Senkgruben, aus deren

Morast das Miasma aufsteigt, die Ursache wahrscheinlich der beinahe jeden Sommer hier ausbrechenden Epidemien. Cosmo sagt wiederholt, ihn grause es maßlos vor dieser Stadt.

Am 27. November notiert Ambros, daß er in das fotografische Studio Raad in der Jaffa Road gegangen sei und entsprechend dem Wunsch Cosmos eine Aufnahme habe machen lassen von sich in seinem neuen gestreiften Araberkleid. In den Nachmittagsstunden, schreibt er weiter, hinaus aus der Stadt auf den Ölberg. Wir kommen an einem verdorrten Weingarten vorbei. Die Erde unter den schwarzen Stöcken rostfarben, ausgezehrt und versengt. Kaum irgendein wilder Olivenbaum, ein Dornenstrauch oder ein wenig Ysop. Droben auf dem Ölbergkamm geht ein Reiterweg entlang. Jenseits des Tales von Josaphat, wo am Ende der Zeit das ganze Menschengeschlecht leibhaftig zusammenkommen soll, erhebt sich die schweigsame Stadt mit ihren Kuppeln, Zinnen und Ruinen aus dem weißen Kreidegestein. Über den Dächern kein Laut, kein Rauchzeichen, nichts. Nirgends, so weit das Auge ausschweift, erblickt man ein lebendiges Wesen, ein huschendes Tier oder auch nur den kleinsten Vogel im Flug. On dirait que c'est la terre maudite ... Auf der anderen Seite, in einer Tiefe von wohl über tausend Metern, der Jordanstrom und ein Teil des Toten Meers. So hell, so dünn und durchsichtig ist die Luft, daß man, ohne zu denken, die Hand ausstreckt, um nach den Tamarisken drunten am Flußufer zu langen. Noch nie waren wir von einer solchen Flut des

Lichtes umgeben! Etwas unterhalb haben wir einen Rastplatz gefunden in einer Bergmulde, in der ein verkrüppeltes Buchsbäumchen wächst und ein paar Stauden Wermut. Lange sind wir dort an die Felsen gelehnt gesessen und spürten, wie allmählich alles verglomm ... Abends das in Paris gekaufte Handbuch studiert. In der Vergangenheit, steht da zu lesen, hat Jerusalem einen anderen Anblick geboten. Neun Zehntel des Glanzes der Welt waren auf diese prachtvolle Hauptstadt vereint. Wüstenkarawanen brachten Gewürze, Edelsteine, Seide und Gold. Handelsgüter im Überfluß kamen von den Seehäfen von Jaffa und Askalon herauf. Kunst und Gewerbe standen in hoher Blüte. Vor den Mauern dehnten sorgsam bebaute Gärten sich aus, das Tal von Josaphat war von Zedern überdacht, es gab Bäche, Quellen, Fischbrunnen, tiefe Kanäle und überall schattige Kühle. Und dann kam die Zeit der Zerstörung. Mehr als vier Stunden in der Runde wurden sämtliche Ansiedlungen vernichtet, die Bewässerungsanlagen zerschlagen, Bäume und Buschen geschoren, verbrannt und ausgetilgt bis auf den letzten Stumpf. Jahrelang ist das Projekt der Niederlegung des Lebens von den Cäsaren planmäßig betrieben worden, und auch späterhin hat man Jerusalem wiederholt heimgesucht, befreit und befriedet, bis endlich die Verödung vollendet und von dem unvergleichlichen Reichtum des Gelobten Landes nichts mehr übrig war als der dürre Stein und eine ferne Idee in den Köpfen seiner inzwischen weit über die Erde hin verstreuten Bewohner.

4. Dezember: Heute Nacht mit Cosmo im Traum durch die gleißende Leere des Jordangrabens gezogen. Ein blinder Führer geht uns voraus. Er deutet mit seinem Stab auf einen dunklen Flecken am Horizont und schreit mehrmals hintereinander *er-Riha, er-Riha*. Beim Näherkommen erweist sich er-Riha als ein von Sand und Staub umwehtes, dreckiges Dorf. Die ganze Einwohnerschaft hat sich am Ortsrand, im Schatten einer zerfallenen Zuckermühle versammelt. Man hat den Eindruck, daß sie ausschließlich aus Bettlern und Wegelagerern besteht. Auffallend viele sind von der Gicht gestaucht, bucklig und bresthaft. Andere wieder haben den Aussatz oder riesige Kröpfe. Jetzt sehe ich, es sind lauter Leute aus Gopprechts. Unsere arabischen Begleiter schießen mit ihren langen Gewehren in die Luft. Von bösen Blicken verfolgt, reiten wir vorbei. Am Fuß eines flachen Hügels werden die schwarzen Zelte aufgeschlagen. Die Araber fachen ein Feuerchen an und kochen aus Judenmalven und Minzblättern eine dunkelgrüne Suppe, von der sie in einem Blechgeschirr etwas zu uns herüberbringen zusammen mit Zitronenscheiben und gestoßenem Korn. Schnell bricht die

Nacht herein. Cosmo zündet die Lampe an und breitet auf dem bunten Teppich seine Landkarte aus. Er zeigt auf einen der vielen weißen Flecken und sagt: Wir sind jetzt in Jericho. Die Oase ist vier Wegstunden lang und eine Wegstunde breit und von so seltener Schönheit wie sonst vielleicht nur der paradiesische Obstwald von Damaskus — le merveilleux verger de Damas. Mit allem sind die Menschen hier versorgt. Was man auch sät, es geht sogleich auf in dem weichen, fruchtbaren Boden. Die Gärten blühen in andauernder Pracht. In den lichten Palmenhainen wogt das grünende Korn. Die Glut des Sommers wird gemildert von den zahlreichen Wasserläufen und Auen, von den Wipfeln der Bäume und dem Weinlaub über den Wegen. Den Winter hindurch aber ist es so lind, daß die Bewohner dieses seligen Landes bloß in leinenen Hemden herumgehen können, selbst wenn unweit, auf den Bergen von Judäa, alles weiß ist vom Schnee. — Auf die Beschreibung des Traums von er-Riha folgt in dem Agendabüchlein eine Reihe leerer Seiten. Ambros muß im Verlauf dieser Zeit vornehmlich mit der Anwerbung einer kleinen Arabertruppe sowie mit der Beschaffung der für eine Expedition an das Tote Meer erforderlichen Ausrüstungsgegenstände und Fourage befaßt gewesen sein, denn am 16. Dezember schreibt er: Vor drei Tagen aus dem von Pilgerscharen übervölkerten Jerusalem aufgebrochen und hinabgeritten durch das Kedron-Tal in die niedrigste Gegend der Welt. Sodann unterhalb des Jeshimon-Gebirges den See entlang bis nach Ain Jidy gezogen. Gemeinhin hat man von dieser Uferlandschaft die Vorstellung, als liege sie, zerstört von Glutsturm und Schwefelbrand, seit Jahrtausenden in Salz und Asche. Von dem See, der so groß ungefähr ist wie der Lac Leman, habe ich selber sagen hören, er sei unbeweglich wie geschmolzenes Blei, bisweilen aber auch aufgewühlt in eine phosphoreszierend leuchtende Schaumfläche. Kein Vogel, heißt es, kann über ihn hinfliegen, ohne in der Luft zu ersticken, und in mondhellen Nächten kommt, anderen Berichten zufolge, ein absinthfarbener Grabesschimmer aus seiner Tiefe herauf. Nichts von dem haben wir bestätigt gefunden. Sondern der See hat vielmehr einen wunderbar durchsichtigen Wasserspiegel, und murmelnd bricht sich die Brandung am Ufer. In dem Hochland zur Rechten gibt es grüne Klüfte, aus denen Bäche hervortreten. Bemerkenswert ist eine geheimnisvolle weiße Linie, die am Morgen früh der Länge nach durch den See erscheint, um ein paar Stunden darauf wieder zu verschwinden. Niemand, so Ibrahim Hishmeh, unser Araberführer, weiß davon die Erklärung oder den Grund. Ain Jidy selbst ist eine mit reinem Quellwasser und reichem Pflanzenleben gesegnete Umgebung. Wir haben unser Lager errichtet nahe bei einem Ufergebüsch, in dem Schnepfen herumsteigen und der braunblau gefiederte, rotschnablige Vogel Bülbül singt. Einen großen, dunklen Hasen glaubte ich gestern zu sehen und einen Schmetterling mit goldgesprenkelten Flügeln. Am Abend, wie wir drunten am Strand saßen, sagte Cosmo, so wie hier sei einmal das ganze Land Zoar am Südufer gewesen. Dort, wo sich jetzt bloß die Schattenrisse der gestraften Fünfstadt Gomorrha, Ruma, Sedom, Seadeh und Seboah noch abzeichneten, dort seien dereinst bei unversiegbaren Flußläufen sechs Meter hohe Oleanderbüsche gewachsen, Akazienwälder und Oescherbäume wie in Florida. Bewässerte Fruchtgärten und Melonenfelder hätten sich weithin erstreckt, und aus der Schlucht des Wadi Kerek, so habe er bei dem Entdeckungsreisenden Lynch gelesen, rauschte ein Waldstrom hernieder, dessen Tosen einzig mit dem Schrecken des Niagara zu vergleichen war. — In der dritten Nacht unseres Aufenthalts in Ain Jidy erhob sich über dem See draußen ein brausender Wind und rührte das schwere Wasser auf. Am Land ist es ruhiger gewesen. Die Araber schliefen längst bei den Pferden. Ich saß in unserem gegen den Himmel offenen Lager im Schein der schwankenden Laterne noch auf. Cosmo schlummerte, leicht zusammengekrümmt, mir zur Seite. Da flüchtete sich, verschreckt vielleicht von dem Sturm über dem See, eine Wachtel in seinen Schoß und blieb dort beruhigt, als befinde sie sich an dem eigens ihr gehörigen Platz. Bei Tagesanbruch aber, als Cosmo sich rührte, lief sie geschwind, wie Wachteln das tun, über den ebenen Boden davon, setzte in die Luft, schlug einen Augenblick lang mit ungeheurer Geschwindigkeit mit ihren Flügeln, streckte sie dann starr und bewegungslos aus und segelte in einem wunderschönen Bogen um ein kleines Gehölz herum und davon. Es war kurz vor Sonnenaufgang. Jenseits des Wassers, in einer Entfernung von zirka zwölf Meilen, lief gleichmäßig die blauschwarze Höhenlinie des arabischen Gebirges von Moab den Horizont entlang, nur an manchen Stellen um ein geringes ansteigend oder sich senkend, so daß man meinen konnte, die Hand des Koloristen habe leicht beim Aquarellieren gezittert.

Der letzte Eintrag in dem Agendabüchlein meines Großonkels Adelwarth wurde am Stephanstag gemacht. Cosmo, steht da geschrieben, sei nach der Rückkehr nach Jerusalem von einem schweren Fieber befallen worden, befinde sich aber schon wieder auf dem Wege der Besserung. Außerdem vermerkte der Großonkel, daß es in den späten Nachmittagsstunden des Vortags zu schneien begonnen habe und daß er, indem er durch das Hotelfenster hinausschaute auf die weiß in der sich herniedersenkenden Dämmerung schwebende Stadt, viel an früher habe denken müssen. Die Erinnerung, fügt er in einer Nachschrift hinzu, kommt mir oft vor wie eine Art von Dummheit. Sie macht einen schweren, schwindligen Kopf, als blickte man nicht zurück durch die Fluchten der Zeit, sondern aus großer Höhe auf die Erde hinab von einem jener Türme, die sich im Himmel verlieren.

Max Aurach

Im Abenddämmer kommen sie
und suchen nach dem Leben

Bis in mein zweiundzwanzigstes Lebensjahr war ich nie weiter als fünf oder sechs Zugstunden von zu Hause weg gewesen, und deshalb hatte ich, als ich mich aus verschiedenen Erwägungen heraus im Herbst 1966 entschloß, nach England überzusiedeln, kaum eine zulängliche Vorstellung davon, wie es dort aussehen und wie ich, ganz nur auf mich gestellt, in der Fremde zurechtkommen würde. Meiner Unerfahrenheit vielleicht war es zu verdanken, daß ich ohne größere Besorgnis den etwa zweistündigen Nachtflug von Kloten nach Manchester überstand. Es befanden sich nur wenige Passagiere an Bord, die, in ihre Mäntel gehüllt, weit voneinander entfernt in dem halbdunklen und, wie ich mich zu erinnern glaube, ziemlich kalten Gehäuse saßen. Überkommt mich heute, wo man zumeist mit einer Vielzahl von Menschen auf das entsetzlichste zusammengezwängt und von der beständigen Betulichkeit des Personals aus der Fassung gebracht wird, nicht selten eine kaum mehr einzudämmende Flugangst, so erfüllte mich damals das gleichmäßige Durchqueren des nächtlichen Luftraums mit einem, wie ich inzwischen weiß, falschen, Gefühl der Zuversicht. Voller Verwunderung schaute ich, nachdem wir das in der Finsternis versunkene Frankreich und den Ärmelkanal überquert hatten, hinunter auf das von den südlichsten Bezirken Londons bis weit ins englische Mittelland hinein sich erstreckende Lichternetz, dessen orangefarbener Sodiumglanz mir ein erstes Anzeichen dafür war, daß ich von nun an in einer anderen Welt leben würde. Erst als wir dem Bergland im Osten von Manchester uns näherten, liefen die Ketten der Straßenleuchten langsam in die Dunkelheit aus. Zur gleichen Zeit kam hinter einer den ganzen östlichen Horizont überziehenden Wolkenwand die fahle Scheibe des Mondes herauf, und in ihrem Schein lagen jetzt die vorher unsichtbar gewesenen Hügel, Kuppen und Kämme unter uns wie ein weites, in zerdehnter Bewegung sich befindendes, eisgraues Meer. Mit einem mahlenden Geräusch und mit bebenden Tragflächen arbeitete die Maschine sich aus der Höhe hernieder, bis in scheinbar greifbarer Nähe die seltsam gerippte Flanke eines kahlen und langgestreckten Berges vorüberglitt, der, wie mir vorkam, gleich einem ungeheuren liegenden Körper atmend manchmal ein wenig sich hob und senkte. In einer letzten Schleife und unter immer stärker werdendem Brausen der Motoren ging es über das offene Land hinaus. Spätestens jetzt hätte man Manchester in seiner ganzen Ausdehnung erkennen müssen. Es war aber nichts zu sehen als ein schwaches, wie von Asche nahezu schon ersticktes Glosen. Eine Nebeldecke, aufgestiegen aus den sumpfigen, bis an die Irische See hinausreichenden Ebenen von Lancashire, hatte sich ausgebreitet über die ein Gebiet von tausend Quadratkilometern überziehende, aus unzähligen Ziegeln erbaute und von Millionen von toten und lebendigen Seelen bewohnte Stadt.

Obgleich der Züricher Maschine nur ein knappes Dutzend Reisende entstiegen waren, dauerte es am Flughafen von Ringway bald eine Stunde, bis unser Gepäck aus der Versenkung auftauchte, und eine weitere Stunde, bis ich die Zollabfertigung hinter mich gebracht hatte, denn die Beamten, die im Ausgang der Nacht begreiflicherweise an Langeweile litten, widmeten sich dem in meiner Person vor ihnen auftretenden, zur damaligen Zeit eher seltenen Fall eines mit verschiedenen Legitimationen, Briefen und Ausweisen versehenen Studenten, der vorgab, hier in Manchester sich niederlassen und seinen Forschungsarbeiten nachgehen zu wollen, mit einer ans Überwirkliche heranreichenden Geduld und Genauigkeit. Es war deshalb bereits fünf Uhr, als ich ein Taxi bestieg, um mich in die Innenstadt bringen zu lassen. Im Gegensatz zu heute, wo auch hier die kon-

tinentaleuropäische Geschäftswütigkeit einge-
rissen ist, war damals in den englischen Städten
am Morgen früh niemand unterwegs. Wir
fuhren also, nur bisweilen von einer Ampel
aufgehalten, zügig durch die mehr oder weniger
ansehnlichen Vorstädte Gatley, Northenden
und Didsbury nach Manchester hinein. Der
Tag begann soeben anzubrechen, und staunend
sah ich hinaus auf die gleichförmigen Häuserzeilen, die einen um so verwahrlosteren Eindruck machten, je näher dem Zentrum wir
kamen. In Moss Side und Hulme gab es ganze
Straßenzüge mit vernagelten Fenstern und
Türen und ganze Viertel, in denen alles niedergerissen war, so daß man über das derart
entstandene Brachland hinweg vorausblicken
konnte auf die ungefähr eine Meile noch entfernte, hauptsächlich aus riesigen viktorianischen Büro- und Lagerhäusern zusammengesetzte, nach wie vor ungeheuer gewaltig wirkende, in Wahrheit aber, wie ich bald schon
herausfinden sollte, beinahe restlos ausgehöhlte
Wunderstadt aus dem letzten Jahrhundert. Als
wir hineinfuhren in die dunklen Schluchten
zwischen den meist sechs- bis achtstöckigen, aus
Backsteinen aufgeführten und zum Teil mit
glasierten Keramikplatten kunstvoll verkleide-
ten Gebäuden, erwies es sich, daß selbst hier,
im Inneren der Stadt, nirgends ein Mensch zu
sehen war, obschon es inzwischen bereits auf

drei Viertel sechs Uhr ging. Tatsächlich konnte man glauben, die Stadt sei längst von ihren Bewohnern verlassen und nun mehr ein einziges Totenhaus oder Mausoleum. Der Taxifahrer, den ich gebeten hatte, mich an einem, wie ich mich ausdrückte, nicht allzu teuren Hotel abzusetzen, bedeutete mir, daß es solcherlei Hotels in der inneren Stadt kaum gebe, bog aber nach einigem Hinundherfahren in eine von der Great Bridgewater Street abgehende Seitengasse ein, wo er vor einem kaum zwei Fenster breiten Haus hielt, an dessen rußgeschwärzter Fassade in geschwungener Leuchtschrift der Name Arosa angebracht war.

Just keep ringing, sagte der Chauffeur zum Abschied, und wirklich mußte ich mehrmals und anhaltend auf den Klingelknopf drücken, ehe drinnen etwas in Bewegung geriet und nach einigem Rasseln und Riegelschieben die Tür aufgetan wurde von einer vielleicht nicht ganz vierzigjährigen, blondgelockten, auch sonst irgendwie gewellt und loreleiartig wirkenden Dame. Eine Zeitlang standen wir uns wortlos und wohl beide mit dem Ausdruck des Unglaubens im Gesicht gegenüber, ich neben meinem Reisegepäck und sie in ihrem rosaroten Morgenmantel, der geschneidert war aus einem frotteeähnlichen, einzig in den Schlafzimmern der unteren englischen Klassen Verwendung findenden und unerklärlicherweise mit dem Wort *candlewick* bezeichneten Stoff. Mrs. Irlam — Yes, Irlam like Irlam in Manchester, hörte ich sie später immer wieder ins Telefon sagen —, Mrs. Irlam brach das Schweigen zwischen uns mit der ihre Aufgeschrecktheit und ihre Belustigung über meinen Anblick in eins zusammenfassenden Frage: And where have you sprung from?, die sie selber sogleich dahingehend beantwortete, daß es nur ein Ausländer — *an alien,* wie sie sagte — sein könne, der mit solchem Koffer und zu einer solchen Unzeit am heiligen Freitagmorgen vor der Türe stehe. Aber dann wandte sich Mrs. Irlam mit einem geheimnisreichen Lächeln, das ich als ein Zeichen auffaßte, ihr folgen zu dürfen, ins Innere des Hauses und begab sich in eine an das winzige Vorzimmer angrenzende fensterlose Kammer, in welcher ein mit Briefschaften und Schriftstücken überquellender Rolladensekretär, eine mit verschiedenem Bettzeug und Candlewickdecken vollgestopfte Mahagonitruhe, ein uraltes Wandtelefon, ein Schlüsselbrett und, in einem schwarzlackierten Rahmen, eine großformatige Fotografie eines schönen Heilsarmeemädchens ein, wie es mich dünkte, eigenmächtiges Dasein führten. Das Mädchen stand in seiner Uniform vor einer efeuüberwachsenen Wand und hielt ein glänzendes Flügelhorn in seiner Armbeuge. Unter dem Bild stand auf dem etwas stockfleckigen Passepartout in einer stark geneigten und geschwungenen Schrift *Gracie Irlam, Urmston nr. Manchester, 17 May 1944.* Gracie Irlam händigte mir einen Schlüssel aus. Third floor, sagte sie, und mit einem Hochziehen der Brauen quer durch das kleine Vestibül weisend, fügte sie noch hinzu: The lift's over there. Der Aufzug war so schmal, daß ich nur mit knapper Not mit meinem Koffer in ihn hineinpaßte, und der Boden war so dünn, daß er schon unter dem Gewicht eines einzigen Fahrgasts spürbar nachgab. Ich habe ihn später kaum mehr benutzt, obwohl ich längere Zeit brauchte, bis ich mich in dem Gewirr von Zimmer-, Toiletten- und Feuertüren, von blinden Korridoren, Notausgängen, Treppenabsätzen und Stiegen nicht jedesmal verlief. Das Zimmer selbst, das ich an diesem Morgen bezog und erst im nächsten Frühjahr wieder verließ, hatte einen großblumigen Teppich und eine Veilchentapete und war möbliert mit einem Kleiderkasten, einem Waschtischchen und einer eisernen Bettstatt, die mit einer Candlewickdecke überzogen war. Durch das Fenster sah man hinab auf allerhand halbverfallene Anbauten mit Schieferdächern und einen Hinterhof, in dem sich den ganzen Herbst hindurch die Ratten tummelten, bis ein paar Wochen vor Weihnachten mehrmals hintereinander ein kleiner Rattenfänger namens Renfield mit einem verbeulten Eimerchen voller Rattengift kam, das er mit einem an einen kurzen Stecken gebundenen Suppenlöffel in verschiedene Ecken, Winkel, Abflußrinnen und Rohre gab, was die Anzahl der Ratten auf ein paar Monate beträchtlich herabminderte. Blickte man aber nicht in den Hof hinunter, sondern über diesen hinweg, so sah man ein Stück jenseits eines schwarzen Kanals das hundertfenstrige aufgelassene Lagerhaus der Great Northern Railway Company, in dem in der Nacht manchmal unstete Lichter herumhuschten.

Der Tag meiner Ankunft im *Arosa* war wie die meisten nachfolgenden Tage, Wochen und Monate bestimmt von einer bemerkenswerten Geräuschlosigkeit und Leere. Die Vormittagsstunden hatte ich mit dem Auspacken meiner Koffer und Taschen, mit dem Verstauen meiner Wäsche- und Kleidungsstücke und dem Arrangieren meines Schreibzeugs und meiner sonstigen Habseligkeiten verbracht, bis ich, ermüdet von der durchwachten Nacht, eingeschlafen war auf meinem eisernen Bett, das Gesicht in die leicht nach Veilchenseife duftende Candlewickdecke vergraben. Wieder zu mir kam ich erst gegen halb vier, als Mrs. Irlam an meine Tür klopfte. Sie brachte mir auf einem Silbertablett offenbar als besondere Willkommensbezeigung ein elektrisches Gerät von mir unbekannter Art. Es war, wie sie mir auseinandersetzte, eine sogenannte *teas-maid*, Weckeruhr und Teemaschine zugleich. Die auf einer elfenbeinfarbenen Blechkonsole aufgebaute, aus blitzendem rostfreiem Stahl gefertigte Apparatur glich, wenn beim Teekochen

der Dampf aus ihr aufstieg, einem Miniaturkraftwerk, und das Zifferblatt der Weckeruhr phosphoreszierte, wie sich in der hereinbrechenden Dämmerung bald schon zeigte, in einem mir aus der Kindheit vertrauten stillen Lindgrün, von dem ich mich in der Nacht immer auf unerklärliche Weise behütet fühlte. Darum vielleicht ist es mir, im Zurückdenken an die Zeit meiner Ankunft in Manchester, mehrfach so gewesen, als sei der von Mrs. Irlam, von

Gracie — You must call me Gracie, hatte sie gesagt —, als sei der von Gracie mir auf mein Zimmer gebrachte Teeapparat, dieses ebenso dienstfertige wie absonderliche Gerät, es gewesen, das mich durch sein nächtliches Leuchten, sein leises Sprudeln am Morgen und durch sein bloßes Dastehen untertags am Leben festhalten ließ damals, als ich mich, umfangen, wie ich war, von einem mir unbegreiflichen Gefühl der Unverbundenheit, sehr leicht aus dem Leben hätte entfernen können. Very useful, these are, hatte Gracie darum nicht zu Unrecht gesagt, während sie mir an diesem Novembernachmittag die praktische Handhabung der *teas-maid* vorführte. In dem vertraulichen Gespräch, das sich anschloß an die Initiierung in das Geheimnis der von Gracie als *an electric miracle* bezeichneten Maschine, betonte sie des öfteren, daß ihr Hotel ein ruhiges Haus sei, auch wenn man bisweilen in den Abendstunden einiges Hin und Her auf sich nehmen müsse. Sometimes, sagte sie, there's a certain commotion. But that need not concern you. It's travelling gentlemen that come and go. Und wirklich gingen im Hotel Arosa erst nach Büroschluß die Türen und knarrten die Stiegen und begegneten einem die von Gracie erwähnten Gäste, ein hastiges Männervolk, so gut wie ausnahmslos in abgewetzten Gabardinemänteln oder im Mackintosh. Erst gegen elf Uhr nachts war der Spuk jeweils vorbei und waren auch die bunten Damen verschwunden, auf die Gracie ausschließlich und ohne das geringste Anzeichen von Ironie Bezug nahm mit dem offensichtlich von ihr selbst geprägten Sammelbegriff *the gentlemen's travelling companions*.

Der die Woche über allabendlich im *Arosa* herrschende Geschäftsbetrieb kam regelmäßig wie das gesamte Leben in der Innenstadt am Samstagabend zum Erliegen. Nur selten von versprengten Laufkunden, den sogenannten *irregulars*, unterbrochen, saß Gracie in ihrem Kontor an dem Rolladensekretär und machte Kassa. Sie glättete, so gut es ging, die graugrünen Pfundnoten und die ziegelroten Zehnschillingscheine, legte sie sorgfältig aufeinander und zählte sie unter beschwörerischem Raunen so lange, bis sich ihr Ergebnis zumindest zweimal bestätigt hatte. Nicht weniger sorgsam stapelte sie das Münzgeld, von dem immer ein beträchtliches Quantum sich angesammelt hatte, zu kleinen, gleich hohen Kupfer-, Messing und Silbersäulen, ehe sie mit dem Erheben der Gesamtsumme begann, indem sie vermittels eines halb manuellen, halb rechnerischen Verfahrens zuerst über das Zwölfersystem die Pennies, Thre'pennies und Sixpence pieces in Schillinge und dann die Schillinge, die Zweischilling- und die Halbkronenstücke über Zwanzigermengen in Pfundwerte umsetzte. Die darauffolgende Rückverwandlung der solchermaßen bestimmten Pfundsumme in Einheiten von einundzwanzig Schilling, also in sogenannte *guineas,* die damals im besseren Geschäftsleben noch gebräuchlich waren, erwies sich zwar stets als der schwierigste Teil der Finanzoperation, war aber zugleich deren zweifellose Krönung. Mit Datum und Unterschrift vermerkte Gracie den Guineabetrag in ihrem Notizbuch und verstaute das Geld in einem Kompakttresor der Firma Pickley & Patricroft, der neben dem Sekretär in die Wand eingelassen war. Am Sonntag ging Gracie unfehlbar in den frühen Morgenstunden aus dem Haus mit einem kleinen Lackköfferchen, um, ebenso unfehlbar, am Montagmittag wieder zrückzukehren.

Was mich betraf, so wurde ich in dem an den Sonntagen vollkommen verlassenen Hotel jedesmal von einem solch überwältigenden Gefühl der Ziel- und Zwecklosigkeit erfaßt, daß ich, um wenigstens die Illusion einer gewissen Ausrichtung zu haben, mich auf den Weg in die Stadt machte, wo ich dann allerdings planlos herumwanderte zwischen den im Verlauf der Zeit ganz und gar schwarz gewordenen Monumentalbauten aus dem vorigen Jahrhundert. Ich bin auf diesen Wanderungen, während der seltenen wirklich taghellen Stunden, in denen das Winterlicht die menschenleeren Straßen

und Plätze durchflutete, immer wieder er-
schüttert gewesen von der Rückhaltlosigkeit,
mit der die anthrazitfarbene Stadt, von der aus
das Programm der Industrialisierung über die
ganze Welt sich ausgebreitet hat, die Spuren
ihrer augenscheinlich chronisch gewordenen
Verarmung und Degradiertheit dem Betrachter
preisgab. Derartig verwaist und leer wirkten
noch die kolossalsten Gebäude, der Royal Ex-
change, die Refuge Assurance Company, der
Grosvenor Picture Palace, ja selbst das erst vor
wenigen Jahren fertiggestellte Piccadilly Plaza,
daß man meinen konnte, es handelte sich bei
dem, was einen umgab, um eine aus rätselhaften Gründen aufgeführte Fassaden- oder Thea-
terarchitektur. Und vollkommen irreal wurde
mir alles, wenn in der Nachmittagsdämmerung,
die an düsteren Dezembertagen um drei Uhr
schon einsetzen konnte, die Stare, die ich bis-
her für Sing- und Zugvögel gehalten hatte, in
einer bis weit in die Hunderttausende gehenden Zahl in dunklen Wolken über die
Stadt hereinbrachen und unter einem nicht
enden wollenden Geschrei auf den Gesimsen
und Mauervorsprüngen der Waren- und La-
gerhäuser dicht an dicht für die Nacht sich
niederließen.

Allmählich kam ich auf meinen sonntägli-
chen Exkursionen über die Innenstadt hinaus
in die unmittelbar angrenzenden Bezirke, bei-

spielsweise in das gleich hinter der Victoria Station um das sternförmige Gefängnis Strangeways herum gelegene vormalige Judenviertel. Bis in die Zwischenkriegszeit hinein ein Zentrum der großen jüdischen Gemeinde von Manchester, war dieses Quartier von seinen in die Vororte übersiedelnden Bewohnern aufgegeben und seither von der Stadtverwaltung dem Erdboden gleichgemacht worden. Nur eine einzige leerstehende Häuserzeile, durch deren zerschlagene Fenster und Türen der Wind fuhr, fand ich noch vor und als Zeichen, daß hier tatsächlich einmal jemand gewesen war, das eben noch zu entziffernde Schild einer Anwaltskanzlei mit den legendär mich anmutenden Namen Glickmann, Grunwald und Gottgetreu. Auch in den Bezirken Ardwick, Brunswick, All Saints, Hulme und Angel Fields,

die im Süden an die innere Stadt sich anschlossen, waren von den Behörden quadratmeilenweise die Behausungen der Arbeiter niedergerissen worden, so daß, nach Abtransport des Bauschutts, nurmehr die rechtwinkligen Muster der Straßen darauf schließen ließen, daß hier einmal Tausende von Menschen ihr Leben gehabt hatten. Wenn die Nacht sich herabsenkte auf diese weiten Felder, die ich bei mir die elysäischen nannte, dann begannen an verschiedenen Stellen Feuerchen zu flackern, um die als unstete Schattenfiguren Kinder herumstanden und -sprangen. Überhaupt begegnete man auf dem kahlen Gelände, das gleich einem Glacis um die innere Stadt sich erstreckte, immer wieder nur Kindern, die in kleinen Gruppen, scharenweise oder aber für sich allein dort umherzogen, als hätten sie nirgendwo sonst eine Wohnung. So erinnere ich mich, daß ich einmal an einem späten Novembernachmittag, der weiße Nebel hatte bereits begonnen, aus dem Boden zu steigen, an einer Straßenkreuzung inmitten der Ödnis von Angel Fields auf einen kleinen Knaben gestoßen bin, der in einem Wägelchen eine aus ausgestopften alten Sachen gemachte Gestalt bei sich hatte und der mich, also wohl den einzigen Menschen, der damals in dieser Umgegend unterwegs gewesen ist, um einen Penny bat für seinen stummen Gesellen.

Es war Anfang des Frühjahrs, wenn ich mich recht entsinne, daß ich, entlang dem Ufer des Kanals, über den ich von meinem Zimmer aus hinwegschauen konnte auf das Lagerhaus der Great Northern Railway Company, zum erstenmal in südwestlicher Richtung, über St. George und Ordsall, aus der Stadt hinauszugelangen suchte. Schwarzglänzend lag an diesem strahlend hellen Tag das Wasser in seinem von schweren Quadern eingefaßten Bett und spiegelte die weißen, am Himmel dahintreibenden Wolken. So unbegreiflich still war es, daß ich, wie ich mich jetzt zu erinnern glaube, die Seufzer hörte in den leeren Lagertennen und Speichern und daß ich zu Tode erschrak, als unversehens aus dem Schatten eines der hoch hinaufragenden Gebäude mit wildem Gekreisch ein paar Möwen heraussegelten ins Licht. Ich kam vorbei an einer längst außer Betrieb gesetzten Gasanstalt, an einem Kohlendepot, einer Knochenmühle und an dem, wie mir schien, endlos sich dahinziehenden gußeisernen Palisadenzaun des Schlachthofs von Ordsall, einer aus lauter leberfarbenen Backsteinen gemauerten gotischen Burg mit Brustwehren und Zinnen und zahlreichen Türmchen und Toren, bei deren Anblick mir irrerweise die Namen der Nürnberger Lebkuchenfabrikanten Haeberlein & Metzger wie eine Art von bösem Gespött im Kopf herumzugehen begannen und danach den

ganzen Tag hindurch weiter herumgingen.
Nach einer Dreiviertelstunde erreichte ich die
Dockanlagen des Hafens. Kilometerlange Bas-
sins zweigten hier ab von dem in einem großen
Bogen in die Stadt hineinführenden Schiffs-

kanal und bildeten breite Wasserarme und -flächen, auf denen, wie man sehen konnte, seit Jahren nichts mehr sich rührte und wo die wenigen, weit voneinander entfernt an den Quais liegenden, seltsam geknickt wirkenden Kähne und Frachter den Gedanken an eine allgemeine und endgültige Havarie in einem aufkommen ließen. Unweit der Schleusen an der Zufahrt zum Hafen stieß ich in einer von den Docks in Richtung Trafford Park abzweigenden Straße auf das mit groben Pinselstrichen gemalte Schild TO THE STUDIOS. Es wies den Weg in einen gepflasterten Hof, in dessen Mitte, umgeben von einem kleinen Grasplatz, ein blühendes Mandelbäumchen stand. Der Hof mußte einmal zu einem Fuhrunternehmen gehört haben, denn er war teils von ebenerdigen Stallungen und Remisen, teils von ein- bis zweistöckigen ehemaligen Wohn- und Geschäftsgebäuden umgeben, und in einem dieser anscheinend verlassenen Gebäude war das Atelier untergebracht, das ich in den kommenden Monaten, sooft ich glaubte, es verantworten zu können, aufsuchte, um Gespräche zu führen mit dem Maler, der dort seit Ende der vierziger Jahre arbeitete, Tag für Tag zehn Stunden, den siebten Tag nicht ausgenommen.

Betritt man das Atelier, so braucht es eine beträchtliche Zeit, bis die Augen sich an die dort herrschenden seltsamen Lichtverhältnisse gewöhnen, und indem man wieder zu sehen beginnt, ist es einem, als strebe alles in diesem vielleicht zwölf auf zwölf Meter messenden, mit dem Blick nicht zu durchdringenden Raum ebenso langsam wie unaufhaltsam gegen die Mitte zu. Das in den Ecken angesammelte Dunkel, der salzfleckige, aufgequollene Kalkputz und der abblätternde Anstrich der Wände, die mit Büchern und Stapeln von Zeitungen überfrachteten Stellagen, die Kästen, Werkbänke und Beistelltische, der Ohrensessel, der Gasherd, das Matratzenlager, die ineinander verschobenen Papier-, Geschirr- und Materialberge, die karminrot, blattgrün und bleiweiß in der Düsterkeit glänzenden Farbtöpfe, die blauen Flammen der beiden Paraffinöfen, das gesamte Mobiliar bewegt sich Millimeter um Millimeter auf den zentralen Bereich zu, wo Aurach in dem grauen Schein, der durch das hohe, mit dem Staub von Jahrzehnten überzogene Nordfenster einfällt, seine Staffelei aufgestellt hat. Da er die Farben in großen Mengen aufträgt und sie im Fortgang der Arbeit immer wieder von der Leinwand herunterkratzt, ist der Bodenbelag bedeckt von einer im Zentrum mehrere Zoll dicken, nach außen allmählich flacher werdenden, mit Kohlestaub untermischten, weitgehend bereits verhärteten und verkrusteten Masse, die stellenweise einem Lavaausfluß gleicht und von der Aurach behauptet, daß sie das wahre Ergebnis darstelle seiner fortwährenden Bemühung und den offenkundigsten Beweis für sein Scheitern. Es sei für ihn stets von der größten Bedeutung gewesen, sagte Aurach beiläufig einmal, daß nichts an seinem Arbeitsplatz sich verändere, daß alles so bleibe, wie es vordem war, wie er es sich eingerichtet habe, wie es jetzt sei, und daß nichts hinzukomme als der Unrat, der anfalle bei der Verfertigung der Bilder, und der Staub, der sich unablässig herniedersenke und der ihm, wie er langsam begreifen lerne, so ziemlich das Liebste sei auf der Welt. Der Staub, sagte er, sei ihm viel näher als das Licht, die Luft und das Wasser. Nichts sei ihm so unerträglich wie ein Haus, in dem abgestaubt wird, und nirgends befinde er sich wohler als dort, wo die Dinge ungestört und gedämpft daliegen dürfen unter dem grausamtenen Sinter, der entsteht, wenn die Materie, Hauch um Hauch, sich auflöst in nichts. In der Tat dachte ich mir oft, wenn ich Aurach über Wochen hinweg an einer seiner Porträtstudien arbeiten sah, es ginge ihm vorab um die Vermehrung des Staubs. Sein heftiges, hingebungsvolles Zeichnen, bei dem er in kürzester Frist oft ein halbes Dutzend seiner aus Weidenholz gebrannten Stifte aufbrauchte, dieses Zeichnen und Hinundherfahren auf dem dicken, lederartigen Papier sowohl als auch das mit dem Zeichnen verbundene andauernde Verwischen des Gezeichneten mit einem von der Kohle völlig durchdrungenen Wollappen war in Wirklichkeit eine einzige, nur in den Stunden der Nacht zum Stillstand kommende Staubproduktion. Es wunderte mich immer wieder, wie Aurach gegen Ende eines Arbeitstages aus den wenigen der Vernichtung entgangenen Linien und Schatten ein Bildnis von großer Unmittelbarkeit zusammenbrachte, und noch weitaus mehr wunderte mich, daß er dieses Bildnis unfehlbar am darauffolgenden Morgen, sobald nur das Modell seinen Platz eingenommen und er einen ersten Blick auf es geworfen hatte, wieder auslöschte, um aus dem durch die fortgesetzten Zerstörungen bereits stark beeinträchtigten Hintergrund von neuem die für ihn, wie er sagte, letztlich unbegreiflichen Gesichtszüge und Augen seines von diesem Arbeitsprozeß oft nicht wenig in Mitleidenschaft gezogenen Gegenübers herauszugraben. Entschloß sich Aurach, nachdem er vielleicht vierzig Varianten verworfen beziehungsweise in das Papier zurückgerieben und durch weitere Entwürfe überdeckt hatte, das Bild, weniger in der Überzeugung, es fertiggestellt zu haben, als aus einem Gefühl der Ermattung, endlich aus der Hand zu geben, so hatte es für den Betrachter den Anschein, als sei es hervorgegangen aus einer langen Ahnenreihe grauer, eingeäscherter, in dem zerschun-

denen Papier nach wie vor herumgeisternder Gesichter.

Die Morgenstunden vor der Aufnahme der Arbeit und die Abendstunden nach Verlassen des Studios verbrachte Aurach in der Regel in einem am Rand von Trafford Park gelegenen sogenannten *transport café*, das den mir von irgendwoher vertrauten Namen *Wadi Halfa* führte. Es hatte wahrscheinlich keinerlei Lizenz und befand sich in den Kellerräumen eines ansonsten unbewohnten, vom Einsturz bedrohten Hauses. Ich habe Aurach während meines dreijährigen Aufenthalts in Manchester allwöchentlich wenigstens einmal in diesem sonderbaren Restaurationsbetrieb aufgesucht und dort bald mit nahezu derselben Gleichgültigkeit wie er die grauenvollen, halb englischen, halb afrikanischen Gerichte zu mir genommen, die vom Koch des *Wadi Halfa* in einer hinter dem Tresen aufgebauten feldküchenartigen Einrichtung mit einer apathischen Eleganz sondergleichen zubereitet wurden. Mit einer einzigen, zeitlupenhaft gleitenden Bewegung seiner linken Hand — die rechte hatte er immer in der Hosentasche — konnte er zwei oder drei Eier aus einer Schachtel nehmen, sie in die Pfanne schlagen und die Schalen im Mistkübel verschwinden lassen. Aurach behauptete mir gegenüber, daß es sich bei dem Koch des *Wadi Halfa,* der fast zwei Meter groß war, um einen auf die Achtzig gehenden einstmaligen Massaihäuptling handle, den seine Wanderschaft, er wisse nicht genau, auf welchen Umwegen, in den Nachkriegsjahren aus den südlichen Regionen Kenias bis in das nördliche England verschlagen habe, wo er alsbald die Grundlagen der landesüblichen Kochkunst sich aneignete und aus dem Nomadisieren überwechselte in sein jetziges Gewerbe. Was die im Verhältnis zu den spärlichen Gästen auffallend zahlreiche, mit dem Ausdruck der größten Langeweile im *Wadi Halfa* herumstehende und herumsitzende Kellnerschaft betraf, so bestand sie, wie Aurach mir versicherte, ausschließlich aus den Söhnen des Häuptlings, von denen der älteste schätzungsweise etwas über sechzig, der jüngste zwölf oder dreizehn Jahre zählen mochte. Da sie alle gleich schlank und gleich groß gewachsen waren und aus ihren ebenmäßig schönen Gesichtern alle mit der gleichen Todesverachtung um sich blickten, konnte man sie kaum auseinanderhalten, zumal sie sich in unregelmäßigen Abständen ablösten und die Kellnerkonstellation dementsprechend in einem fort sich veränderte. Dennoch meinte Aurach, aufgrund genauer Beobachtungen sowie einer über die Altersunterschiede möglichen Identifizierung die Zahl der Kellner auf insgesamt nicht mehr und nicht weniger als ein Dutzend eingrenzen zu können, während es mir nicht einmal annähernd gelang, die zu einem gegebenen Zeitpunkt gerade abwesenden mir vorzustellen. Frauen habe ich übrigens im *Wadi Halfa* nicht ein einziges Mal angetroffen, weder solche, die man als zum Chef oder zu seinen Söhnen gehörig hätte erkennen können, noch auch unter den Gästen, die sich vornehmlich aus Arbeitern der überall in Trafford Park unter Kontrakt stehenden Abbruchfirmen, aus Lastwagenfahrern, Müllmännern und sonstigem ambulantem Volk zusammensetzten.

Das *Wadi Halfa* war zu jeder Tages- und Nachtzeit durchstrahlt von einem flimmernden, ungeheuer grellen Neonlicht, und unter dieser erbarmungslosen, nicht den geringsten Schatten zulassenden Beleuchtung sehe ich Aurach, wenn ich zurückdenke an unsere Begegnungen in Trafford Park, ein jedes Mal sitzen, stets auf demselben Platz, vor einem von unbekannter Hand gemalten Fresko, das eine Karawane zeigte, die aus der fernsten Tiefe des Bildes heraus und über ein Wellengebirge von Dünen hinweg direkt auf den Betrachter zu sich bewegte. Infolge der Ungeschicktheit des Malers und der schwierigen Perspektive, die er gewählt hatte, wirkten die menschlichen Figuren sowohl als die Lasttiere in ihren Umrissen leicht verzerrt, so daß es, wenn man die Lider halb senkte, tatsächlich war, als erblicke man eine in der Helligkeit und Hitze zitternde Fata Morgana. Und insbesondere an Tagen, an denen Aurach mit Kohle gearbeitet und der pudrig feine Staub seine Haut mit einem metallischen Glanz imprägniert hatte, schien es mir, als sei er soeben aus dem Wüstenbild herausgetreten oder als gehöre er in es hinein. Ja, Aurach bemerkte selbst einmal, indem er den Graphitschimmer auf dem Rücken seiner

Hände studierte, daß er in seinen Tag- und Nachtträumen durch sämtliche Stein- und Sandwüsten der Erde bereits gezogen sei. Im übrigen, so fuhr er, jeder weiteren Erklärung ausweichend, fort, erinnere ihn die Verdunkelung seiner Haut an eine Zeitungsnotiz, die ihm unlängst untergekommen sei, über die bei Berufsfotografen nicht unüblichen Symptome der Silbervergiftung. Im Archiv der Britischen Medizinischen Gesellschaft werde beispielsweise, so habe in der Notiz gestanden, die Beschreibung eines extremen Falls einer solchen Vergiftung aufbewahrt, derzufolge es in den dreißiger Jahren in Manchester einen Fotolaboranten gegeben haben soll, dessen Körper im Verlauf seiner langjährigen Berufspraxis derart viel Silber assimiliert hatte, daß er zu einer Art fotografischer Platte geworden war, was sich, wie Aurach mir vollen Ernstes auseinandersetzte, daran zeigte, daß das Gesicht und die Hände dieses Laboranten bei starkem Lichteinfall blau anliefen, sich also sozusagen entwickelten.

An einem Sommerabend des siebenundsechziger Jahres, neun oder zehn Monate nach meiner Ankunft in Manchester, ging Aurach mit mir am Ufer des Schiffahrtskanals entlang, vorbei an den jenseits des schwarzen Wassers gelegenen Stadtteilen Eccles, Patricroft und Barton upon Irwell der untergehenden Sonne entgegen bis in die zersiedelten Vorräume hinaus, wo sich stellenweise Durchblicke eröffnen, die einen noch das Moor- und Marschland erahnen lassen, das sich bis zur Mitte des letzten Jahrhunderts hier ausgebreitet hat. Der Schifffahrtskanal, so erzählte mir Aurach, sei 1887 begonnen und 1894 fertiggestellt worden, größtenteils von einem andauernd sich erneuernden Heer von irischen Arbeitern, das im Verlauf dieser Zeit an die sechzig Millionen Kubikmeter Erde bewegt und riesige Schleusenanlagen gebaut habe, vermittels derer ozeantüchtige Dampfer bis zu einer Länge von 150 Metern um fünf bis sechs Meter angehoben oder gesenkt werden konnten. Manchester, das damals in allen Ländern als ein an Unternehmergeist und Fortschrittlichkeit nicht zu überbietendes Industriejerusalem galt, sei, so sagte Aurach, durch die Vollendung des gigantischen Kanalprojekts überdies zum größten Binnenhafen der Welt aufgestiegen und es hätten an den Docks unweit des Zentrums der Stadt dicht an dicht die Dampfer der Canada & Newfoundland Steamship Company, der China Mutual Line, der Manchester Bombay General Navigation Company und zahlreicher anderer Reedereien gelegen. Ohne Unterlaß sei gelöscht und verladen worden — Weizen, Salpeter, Bauholz, Baumwolle, Kautschuk, Jute, Öl, Tran, Tabak, Tee und Kaffee, Rohrzukker, Südfrüchte, Kupfer und Eisenerz, Stahl, Maschinen, Marmor und Mahagoni — was immer eben in einer solchen Fabrikationsmetropole gebraucht, verarbeitet oder hergestellt wurde. Der Schiffahrtsverkehr habe um 1930 seinen Höhepunkt erreicht, danach aber unwiderruflich abgenommen, bis er gegen Ende der fünfziger Jahre völlig zum Erliegen gekommen sei. Angesichts der Bewegungslosigkeit und Totenstille, die heute über dem Kanal liege, könne man es sich wohl kaum mehr vorstellen, sagte Aurach, als wir zurückblickten auf die in den Abendschatten versinkende Stadt, daß er selber hier in den Jahren nach dem letzten Krieg noch Frachter von überwältigenden Ausmaßen habe fahren sehen. Langsam glitten sie auf ihrer Wasserstraße dahin, und sie glitten, wenn sie dem Hafen sich näherten, mitten hindurch durch die Häuser, deren schwarze Schieferdächer sie weit überragten. Und wenn sie im Winter, ohne daß man ihr Herannahen geahnt hätte, auf einmal auftauchten aus dem Nebel, lautlos sich vorbeibewegten und gleich darauf wieder verschwanden in der weißen Luft, so ist das für mich, sagte Aurach, jedesmal ein ganz und gar unfaßbares, aus irgendeinem Grund tief mich erschütterndes Schauspiel gewesen.

Ich weiß nicht mehr, bei welcher Gelegenheit mir Aurach seine äußerst kursorische Le-

bensbeschreibung gab, glaube mich jedoch zu
entsinnen, daß er nur ungern auf meine an diese
Lebensbeschreibung sich anschließenden und
seine Vorgeschichte betreffenden Fragen ein-
ging. Aurach war erstmals im Herbst 1943, im
Alter von achtzehn Jahren, als Kunststudent
nach Manchester gekommen, war aber bereits
nach ein paar Monaten, zu Beginn des Jahres
1944, in die Armee einberufen worden. Das
einzige Bemerkenswerte an seinem kurzfristigen ersten Aufenthalt in Manchester sei die
Tatsache gewesen, sagte Aurach, daß er sein
Logis damals in der Palatine Road Nr. 104
hatte und somit in demselben Haus, in dem

1908, wie inzwischen durch verschiedene biographische Schriften allgemein bekannt geworden sei, der seinerzeit zwanzigjährige Student der Ingenieurwissenschaften Ludwig Wittgenstein seine Wohnung gehabt habe. Zwar sei diese retrospektive Verbindung zu Wittgenstein zweifellos rein illusionär, doch bedeute sie ihm deshalb, sagte Aurach, nicht weniger, ja, es scheine ihm manchmal, als schließe er sich immer enger an diejenigen an, die ihm vorausgegangen seien, und darum empfinde er auch, wenn er sich den jungen Wittgenstein über den Entwurf einer variablen Brennkammer gebeugt oder beim Ausprobieren eines von ihm konstruierten Flugdrachens auf einem Hochmoor in Derbyshire vorstelle, ein weit hinter seine eigene Zeit und Vorzeit zurückreichendes Gefühl der Brüderlichkeit. Fortfahrend in seinem Bericht, sagte Aurach, er habe sich im Anschluß an seine militärische Grundausbildung in dem in einer gottverlassenen Gegend im Norden der Grafschaft Yorkshire gelegenen Lager Catterick zu einem Fallschirmjägerregiment gemeldet in der Hoffnung, noch vor dem bereits mit einiger Deutlichkeit sich abzeichnenden Ende des Krieges zum Einsatz zu kommen. Diese Hoffnung sei aber durch eine Gelbsuchterkrankung und durch die Einweisung in ein im Palace Hotel in Buxton untergebrachtes Rekonvaleszentenheim zunichte gemacht worden. Mehr als ein halbes Jahr habe er, zerfressen von seinem Zorn, wie Aurach ohne weitere Erklärung sagte, in dem idyllischen Wasserkurort in Derbyshire bis zu seiner völligen Wiederherstellung zubringen müssen. Es sei für ihn eine ungemein böse, kaum zu überstehende Zeit gewesen, über die er nur schwer Genaueres aussagen könne. Anfang Mai 1945 habe er sich jedenfalls, den Entlassungsschein in der Tasche, zu Fuß auf den Weg in das ungefähr fünfundzwanzig Meilen entfernte Manchester gemacht, um dort sein Kunststudium wieder aufzunehmen. Mit der größtmöglichen Klarheit stehe ihm heute noch vor Augen, wie er nach der durch Licht und Schauer ihn führenden Frühjahrswanderung über die Ausläufer eines Moors heruntergekommen sei und von einer letzten Anhöhe aus zum erstenmal die Stadt, in der er seither sein Leben zubringe, aus der Vogelperspektive vor sich ausgebreitet gesehen habe. Auf drei Seiten von Gebirgszügen eingegrenzt, sei die Stadt dagelegen wie auf dem Grund eines tellurischen Amphitheaters. Über das flache Land nach Westen hinaus habe eine seltsam geformte Wolke sich bis an den Horizont erstreckt, und an ihren Rändern entlang seien die letzten Sonnenstrahlen eingefallen und hätten eine ganze Zeitlang das gesamte Panorama wie in einem einzigen Feuerschein aufleuchten lassen.

Erst als diese gleichsam bengalische Illumination erlosch, konnte das Auge, sagte Aurach, ausschweifen, hinweg über die Reihe um Reihe hinter- und ineinander gestaffelten und verschobenen Häuserzeilen, über die Spinnereien und Färbereien, die Gaskessel, Chemiewerke und Fabrikationsanlagen jeder Art, bis zu der mutmaßlichen Mitte der Stadt hinauf, wo alles überzugehen schien in einen tiefschwarzen, in keiner Weise mehr differenzierten Bezirk. Das eindrucksvollste freilich, sagte Aurach, waren die, so weit man sehen konnte, überall aus der Ebene und dem flachen Häusergewirr herausragenden Schlote. Diese Schlote, sagte Aurach,

sind heute nahezu ausnahmslos niedergelegt oder außer Betrieb. Damals aber rauchten sie noch, zu Tausenden, einer neben dem andern, bei Tag sowohl als in der Nacht. Es waren diese viereckigen und runden Schlote und diese ungezählten Kamine, aus denen ein gelbgrauer Rauch drang, die sich, so sagte Aurach, dem Ankömmling tiefer einprägten als alles, was er bis dahin gesehen hatte. Genau vermag ich es nicht mehr anzugeben, sagte Aurach, welche Gedanken der Anblick von Manchester damals in mir auslöste, aber ich glaube, daß ich das Gefühl hatte, angelangt zu sein am Ort meiner Bestimmung. Auch weiß ich noch, wie ich, indem ich endlich zum Weitergehen mich wandte, ein letztes Mal hinabschaute auf das blaßgrüne, weit unterhalb meines Aussichtspunkts in die Ebene auslaufende Parkland und wie ich dort drunten, eine halbe Stunde nach Sonnenuntergang, einen Schatten wie den einer Wolke über die Weiden laufen sah — ein Rudel Hirsche auf dem Weg in die Nacht.

Meiner damaligen Vorstellung entsprechend, bin ich bis auf den heutigen Tag in Manchester geblieben, setzte Aurach seine Geschichte fort. Zweiundzwanzig Jahre sind es nun, sagte er, daß ich angekommen bin, und mit jedem Tag, der vergeht, wird es mir unmöglicher, an eine Ortsveränderung auch nur zu denken. Manchester hat endgültig Besitz ergriffen von mir. Ich kann und will und darf nicht mehr fort. Selbst die ein-, zweimal im Jahr unumgänglichen Fahrten zu Studienzwecken nach London belasten und beunruhigen mich. Das Warten auf den Bahnhöfen, die Lausprecherdurchsagen, das Sitzen im Zug, das draußen vorbeiziehende, mir nach wie vor vollkommen fremde Land, die Blicke der Mitreisenden, all das ist mir eine einzige Pein. Darum bin ich auch in meinem Leben so gut wie nirgends gewesen, außer eben in Manchester, und selbst hier komme ich oft wochenlang nicht aus dem Haus beziehungsweise aus meiner Werkstatt. Nur einmal seit meiner Jugend habe ich eine Auslandsreise unternommen, und zwar als ich, im Sommer vor zwei Jahren, nach Colmar und von Colmar über Basel an den Genfer See gefahren bin. Ich hatte seit sehr langer Zeit den Wunsch gehegt, die mir bei der Malarbeit so oft vorschwebenden Isenheimer Bilder Grünewalds und insbesondere das von der Grablegung in Wirklichkeit zu sehen, hatte aber meiner Reiseangst nie Herr werden können. Um so erstaunter war ich, nachdem ich mich einmal überwunden hatte, wie leicht das Reisen vonstatten ging. Vom Schiff aus zurückblickend auf die weißen Felsen von Dover, glaubte ich sogar, daß ich von nun an befreit sein werde, und die Bahnfahrt durch Frankreich, vor der ich mich besonders gefürchtet hatte, verlief gleichfalls auf das glücklichste. Es war ein schöner Tag, ich hatte ein ganzes Abteil, wenn nicht gar den ganzen Waggon für mich, durch das Fenster strömte die Luft herein, und ich spürte in mir sich erheben eine Art festtäglicher Heiterkeit. Gegen zehn oder elf Uhr abends kam ich in Colmar an, verbrachte eine gute Nacht im Hotel Terminus Bristol an der Place de la Gare und ging am nächsten Morgen unverzüglich in das Museum, um mit dem Ausstudieren der Grünewaldbilder zu beginnen. Die extremistische, eine jede Einzelheit durchdringende, sämtliche Glieder verrenkende und in den Farben wie eine Krankheit sich ausbreitende Weltsicht dieses seltsamen Mannes war mir, wie ich immer gewußt hatte und nun durch den Augenschein bestätigt fand, von Grund auf gemäß. Die Ungeheuerlichkeit des Leidens, das, ausgehend von den vorgeführten Gestalten, die ganze Natur überzog, um aus den erloschenen Landschaften wieder zurückzufluten in die menschlichen Todesfiguren, diese Ungeheuerlichkeit bewegte sich nun auf und nieder in mir nicht anders als die Gezeiten des Meers. Dabei begriff ich allmählich, auf die durchbohrten Leiber schauend und auf die vor Gram wie Schilfrohr durchgebeugten Körper der Zeugen der Hinrichtung, daß an einem bestimmten Grad der Schmerz seine eigene Bedingung, das Bewußtsein, aufhebt und somit sich selbst, vielleicht — wir wissen sehr wenig darüber. Fest steht hingegen, daß das seeli-

sche Leiden praktisch unendlich ist. Wenn
man glaubt, die letzte Grenze erreicht zu haben,
gibt es immer noch weitere Qualen. Man fällt
von Abgrund zu Abgrund. Ich habe damals
in Colmar, so sagte Aurach, alles auf das ge-
naueste vor mir gesehen, wie eines zum andern
gekommen und wie es nachher gewesen war.
Der Erinnerungsstrom, von dem mir heute nur
weniges mehr gegenwärtig ist, setzte damit ein,
daß ich mich entsann, wie ich an einem Freitagmorgen vor einigen Jahren überwältigt worden war von dem mir bis dahin völlig unbekannten Schmerzensparoxysmus, den ein Band-
scheibenvorfall auslösen kann. Ich hatte mich
bloß nach der Katze gebückt, und indem ich
mich aufrichtete, riß das Gewebe und drängte
sich der *nucleus pulposus* in die Nerven hinein.
So zumindest ist es mir später von ärztlicher
Seite geschildert worden. Ich wußte zu jenem
Zeitpunkt nur, daß ich mich keinen Zentime-
terbruchteil mehr weiterbewegen durfte, daß
mein Leben reduziert war auf diesen einzigen,
ausdehnungslosen Punkt des äußersten Schmer-
zes und daß es mir schon beim Einatmen
schwarz wurde vor den Augen. Bis gegen
Abend verharrte ich in meiner halbaufgerich-
teten Haltung mitten im Raum. Wie es mir
nach dem Einbrechen der Dunkelheit gelungen
ist, die paar Schritte bis zur Wand hin zu tun,
und wie ich mir die über der Sessellehne hän-

gende Schottendecke über die Schultern gezogen habe, davon ist mir nichts mehr erinnerlich. Ich erinnere mich nur noch, daß ich, die Stirn gegen den feuchtmodrigen Verputz gepreßt, die ganze Nacht hindurch vor dieser Wand gestanden bin, daß es immer kälter wurde, daß mir die Tränen herabrannen über das Gesicht, daß ich unsinnige Dinge zu murmeln begann und daß ich dabei doch spürte, wie der furchtbare Zustand einer vollkommenen Schmerzlähmung der inneren Verfassung, die über die Jahre die meine geworden war, auf die denkbar akkurateste Weise entsprach. Ich erinnere mich außerdem, daß die krumme Stellung, die ich notgedrungen einnahm, mir quer durch den Schmerz hindurch eine Fotografie ins Gedächtnis rief, die der Vater von mir als Zweitkläßler gemacht

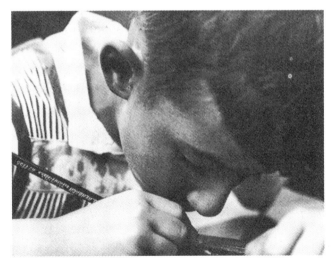

hatte und die mich zeigte tief über die Schrift gebeugt. In Colmar jedenfalls, so sagte Aurach, nach einem langen Einhalten in seiner Erzählung, habe ich mich zu erinnern begonnen, und wahrscheinlich hat das Einsetzen der Erinnerung mich nach meinem achttägigen Aufenthalt in Colmar den Entschluß fassen lassen, an den Genfer See weiterzufahren, um dort eine gleichfalls seit langem verschüttete Erlebnisspur, an die ich nie zu rühren gewagt hatte, wiederaufzunehmen. Mein Vater, sagte Aurach, von neuem ansetzend, ist Kunsthändler gewesen, und er veranstaltete regelmäßig während der Sommermonate in den Foyers renommierter Hotels von ihm so genannte Sonderausstellungen. Im Jahr 1936 hat er mich zu einer solchen Ausstellungswoche im *Victoria Jungfrau* in Interlaken und anschließend im *Palace* Montreux mitgenommen. Der Ausstellungsfundus des Vaters bestand in der Regel aus zirka fünf Dutzend goldgerahmten Salonstücken niederländischer Art, beziehungsweise aus mediterranen Genreszenen im Stile Murillos und aus menschenleeren deutschen Landschaften, von welchen mir vorab eine düstere Heidekomposition im Gedächtnis geblieben ist, auf der zwei Wacholderbäume dargestellt waren, die weit voneinander in einem blutrot von der untergehenden Sonne verfärbten Gelände standen. So gut es für einen Zwölfjährigen möglich war, bin ich dem Vater beim Hängen, beim Beschildern, beim Verkauf und beim Weiterversand seiner von ihm als Kunstware bezeichneten Austellungsobjekte an die Hand gegangen. Der Vater wiederum, der ein begeisterter Alpinist gewesen ist, nahm mich, quasi als Lohn für meine Mühewaltung, mit der Bahn auf das Jungfraujoch, um mir von dort droben den mitten im Sommer schneeweiß schimmernden größten Eisstrom Europas zu zeigen. Kaum eine Woche darauf bestiegen wir miteinander einen Grasberg am Südufer des Genfer Sees. Am Tag nach der Schließung der Ausstellung im *Palace* fuhren wir mit einem Mietwagen von Montreux aus ein Stück in das Rhônetal hinein und bald schon rechts ab über eine enge und kurvenreiche Strecke hinauf bis zu einer Ortschaft mit dem mir damals äußerst sonderbar vorkommenden Namen Miex. Von Miex aus waren es drei Wegstunden, vorbei am Lac de Tanay, bis zum Gipfel des Grammont. An einem blauen Augusttag bin ich neben dem Vater auf diesem Gipfel gelegen die ganze Mittagszeit über und habe mit ihm hinabgesehen auf den um vieles noch blaueren See, auf das Land jenseits des Sees bis hinüber zu den Höhenzügen des Jura, auf die hellen Städte am anderen Ufer und das unmittelbar vor uns in einer Schattentiefe von vielleicht eineinhalbtausend Metern kaum zu erkennende St. Gingolph. Diese mit der dreißig Jahre zurückliegenden Zeit verbundenen Bilder und Ereignisse sind mir, sagte Aurach, bereits während der Bahnfahrt durch die tatsächlich zum Erstaunen schöne Schweiz wieder in den Sinn gekommen, aber es ging von ihnen, wie sich während meines Aufenthalts im *Palace* immer deutlicher erwies, eine eigentümliche Bedrohung aus, die mich schließlich veranlaßte, mein Zimmer zu versperren, die Jalousien herunterzulassen und stundenlang auf dem Bett liegenzubleiben, wodurch sich die aufkommende Nervenschwäche naturgemäß nur noch verschlimmerte. Nach Ablauf von etwa einer Woche kam ich irgendwie auf den Gedanken, daß allein die Wirklichkeit draußen mich retten könne. Aber statt in Montreux herumzulaufen oder nach Lausanne zu fahren, machte ich mich ohngeachtet meines inzwischen recht angegriffenen Zustands auf, ein zweites Mal den Grammont zu besteigen. Es war ein ähnlich ungetrübter Tag wie seinerzeit, und als ich, nahezu restlos erschöpft, den Gipfel erreicht hatte, da sah ich von dort droben von neuem die Genfer Seelandschaft vor mir, vollkommen unverändert, wie es den Anschein hatte, und reglos bis auf die wenigen auf dem tiefblauen Wasser drunten mit der unglaublichsten Langsamkeit ihre weiße Spur ziehenden winzigen Schiffchen und bis auf die am jenseitigen Ufer in gewissen Abständen hin- und herfahrenden Eisenbahnzüge. Diese ebenso nahe wie unerreichbar in die Ferne gerückte Welt, sagte Aurach, habe mit solcher Macht ihn angezogen, daß er befürchtete, sich in sie hineinstürzen zu müssen, und dies vielleicht tatsächlich getan hätte, wäre nicht auf einmal — like someone who's popped out of the bloody ground — ein um die sechzig Jahre alter Mensch mit einem großen Schmetterlingsnetz aus weißer Gaze vor ihm gestanden und hätte in einem geradeso vornehmen wie letztlich unidentifizierbaren Englisch gesagt, es sei jetzt an der Zeit, an den Abstieg zu denken, wenn man in Montreux noch zum Nachtmahl zurechtkommen wolle. Er könne sich aber, sagte Aurach, nicht mehr erinnern, mit dem Schmetterlingsmenschen zusammen den Abstieg gemacht zu haben; überhaupt sei der Abstieg vom Grammont gänzlich aus seinem Gedächtnis verschwunden und ebenso die letzten Tage im *Palace* und die Rückreise nach England. Aus welchem Grund genau und wie weit die Lagune der Erinnerungslosigkeit in ihm sich ausgebreitet habe, das sei ihm trotz angestrengtesten Nachdenkens darüber ein Rätsel geblieben. Wenn er versuche, sich in die fragliche Zeit zurückzuversetzen, so sehe er sich erst in seinem Studio wieder bei der mit geringen Unterbrechungen über nahezu ein Jahr sich hinziehenden schweren Arbeit an dem gesichtslosen Porträt *Man with a Butterfly Net*, das er für eines seiner verfehltesten Werke halte, weil es, seines Erachtens, keinen auch annähernd nur zureichenden Begriff gebe von der Seltsamkeit der Erscheinung, auf die es sich beziehe. Die Arbeit an dem Bild des Schmetterlingsfängers habe ihn ärger hergenommen als jede andere Arbeit zuvor, denn als er es nach Verfertigung zahlloser Vorstudien angegangen sei, habe er es nicht nur wieder und wieder übermalt, sondern er habe es, wenn die Leinwand der Beanspruchung durch das dauernde Herunterkratzen und Neuauftragen der Farbe nicht mehr standhielt, mehrmals völlig zerstört und verbrannt. Die bei Tag zur Genüge ihn plagende Verzweiflung über seine Unfähigkeit habe sich in zunehmendem Maße in seine immer schlafloser werdenden Nächte hineingezogen, so daß er vor Übermüdung bald nicht anders als unter Tränen habe arbeiten können. Zuletzt sei ihm gar nichts anderes übriggeblieben, als zu starken Betäubungsmitteln zu greifen, und infolgedessen habe er dann die furchtbarsten, ihn an die Versuchung des heiligen Antonius auf dem Isenheimer Altarbild erinnernden Halluzinationen gehabt. So habe er beispielsweise einmal seine Katze einen senkrechten Satz in die Luft und Rückwärtssalto machen sehen, wonach sie stocksteif liegengeblieben sei. Eindeutig entsinne er sich, wie er die tote Katze in eine Schuhschachtel gelegt und unter dem Mandelbäumchen auf dem Hof begraben habe. Ebenso eindeutig sei aber die Katze am nächsten Morgen wieder vor ihrer Schüssel gesessen und habe aufgeschaut zu ihm, als sei nichts gewesen. Und einmal, so beschloß Aurach seinen Bericht, habe es ihm geträumt, er wisse nicht, ob bei Tag oder in der Nacht, daß er im Jahre 1887 zusammen mit der Königin Victoria die große Kunstausstellung in dem eigens für diesen Zweck in Trafford Park errichteten Ausstellungspalast eröffnet habe. Tausende von Menschen seien zugegen und Zeuge gewesen, wie er Hand in Hand mit der dicken und einen unguten Geruch verströmenden Königin durch die endlosen Fluchten der über 16000 goldgerahmten Kunstwerke gegangen sei. So gut wie ausnahmslos, sagte Aurach, habe es sich bei diesen Kunstwerken um Stücke aus dem Fundus seines Vaters gehandelt. Dazwischen aber, sagte er, hingen ab und zu auch einzelne meiner eigenen Bilder, die sich allerdings, zu meiner Bestürzung, von den Salonstücken in nichts oder nur unwesentlich unterschieden. Schließlich gelangten wir, so fuhr Aurach fort, durch eine, wie die Königin mir gegenüber bemerkte, mit erstaunlicher Kunstfertigkeit gemalte *trompe-l'œil*-Türe in ein tief verstaubtes, seit Jahren offenbar nicht mehr betretenes, im größtmöglichen Gegensatz zu

dem glitzernden Glaspalast stehendes Kabinett,
das ich nach einigem Zögern erkannte als das

Wohnzimmer meiner Eltern. Ein wenig seitwärts auf dem Kanapee saß ein mir fremder
Herr. Er hielt ein aus Fichtenholz, Papier-
maché und Goldfarbe gemachtes Modell des
Tempels Salomonis auf dem Schoß. Frohmann,
aus Drohobycz gebürtig, sagte er, sich leicht
verneigend, und erläuterte sodann, wie er den
Tempel getreu nach den Angaben der Bibel in
siebenjähriger Arbeit eigenhändig erbaut habe
und daß er jetzt von einem Ghetto zum andern
reise, um ihn zur Schau zu stellen. Sehen sie,
sagte Frohmann, man erkennt eine jede Turm-
zacke, jeden Vorhang, jede Schwelle, jedes
heilige Gerät. Und ich, sagte Aurach, beugte

mich über das Tempelchen und wußte zum erstenmal in meinem Leben, wie ein wahres Kunstwerk aussieht.

An die drei Jahre war ich in Manchester gewesen, als ich die Stadt nach Beendigung meiner Forschungsarbeiten im Sommer 1969 wieder verließ, um, einem seit längerem gehegten Plan entsprechend, in der Schweiz in den Schuldienst einzutreten. Obgleich die meinem Gedächtnis zu diesem Zeitpunkt beinahe entschwundene Schönheit und Vielfalt der Schweizer Landschaften mich bei meiner Rückkehr aus dem rußigen, dem Ruin entgegentreibenden Manchester tief bewegte, obgleich mir der Anblick der fernen Schneeberge, der Hochwälder, des Herbstlichts, der gefrorenen Wasserläufe und Felder und der blühenden Obstbäume in den Wiesen weit mehr ans Herz ging, als ich das hätte vorausahnen können, hat es mich in der Schweiz aus verschiedenen, teils mit der schweizerischen Lebensauffassung, teils mit meinem Lehrerdasein zusammenhängenden Gründen nicht lange gelitten. Kaum ein Jahr war vergangen, als ich mich entschloß, nach England zurückzukehren und in der damals als ziemlich abgelegen geltenden Grafschaft Norfolk eine mir in vieler Hinsicht zusagende Stellung anzunehmen. Dachte ich während der in der Schweiz verbrachten Monate gelegentlich noch an Aurach und an Manchester zurück, so verflüchtigten sich meine Erinnerungen mehr und mehr in der nachfolgenden und, wie ich bisweilen mit Erstaunen vermerke, bis auf den heutigen Tag reichenden englischen Zeit. Sicherlich ist Aurach mir auch im Verlaufe dieser langen Reihe von Jahren verschiedentlich in den Sinn gekommen, es gelang mir aber nicht, ihn mir wirklich vorzustellen. Sein Gesicht war zu einem Schemen geworden. Ich nahm an, Aurach sei untergegangen in seiner Arbeit, wußte es jedoch zu vermeiden, genauere Erkundigungen einzuziehen. Erst als ich Ende November 1989 in der Londoner Tate Gallery durch einen bloßen Zufall (ich war eigentlich gekommen, Delvaux' *Schlafende Venus* anzusehen) einem etwa vier auf sechs Fuß messenden Bild mich gegenüberfand, das die Signatur Aurachs trug und den für mich ebenso bedeutungsvollen wie unwahrscheinlichen Titel *G.I. on her Blue Candlewick Cover*, erst dann begann Aurach in meinem Kopf wieder lebendig zu werden. Bald darauf entdeckte ich im Farbmagazin einer Sonntagszeitung — wiederum mehr oder weniger durch Zufall, denn ich vermeide seit langem die Lektüre dieser Blätter und insbesondere die ihrer illustrierten Beilagen — einen Bericht über Aurach, aus dem hervorging, daß seine Arbeiten auf dem Kunstmarkt inzwischen zu höchsten Preisen gehandelt wurden, daß aber er, Aurach, dieser Entwicklung ohngeachtet, seine Lebensweise beibehalten habe und nach wie vor in seinem Studio unweit der Dockanlagen des Hafens von Manchester zehn Stunden am Tag vor der Staffelei stehe. Wochenlang trug ich das Magazin mit mir herum, überlas den Artikel, der in mir, wie ich spürte, ein Verlies aufgetan hatte, immer wieder von neuem, studierte das dunkle Auge Aurachs, das aus einer der dem Text

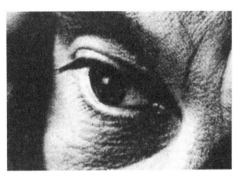

beigegebenen Fotografien ins Abseits blickte, und versuchte wenigstens im nachhinein zu begreifen, aufgrund welcher Hemmungen und Scheu wir es seinerzeit vermieden hatten, das Gespräch auf die Herkunft Aurachs zu bringen, obgleich ein solches Gespräch, wie es sich jetzt herausstellte, eigentlich das Allernaheliegendste gewesen wäre. Friedrich Maximilian Aurach, so konnte ich den eher spärlichen Angaben des Magazinberichts entnehmen, war im Mai 1939, im Alter von fünfzehn Jahren, aus München, wo sein

Vater eine Kunsthandlung geführt hatte, nach England gekommen. Weiter hieß es, die Eltern Aurachs, die die Ausreise aus Deutschland aus verschiedenen Gründen hinausgezögert hatten, seien im November 1941 mit einem der ersten Deportationszüge aus München nach Riga geschickt und in der dortigen Gegend ermordet worden. Unverzeihlich erschien es mir nun im Nachdenken, daß ich es damals in Manchester entweder verabsäumt oder nicht fertiggebracht hatte, Aurach jene Fragen zu stellen, die er erwartet haben mußte von mir; und also fuhr ich zum erstenmal seit sehr langer Zeit wieder nach Manchester, mit der Bahn sechs Stunden

lang mehr oder weniger quer durch das Land, durch die Kiefernwälder und die wüste Heide um Thetford, über die weiten, zur Winterszeit tiefschwarzen Niederungen der Isle of Ely, sah draußen vorbeiziehen die in ihrer Häßlichkeit alle einander gleichenden Ansiedlungen und Städte — March, Peterborough, Loughborough, Nottingham, Alfreton, Sheffield —, sah stillgelegte Industrieanlagen, Kokshalden, qualmende Kühltürme, leere Höhenzüge, Schafweiden, steinerne Mauern, sah Schneeschauer, Regen und die ständig wechselnden Farben des Himmels. Am frühen Nachmittag langte ich in Manchester an und machte mich sogleich auf den Weg westwärts durch die Stadt zum Hafen hinaus. Wider Erwarten hatte ich keine Schwierigkeiten, mich zurechtzufinden, denn es war in Manchester im Grunde alles so geblieben, wie es vor fast einem Vierteljahrhundert gewesen war. Was man gebaut hatte, um den allgemeinen Zerfallsprozeß aufzuhalten, war selbst schon vom Zerfall bedroht, ja, sogar die sogenannten *development zones,* die in den letztvergangenen Jahren zur Wiederbelebung des fortwährend berufenen Unternehmergeists am Rand der Innenstadt und entlang des Schifffahrtskanals eingerichtet worden waren, schienen schon wieder halb aufgegeben. In den glänzenden Glasfassaden der teils nur zur Hälfte belegten, teils gar nicht ganz fertiggestellten Bürohäuser spiegelte sich das umliegende Schuttland und spiegelten sich die weißen, von der Irischen See hereintreibenden Wolken. Einmal draußen bei den Docks, dauerte es nicht lange, bis ich Aurachs Studio gefunden hatte. Der gepflasterte Hof war unverändert. Das Mandelbäumchen stand im Begriff zu blühen, und als ich über die Schwelle des Ateliers trat, war es, als sei ich gestern erst hiergewesen. Dasselbe taube Licht senkte sich durch die Fenster herein, und auf dem schwarz verkrusteten Boden in der Mitte des Raumes stand die Staffelei mit einem schwarzen, bis zur Unkenntlichkeit überarbeiteten Karton. Nach der an einer zweiten Staffelei angehefteten Vorlage zu schließen, hatte Courbets mir immer besonders liebes Bild

Die Eiche des Vercingetorix

Aurach zum Ausgangspunkt für seine Zerstö-
rungsstudie gedient. Er aber, Aurach selbst,
den ich, von draußen hereinkommend, zunächst
gar nicht gesehen hatte, saß in seinem roten
Samtfauteuil im Halbdunkel des Hintergrunds,
hielt eine Teetasse in der Hand und blickte
seitwärts her zu dem Besucher, der jetzt, wie
Aurach damals, auf die Fünfzig ging, während
er, Aurach, bald an die siebzig Jahre zählen
mußte. Sein Begrüßungswort war: Aren't we
all getting on! Mit einem hintertriebenen
Lächeln sagte er dies, und dann deutete er, der
mir in Wirklichkeit nicht im geringsten gealtert
schien, auf die an demselben Platz wie vor
fünfundzwanzig Jahren an der Wand hängende
Kopie des von Rembrandt gemalten Porträts
eines Mannes mit einem Vergrößerungsglas und
setzte hinzu: Only he doesn't seem to get any
older.

Drei Tage lang haben wir im Anschluß an
dieses späte und für uns beide unverhoffte Wie-
dersehen miteinander geredet, jeweils bis weit
in die Nacht hinein, und es ist viel mehr dabei
gesagt worden, als ich hier werde aufschreiben
können, über das englische Asyl, über die Einwandererstadt Manchester und ihren unwiderruflich fortschreitenden Verfall, den Aurach als
beruhigend empfand, über das längst nicht
mehr existierende *Wadi Halfa,* über die Flügel-
hornistin Gracie Irlam, über mein Schullehrer-

jahr in der Schweiz sowie über meinen späteren, gleichfalls fehlgeschlagenen Versuch, in München, in einem deutschen Kulturinstitut, Fuß zu fassen. Rein zeitlich gesehen, bemerkte Aurach zu meinem Lebenslauf, sei ich also jetzt so weit schon von Deutschland entfernt, wie er es im Jahr 1966 gewesen war, aber die Zeit, so fuhr er fort, ist ein unzuverlässiger Maßstab, ja, sie ist nichts als das Rumoren der Seele. Es gibt weder eine Vergangenheit noch eine Zukunft. Jedenfalls nicht für mich. Die bruchstückhaften Erinnerungsbilder, von denen ich heimgesucht werde, haben den Charakter von Zwangsvorstellungen. Wenn ich an Deutschland denke, kommt es mir vor wie etwas Wahnsinniges in meinem Kopf. Und wahrscheinlich aus der Befürchtung, daß ich dieses Wahnsinnige würde bestätigt finden, bin ich nie mehr in Deutschland gewesen. Deutschland, müssen Sie wissen, erscheint mir als ein zurückgebliebenes, zerstörtes, irgendwie extraterritoriales Land, bevölkert von Menschen, deren Gesichter wunderschön sowohl als furchtbar verbacken sind. Sämtlich tragen sie Kleider aus den dreißiger Jahren oder noch ältere Moden und außerdem zu ihren Kostümen völlig unpassende Kopfbedeckungen — Fliegerhauben, Schildmützen, Klappzylinder, Ohrenschützer, gekreuzte Stirnbänder und handgestrickte wollene Kappen. So erscheint bei mir fast täglich

eine elegante Dame in einem Ballkleid aus
grauer Fallschirmseide und mit einem breit-
krempigen, mit grauen Rosen besteckten Hut.
Kaum setze ich mich, von der Arbeit ermüdet,
in meinen Sessel, höre ich ihre Schritte draußen
auf dem Pflaster der Gasse. Sie rauscht beim
Hoftor herein, an dem Mandelbäumchen vorbei und steht auch schon auf der Schwelle zur
Werkstatt. Eilends tritt sie näher wie ein Arzt,
der fürchtet, zu spät zu einem auslöschenden
Kranken zu kommen. Sie nimmt den Hut ab,
das Haar sinkt ihr über die Schulter, sie zieht
ihre Fechterhandschuhe aus, wirft sie hier auf
das Tischchen und beugt sich nieder zu mir.
Ohnmächtig schließe ich die Augen. Wie es
danach weitergeht, weiß ich nicht. Wörter
werden jedenfalls niemals gewechselt. Es ist
immer eine stumme Szene. Ich glaube, die
graue Dame versteht nur ihre Muttersprache,
das Deutsche, das ich seit 1939, seit dem Abschied von den Eltern auf dem Münchner Flughafen Oberwiesenfeld, nicht ein einziges Mal
mehr gesprochen habe und von dem nur ein
Nachhall, ein dumpfes, unverständliches Murmeln und Raunen noch da ist in mir. Möglicherweise, fuhr Aurach fort, hängt es mit dieser
Einbuße oder Verschüttung der Sprache zusammen, daß meine Erinnerungen nicht weiter
zurückreichen als bis in mein neuntes oder
achtes Jahr und daß mir auch aus der Münch-

ner Zeit nach 1933 kaum etwas anderes erinnerlich ist als die Prozessionen, Umzüge und Paraden, zu denen es offenbar immer einen Anlaß gegeben hat. Entweder es war Maifeiertag oder Fronleichnam, Fasching oder der zehnte Jahrestag des Putschs, Reichsbauerntag oder die Einweihung des Hauses der Kunst. Entweder trug man das Allerheiligste Herz Jesu durch die Straßen der inneren Stadt oder die sogenannte Blutfahne. Einmal, sagte Aurach, sind zu beiden Seiten der Ludwigstraße, von der Feldherrnhalle bis weit hinein nach Schwabing, trapezförmige Podeste aufgestellt gewesen, und auf jedem dieser mit rotbraunem Tuch bespannten Podeste hat in einer flachen eisernen Schale eine Opferflamme gelodert. Von Mal zu Mal hat bei den einander ablösenden Versammlungen und Aufmärschen die Anzahl der verschiedenen Uniformen und Abzeichen zugenommen. Es war, als entfalte sich unmittelbar vor den Augen der Zuschauer eine neue Menschenart nach der andern. Gleichermaßen erfüllt von Bewunderung, Zorn, Sehnsucht und Ekel, habe ich zunächst als Kind und dann als Heranwachsender stumm in der je nachdem jubelnden oder von Ehrfurcht ergriffenen Menge gestanden und meine Unzugehörigkeit als eine Schande empfunden. Zu Hause haben die Eltern in meiner Gegenwart nicht oder nur andeutungsweise über die neue

Zeit gesprochen. Krampfhaft haben wir uns alle bemüht, den Anschein der Normalität aufrechtzuerhalten, auch nachdem der Vater die Geschäftsleitung seiner vor einem Jahr erst eröffneten, schräg gegenüber vom Haus der Kunst gelegenen Galerie an einen arischen Partner hatte übergeben müssen. Weiterhin machte ich unter der Aufsicht der Mutter meine Schularbeiten, weiterhin fuhren wir im Winter zum Skifahren nach Schliersee und in die Sommervakanz nach Oberstdorf oder ins Walsertal, und worüber wir nicht reden konnten, darüber schwiegen wir eben. So hat man sich auch in der Verwandtschaft weitgehend ausgeschwiegen über die Gründe, aus denen sich meine Großmutter Lily Lanzberg das Leben genommen hat; die Hinterbliebenen kamen einfach irgendwie überein, daß sie zuletzt nicht mehr ganz bei Trost gewesen sei. Einzig den Onkel Leo, den Zwillingsbruder der Mutter, mit dem wir gegen Ende Juli 1936 nach der Beisetzung und Leichenfeier von Bad Kissingen nach Würzburg fuhren, hörte ich bisweilen offener über die sogenannte Lage der Dinge sich äußern, was aber zumeist mit einer gewissen Mißbilligung aufgenommen wurde. Ich erinnere mich jetzt, sagte Aurach, daß der Onkel Leo, der bis zu seiner Entlassung aus dem Schuldienst an einem Würzburger Gymnasium Latein und Griechisch unterrichtet hatte, dem

Vater damals einen Zeitungsausschnitt aus dem dreiunddreißiger Jahr vorlegte, auf dem eine Fotografie der Bücherverbrennung auf dem Würzburger Residenzplatz zu sehen war. Der Onkel bezeichnete diese Fotografie als eine Fälschung. Die Bücherverbrennung, so sagte er, habe in den Abendstunden des 10. Mai — das wiederholte er mehrmals —, in den Abendstunden des 10. Mai habe die Bücherverbrennung stattgefunden, und weil man aufgrund der zu diesem Zeitpunkt bereits herrschenden Dunkelheit keine brauchbaren Fotografien habe machen können, sei man, so behauptete der Onkel, kurzerhand hergegangen und habe in das Bild irgendeiner anderen Ansammlung vor der Residenz eine mächtige Rauchfahne und einen tiefschwarzen Nachthimmel hineinkopiert. Das in der Zeitung veröffentlichte fotografische Dokument sei somit eine Fälschung. Und so, wie dieses Dokument eine Fälschung war, sagte der Onkel, als stelle die von ihm gemachte Entdeckung den entscheidenden Indizienbeweis bei, so war alles eine Fälschung von Anfang an. Der Vater aber schüttelte wortlos nur den Kopf, sei es aus Entsetzen oder weil er dem Pauschalurteil des Onkels Leo nicht beipflichten mochte. Auch mir war die von Aurach, wie er sagte, jetzt zum erstenmal wieder erinnerte Würzburger Geschichte zunächst eher unwahrscheinlich erschienen, doch habe ich

seither die Fotografie, um die es sich handelt,
in einem Archiv in Würzburg ausfindig machen
können, und es besteht, wie leicht zu sehen,
tatsächlich kein Zweifel, daß der von Aurachs
Onkel ausgesprochene Verdacht gerechtfertigt
gewesen ist.

Weiter fortfahrend in seinem Bericht über
den Würzburger Besuch im Sommer 1936,
sagte Aurach, der Onkel Leo habe ihm damals
bei einem gemeinsamen Spaziergang durch den
Hofgarten eröffnet, daß er zum 31. Dezember
letzten Jahres zwangsweise in den Ruhestand
versetzt worden sei, daß er demzufolge seine
Ausreise aus Deutschland in die Wege leite und
beabsichtige, in Kürze über England nach
Amerika zu gehen. Später standen wir noch

im Treppenhaus der Residenz, und ich starrte an der Seite des Onkels mit verrenktem Hals in die für mich zu jener Zeit bedeutungslose Pracht des Deckengemäldes von Tiepolo empor, wo unter einem bis in die höchsten Höhen sich aufwölbenden Himmel die Tiere und Menschen der vier Weltgegenden in einem phantastischen Leibergetümmel versammelt sind. Seltsamerweise, sagte Aurach, sei der mit dem Onkel Leo in Würzburg verbrachte Nachmittag ihm vor wenigen Monaten erst wieder in den Sinn gekommen, als er beim Durchblättern eines neuerschienenen Bildbands über das Werk Tiepolos lange sich nicht habe losreißen können von den Reproduktionen der monumentalen Würzburger Freskomalerei, von den darin dargestellten hellen und dunklen Schönheiten, von dem knieenden Mohr mit dem Sonnenschirm und der wunderbaren Amazonenheldin mit dem Federputz auf dem Kopf. Einen ganzen Abend bin ich, sagte Aurach, über diesen Bildern gesessen und habe versucht, mit einem Vergrößerungsglas tiefer und tiefer in sie hineinzusehen. Dabei ist mir allmählich die Erinnerung aufgegangen an den Würzburger Sommertag, an die Rückfahrt nach München, an die dortigen, immer unerträglicher werdenden Verhältnisse, an die immer unerträglicher werdende Stimmung im Elternhaus, an das dort immer mehr sich ausbreitende Schweigen.

Der Vater ist eigentlich, sagte Aurach, so etwas wie ein geborener Komödiant oder Schauspieler gewesen. Er hat, oder genauer gesagt, er hätte wohl gerne gelebt, wäre wohl gerne weiterhin ins Theater am Gärtnerplatz, ins Varieté und in die Schwarzwälder Weinstuben gegangen, aber die in ihm gleichfalls angelegten depressiven Züge überdeckten gegen Ende der dreißiger Jahre aufgrund der Umstände mehr und mehr sein an und für sich glückliches Naturell. Eine mir an ihm bis dahin unbekannte Geistesabwesenheit und Irritierbarkeit, die von der Mutter wie von ihm selbst als seine derzeitige Nervosität bezeichnet wurde, bestimmte manchmal tagelang sein Verhalten. Immer öfter ging er ins Kino, um sich Indianer- und Trenkerfilme anzuschauen. Von einer Ausreise aus Deutschland war, jedenfalls in meiner Gegenwart, nicht ein einziges Mal die Rede, auch nicht, nachdem die Nazis bei uns in der Wohnung Bilder, Möbel und Wertgegenstände als uns nicht zustehendes deutsches Kulturgut konfisziert hatten. Ich entsinne mich nur, wie die Eltern besonderen Anstoß nahmen an der ungezogenen Art, mit der sich die niedrigeren Chargen die Taschen mit Zigaretten und Zigarillos vollstopften. Nach der Kristallnacht wurde der Vater in Dachau interniert. Sechs Wochen darauf kam er um einiges magerer und mit kurzgeschorenem Haar wieder nach Hause. Von dem, was

er erlebt und gesehen hatte, ließ er mir gegenüber nichts verlauten. Wieviel er der Mutter
erzählt hat, weiß ich nicht. Einmal sind wir im
Frühjahr 1939 noch zum Skifahren nach Leng-
gries. Es ist das letzte Mal gewesen für mich,
und ich glaube, auch für den Vater. Auf dem
Brauneck habe ich noch ein Foto aufgenommen
von ihm. Es gehört zu den wenigen, sagte

Aurach, die aus diesen Jahren erhalten geblieben sind. Kurz nach dem Ausflug nach Leng-
gries gelang es dem Vater, durch Bestechung
des englischen Konsuls ein Visum für mich zu
erwirken. Die Mutter rechnete damit, daß sie
beide mir bald nachfolgen würden. Der Vater,
sagte sie, sei jetzt endlich fest zur Ausreise ent-

schlossen. Es müßten nur die entsprechenden
Vorbereitungen noch getroffen werden. Inzwischen wurde für mich gepackt. Am 17. Mai,
dem fünfzigsten Geburtstag der Mutter, brachten die Eltern mich auf den Flughafen hinaus.
Es war ein frischer, schöner Morgen, als wir von
unserem Haus in der Sternwartstraße in Bogen-
hausen Richtung Oberwiesenfeld fuhren über
die Isar, die Tivolistraße entlang durch den
Englischen Garten, über den Eisbach, den ich
mit unverminderter Deutlichkeit jetzt vor mir
sehe, nach Schwabing hinein und auf der
Leopoldstraße stadtauswärts. Endlos ist diese
Fahrt mir erschienen, wahrscheinlich, weil
keiner von uns etwas gesagt hat, sagte Aurach.
Auf meine Frage, ob er sich an den Abschied
von den Eltern am Flughafen erinnere, erwiderte Aurach nach längerem Zögern, er sehe,
wenn er an jenen Maimorgen auf dem Oberwiesenfeld zurückdenke, die Eltern nicht mehr
bei sich. Er wisse nicht mehr, was die Mutter
oder der Vater zu ihm oder was er zu ihnen als
Letztes gesagt habe oder ob er und die Eltern
einander umarmt hätten oder nicht. Er sehe
zwar die Eltern beim Hinausfahren auf das
Oberwiesenfeld im Fond des Mietwagens sitzen,
aber auf dem Oberwiesenfeld draußen sehe er
sie nicht. Dafür sehe er das Oberwiesenfeld
selber mit der größten Genauigkeit und habe
es die ganzen Jahre her mit ebendieser furcht-

erregenden Genauigkeit immer wieder gesehen. Die helle Betonbahn vor dem offenen Hangar, das tiefe Dunkel darinnen, die Hakenkreuze an den Rudern der Flugzeuge, die Einfriedung, wo er mit dem Häufchen der übrigen Passagiere haben warten müssen, die Ligusterhecke um diese Einfriedung herum, den Platzwart mit Schubkarren, Schaufel und Besen, die an Bienenstöcke ihn erinnernden Kästen der Wetterstation, die Böllerkanone am Rand des Flugfelds, all das sehe er in schmerzlichster Schärfe vor sich, und er sehe sich selber hingehen über das kurze Gras in Richtung der weißen Ju 52 der Lufthansa mit dem Namen Kurt Wüsthoff und der Nummer D-3051. Ich sehe mich, sagte Aurach, hinaufsteigen über das fahrbare hölzerne Treppchen und drinnen in der Maschine Platz nehmen neben einer Dame mit einem blauen Tirolerhut, und ich sehe mich, wie wir über die weite, leere und grüne Fläche rollen, hinausschauen bei dem viereckigen Fensterchen auf eine Schafherde in der Ferne und auf die winzige Figur des Schäfers. Und dann sehe ich die Stadt München langsam wegkippen unter mir.

Der Flug mit der Ju 52 ging nur bis nach Frankfurt, sagte Aurach, wo ich mehrere Stunden warten und die Zollkontrolle passieren mußte. Mein Koffer ist dort, in dem Flughafengebäude von Frankfurt am Main, mit offenem Deckel auf einem tintenfleckigen Tisch gelegen, und ein Beamter der Zollbehörde hat, ohne das geringste auch nur anzurühren, sehr lange in diesen offenen Koffer hineingestarrt, als hätten meine von der Mutter in der ihr eigenen überaus ordentlichen Art zusammengelegten und verstauten Kleidungsstücke, die säuberlich gebügelten Hemden oder der Winterpullover mit dem sogenannten Norwegermuster, irgendeine geheimnisvolle Bedeutung. Was ich mir selber beim Anblick meines offenen Koffers gedacht habe, weiß ich nicht mehr, aber es kommt mir jetzt, indem ich daran zurückdenke, so vor, als hätte ich ihn niemals auspacken dürfen, sagte Aurach und legte dabei seine Hände vor sein Gesicht. Die Maschine der British European Airways, fuhr er dann fort, mit der ich gegen drei Uhr nachmittags nach London geflogen bin, war eine Lockheed Electra. Es ist ein schöner Flug gewesen. Ich habe Belgien aus der Höhe gesehen, den Ardenner Wald, Brüssel, die geraden flandrischen Straßen, die Sanddünen von Ostende, den Meeressaum, die weißen Felsen von Dover, das grüne Hecken- und Hügelland südlich von London und dann, wie ein niedriges graues Gebirge am Horizont heraufkommend, die Hauptstadt des Inselreichs selber. Um halb sechs Uhr landeten wir auf dem Airfield von Hendon. Der Onkel Leo holte mich ab. Wir fuhren in die Stadt hinein, an ewig langen Reihen von Vorstadthäuschen vorbei, die in ihrer Unterschiedslosigkeit bedrückend auf mich wirkten, zugleich aber einen irgendwie lachhaften Eindruck machten. Der Onkel wohnte in einem kleinen Emigrantenhotel in Bloomsbury unweit des British Museum. Meine erste Nacht in England habe ich in diesem Hotel auf einem sonderbar hohen Bett aufgebahrt verbracht, schlaflos weniger aus Bekümmerung als aufgrund der Art, wie man in so einem englischen Bett von dem rundum unter die Matratze gestopften Bettzeug darniedergehalten wird. Ich war darum in einem sehr übernächtigten Zustand, als mir am folgenden Morgen des 18. Mai bei Baker's in Kensington im Beisein des Onkels die neue Schuluniform anprobiert wurde — ein Paar tiefschwarze kurze Hosen, knallblaue Kniesocken, ein ebensolches Jackett, ein orangefarbenes Hemd, eine gestreifte Krawatte und ein winziges Käppchen, das auf meinem dichten Haarschopf, wie ich es auch anstellte, nicht sitzenbleiben wollte. Der Onkel, der nach Maßgabe des ihm zur Verfügung stehenden Geldes eine drittrangige Privatschule in Margate für mich ausgesucht hatte, war, glaube ich, als er mich so zusammengerichtet dastehen sah, den Tränen ebenso nahe wie ich, als ich mich im Spiegel erblickte. Dünkte mich die Uniform ein eigens mir zum

Hohn ersonnenes Narrenkleid, so erschien mir die Schule, als wir am Nachmittag vor ihr ankamen, wie eine Straf- oder Irrenanstalt. Das Zwergkoniferenrondell im Bogen der Einfahrt, die dustere, an ihrem oberen Rand in eine Art Befestigungswerk übergehende Fassade, der verrostete Klingelzug neben dem offenstehenden Haustor, der aus dem Dunkel der Halle herbeihinkende Schuldiener, das überdimensionale eichene Stiegenhaus, die Kälte, die in sämtlichen Räumen herrschte, der Kohlgeruch, das unablässige Gurren der überall auf dem Haus herumhockenden maroden Tauben und zahlreiche andere, mir nicht mehr erinnerliche sinistre Einzelheiten setzten sich mir sogleich zusammen zu der Vorstellung, daß ich hier innerhalb kürzester Frist um meinen Verstand kommen würde. Es stellte sich jedoch bald heraus, daß das Regime des Instituts, in dem ich die nächsten paar Jahre verbringen sollte, ein weitgehend unreglementiertes, in manchem ans Karnevalistische grenzendes war. Der Schuldirektor und Gründer, ein nahezu siebzigjähriger, stets auf das exzentrischste gekleideter und leicht nach Fliederparfüm duftender Junggeselle namens Lionel Lynch-Lewis, und die von ihm bestellte, kaum weniger exzentrische Lehrerschaft überließen die Schüler, bei denen es sich größtenteils um die Söhne von Legationsbeamten unbedeutender Länder oder um den Nachwuchs von sonstigem reisendem Volk handelte, mehr oder weniger ihrem Schicksal. Lynch-Lewis war der Auffassung, daß nichts auf die Entwicklung Heranwachsender verderblicher sich auswirke als ein regulärer Schulunterricht. Am besten und am leichtesten, so behauptete er, lerne man in der Freizeit. Tatsächlich bewahrheitete sich dieser schöne Gedanke an einigen von uns, in anderen Fällen führte er aber zu einer besorgniserregenden Verwilderung. Im übrigen stand natürlich die papageienhafte Schuluniform, die wir tragen mußten und die, wie es sich herausstellte, von Lynch-Lewis selber entworfen worden war, im größtmöglichen Gegensatz zu seinem sonstigen pädagogischen Programm. Allenfalls stimmte die uns aufgezwungene outrierte Farbenprächtigkeit zu dem gesteigerten Wert, den Lynch-Lewis auf die Kultivierung der richtigen Sprache legte, und die richtige Sprache, das war für ihn ausschließlich das Bühnenenglisch der Jahrhundertwende. Nicht umsonst war in Margate das Gerücht im Umlauf, daß unsere Lehrer ausnahmslos rekrutiert würden aus den Reihen ehemaliger, aus irgendwelchen Gründen in ihrer Profession gescheiterter Schauspieler. Eigenartigerweise weiß ich nicht, sagte Aurach, wenn ich auf die Zeit in Margate zurückblicke, ob ich damals unglücklich oder glücklich oder was ich überhaupt gewesen bin.

Jedenfalls hat der das Schulleben bestimmende Amoralismus mir ein gewisses, bis dahin unbekanntes Gefühl der Freiheit vermittelt. Um so schwerer ist es mir darum von Mal zu Mal gefallen, nach Hause zu schreiben beziehungsweise die alle vierzehn Tage von zu Hause anlangenden Briefe zu lesen. Als die immer mühseliger werdende Korrespondenz im November 1941 abriß, war ich zunächst, auf eine mir selbst sträflich erscheinende Art, erleichtert. Daß ich den Briefwechsel nie mehr würde aufnehmen können, das ist mir erst allmählich klargeworden, ja, um die Wahrheit zu sagen, ich weiß immer noch nicht, ob ich es ganz schon begriffen habe. Es erscheint mir jedoch heute, als sei mein Leben bis in seine äußersten Verzweigungen hinein bestimmt gewesen von der Verschleppung meiner Eltern nicht nur, sondern auch von der Verspätung und Verzögerung, mit der die zunächst unglaubhafte Todesnachricht bei mir eintraf und in ihrer nicht zu fassenden Bedeutung nach und nach erst in mir aufgegangen ist. Welche Vorkehrungen ich bewußter- wie unbewußtermaßen auch traf, um mich zu immunisieren gegen das von den Eltern erlittene Leid und gegen mein eigenes, und wie sehr es mir zeitweise gelungen sein mag, in meiner Zurückgezogenheit das seelische Gleichgewicht mir zu erhalten, das Unglück meines jugendlichen Noviziats hatte so tief Wurzel gefaßt in mir, daß es später doch wieder aufschießen, böse Blüten treiben und das giftige Blätterdach über mir aufwölben konnte, das meine letzten Jahre so sehr überschattet und verdunkelt hat.

Anfang 1942 hat der Onkel Leo, so beendigte Aurach am Vorabend meiner Abreise aus Manchester seine Erzählung, sich in Southampton nach New York eingeschifft. Zuvor war er noch einmal nach Margate gekommen, und wir hatten verabredet, daß ich ihm im Sommer, nach Absolvierung meines letzten Schuljahres, nachfolgen würde. Als es soweit war, habe ich mich aber, weil ich von nichts und niemandem mehr an meine Herkunft gemahnt werden wollte, entschlossen, statt nach New York unter die Obhut des Onkels allein nach Manchester zu gehen. Ahnungslos, wie ich war, glaubte ich, in Manchester ein neues, voraussetzungsloses Leben beginnen zu können, aber gerade Manchester hat mir alles ins Gedächtnis gerufen, was ich zu vergessen suchte, denn Manchester ist eine Einwandererstadt, und eineinhalb Jahrhunderte lang sind die Einwanderer, wenn man einmal absieht von den armen Irländern, in der Hauptsache Deutsche und Juden gewesen, Handwerker, Händler, Freiberufliche, Klein- und Großunternehmer, Uhrmacher, Kappenmacher, Kistenmacher, Regenschirmmacher, Schneider, Buchbinder, Schriftsetzer,

Silberschmiede, Fotografen, Kürschner, Pelz-
händler, Altwarenhändler, Hausierer, Pfand-
leiher, Auktionäre, Juweliere, Häuser- und
Börsenmakler, Versicherungsagenten, Apothe-
ker und Ärzte. Die Sephardim, die seit langem
in Manchester schon ansässig waren, hießen
Besso, Raphael, Cattun, Calderon, Farache,
Negriu, Messulam oder di Moro, und die Deutschen und die anderen Juden, zwischen denen
die Sephardim nur wenig Unterschied machten,
hatten Namen wie Leibrand, Wohlgemuth,
Herzmann, Gottschalk, Adler, Engels, Landes-
hut, Frank, Zirndorf, Wallerstein, Aronsberg,
Haarbleicher, Crailsheimer, Danziger, Lip-
mann und Lazarus. Größer als in jeder anderen
europäischen Stadt ist das ganze letzte Jahrhundert hindurch in Manchester der deutsche
und der jüdische Einfluß gewesen, und so bin
ich, obwohl ich mich in die entgegengesetzte
Richtung auf den Weg gemacht hatte, bei
meiner Ankunft in Manchester gewissermaßen
zu Hause angelangt, und mit jedem Jahr, das
ich seither zugebracht habe zwischen den
schwarzen Fassaden dieser Geburtsstätte unserer Industrie, ist es mir deutlicher geworden that
I am here, as they used to say, to serve under
the chimney. Weiter hatte Aurach nichts mehr
gesagt, hatte lange nur vor sich hin geblickt,
ehe er mich mit einem kaum wahrnehmbaren
Zeichen der linken Hand auf meinen Weg

schickte. Als ich am nächsten Morgen noch einmal ins Studio ging, um mich von ihm zu verabschieden, händigte er mir ein in Packpapier eingeschlagenes und mit Spagat verschnürtes Konvolut aus, in dem sich nebst einigen Fotografien auch an die hundert handschriftliche Seiten Aufzeichnungen befanden, die seine Mutter in der Zeit zwischen 1939 und 1941 in der Wohnung in der Sternwartstraße noch gemacht hatte und aus denen, so sagte Aurach, es hervorginge, daß die Beschaffung eines Visums auf immer größere Schwierigkeiten gestoßen und daß dementsprechend die Pläne, die der Vater zur Vorbereitung der Ausreise ersinnen mußte, von Woche zu Woche komplexer und, wie die Mutter offenbar bereits eingesehen hatte, unrealisierbarer geworden seien. Bis auf eher gelegentliche Andeutungen der ausweglosen Lage, in der sie sich mit dem Vater befand, widme die Mutter dem Tagesgeschehen keine einzige Zeile, beschreibe dafür jedoch, sagte Aurach, mit einer ihm unbegreiflichen Hingabe ihre Kindheit in dem unterfränkischen Dorf Steinach und ihre Jugend in Bad Kissingen. Er habe, sagte Aurach, die Erinnerungen der Mutter, die, wie er annehmen müsse, nicht zuletzt für ihn zu Papier gebracht worden seien, in der seit ihrer Niederschrift vergangenen Zeit nur zweimal gelesen. Ein erstes Mal nach dem Empfang des Konvoluts sehr flüchtig und ein zweites Mal, auf das eingehendste, viele Jahre später. Bei dieser zweiten Lektüre seien die stellenweise wirklich wunderbaren Aufzeichnungen ihm vorgekommen wie eines jener bösen deutschen Märchen, in denen man, einmal in den Bann geschlagen, mit einer angefangenen Arbeit, in diesem Fall also mit dem Erinnern, dem Schreiben und dem Lesen, fortfahren muß, bis einem das Herz bricht. Deswegen gebe ich das Kuvert jetzt lieber aus der Hand, sagte Aurach, und trat mit mir hinaus auf den Hof, über den er mich noch begleitete bis zu dem Mandelbaum.

Die von Aurach an jenem Morgen in Manchester mir übergebenen nachgelassenen Blätter seiner Mutter liegen nun vor mir, und ich will versuchen, auszugsweise wiederzugeben, was die Schreiberin, die mit ihrem Mädchennamen Luisa Lanzberg geheißen hat, in ihnen von ihrem früheren Leben erzählt. Gleich eingangs der Aufzeichnungen berichtet sie, daß nicht nur sie selbst und ihr Bruder Leo in dem Dorf Steinach bei Bad Kissingen auf die Welt gekommen seien, sondern auch bereits der Vater Lazarus und der Großvater Löb vor ihm. Zumindest seit dem Ende des 17. Jahrhunderts war die Familie nachweisbar in dem vormals zum Hoheitsgebiet der Fürstbischöfe von Würzburg gehörigen Ort, dessen Einwohnerschaft zu einem Drittel aus alteingesessenen Juden bestand. Daß es heute in Steinach keine Juden mehr gibt und daß die dortige Bevölkerung sich der gewesenen Mitbewohner, deren Häuser und Liegenschaften sie übernommen hat, nur mit Mühe, wenn überhaupt erinnert, das erübrigt sich fast zu sagen. Nach Steinach gelangt man von Bad Kissingen aus über Großenbrach, Kleinbrach und Aschach mit dem Schloß und der Brauerei des Grafen Luxburg. Dann geht es die steile Aschacher Leite hinauf, wo der Lazarus, wie Luisa schreibt, immer vom Fuhrwerk abstieg, damit die Pferde nicht so schwer zu ziehen hatten. Von der Anhöhe aus geht es abwärts den Wald entlang bis nach Höhn, wo die freien Felder sich auftun und in der Ferne die Rhönberge auftauchen. Die Saalewiesen beginnen sich auszudehnen, der sanfte Bogen des Windheimer Walds zeichnet sich ab, die Kirchturmspitze wird sichtbar, das alte Schloß — Steinach! Jetzt führt die Straße über den Bach und in den Ort hinein bis auf den Platz vor der Gastwirtschaft und von dort aus rechter Hand in das untere Dorf, das Luisa als ihre engere Heimat bezeichnet. Hier steht, so schreibt sie, das Haus der Lions, wo man das Lampenöl holte, sowie das des Kaufmanns Meier Frei, dessen Rückkunft von der Leipziger Messe alljährlich ein großes Ereignis gewesen ist; es stehen hier die Häuser des Bäckers Gessner, zu dem man am Freitag abend das gesetzte Essen brachte, des Schächters Liebmann und des Mehlhändlers Salomon Stern. Das Armenhaus, das die meiste Zeit keinen Insassen hatte, und das Spritzenhaus mit dem jalousierten Turm waren im unteren Dorf, und im unteren Dorf war auch das alte Schloß mit seinem gepflasterten Vorhof und dem Wappen der Luxburg über dem Tor. Durch die Federgasse, die immer voller Gänse gewesen ist und durch die, wie Luisa schreibt, sie als Kind zu gehen sich fürchtete, gelangt man, vorbei an dem Kurzwarenladen des Simon Feldhahn und dem ganz mit grünen Blechplättchen beschlagenen Haus des Spenglers Fröhlich, auf einen von einem riesigen Kastanienbaum überschatteten Platz. In dem Haus auf der gegenüberliegenden Seite, vor dem der Platz wie Wellen vor dem Bug eines Schiffs in zwei auseinanderlaufende Wege sich teilt und hinter dem der Windheimer Wald emporsteigt, bin ich, so heißt es in den vor mir liegenden Aufzeichnungen, geboren und aufgewachsen und habe gelebt bis in mein sechzehntes Jahr, als wir im Januar 1905 nach Kissingen zogen.

Jetzt stehe ich wieder, schreibt Luisa, in der Wohnstube. Durch das mit Steinplatten ausgelegte dämmrige Vorhaus bin ich gegangen, habe, wie damals beinahe an jedem Morgen, vorsichtig die Hand auf die Klinke gegeben, habe sie niedergedrückt, die Tür aufgetan und drinnen, barfuß stehend auf dem weiß geputzten Boden, voller Staunen mich umgesehen, denn sehr schöne Sachen gibt es in diesem Zimmer. Zwei grünsamtene Sessel mit Trottelfransen ringsum, und zwischen den auf den Platz hinausgehenden Fenstern ein ebensolches Sofa. Der Tisch ist aus hellem Kirschbaumholz. Ein fächerartiges Gestell mit fünf Fotografien unserer Verwandten aus Mainstockheim und Leutershausen steht darauf und in einem eigenen Rahmen ein Bild der Schwester von Papa, die das schönste Mädchen weit und breit gewesen sein soll, eine wahre Germania, sagten die Leute. Außerdem steht auf dem Tisch ein Porzellanschwan mit offenen Flügeln und darin das von einer Manschette aus weißen Spitzen umgebene immergrüne Brautbukett unserer lb. Mama, nebst dem silbernen Leuchter, der am Freitagabend gebraucht wird und für den der Papa jedesmal eigens Papierrüschen schneidet, damit nicht das Wachs auf ihn heruntertropft von den Kerzen. Auf dem Vertiko an der Wand liegt aufgeschlagen ein roteingebundener Prachtband von Albumformat mit goldenen Weinlaubranken. Es sind die Werke, sagt die Mama, ihres Lieblingsdichters Heine, der auch der Lieblingsdichter der Kaiserin Elisabeth ist. In einem Körbchen daneben werden die *Münchner Neuesten Nachrichten* aufbewahrt, in die sich die Mama am Abend vertieft, trotzdem der Papa, der schon viel früher zu Bett geht, ihr gegenüber immer behauptet, daß es ungesund sei, so weit in die Nächte hinein zu lesen. Auf dem aus Rohr geflochtenen Tischchen in der Nische des Ostfensters hat der Honigstock seinen Platz. Er hat feste, dunkle Blätter und viele Blütendolden aus weißen, pelzigen Sternchen mit einer rosa Mitte. Wenn ich frühmorgens hinunterkomme, scheint die Sonne bereits ins Zimmer und glänzt in den Honigtropfen, die an jedem einzelnen Sternchen hängen. Durch das Blüten- und Blattwerk hindurch sehe ich auf den Grasgarten hinaus, in dem schon die Hühner herumsteigen. Unser Fuhrknecht, der Franz, der sehr schweigsam und ein Albino ist, spannt, bis der Papa aus dem Haus kommt, die Pferde ein, und drüben, jenseits des Zauns, wo unter einem Hollerbusch ein winziges Häuschen steht, zeigt sich um diese Zeit meistens auch schon die Kathinka Strauss. Die Kathinka ist eine vielleicht vierzigjährige Jungfer, und es heißt, sie sei nicht ganz recht im Kopf. Wenn es das Wetter erlaubt, geht sie tagsüber, an einem offenbar nie fertig werdenden Strickzeug strickend, um den Kastanienbaum auf dem Platz herum, je nach Laune entweder im oder gegen den Uhrzeigersinn. Dabei hat sie, obschon sie sonst fast nichts ihr eigen nennt, immer die extravagantesten Hüte auf, einmal sogar einen mit einem Möwenflügel verzierten, an den ich mich besonders erinnere, weil der Lehrer Bein, auf diesen Hut Bezug nehmend, uns in der Schule gesagt hat, man dürfe ein Tier nicht töten, nur um sich mit seinen Federn zu schmücken.

Obzwar die Mutter des längeren zögert, uns aus dem Haus zu geben, werden der Leo und ich mit vier oder fünf Jahren in die christliche Kinderbewahranstalt geschickt. Wir brauchen erst nach dem Morgengebet zu kommen. Es ist alles sehr einfach. Die Schwester steht schon im Hof. Man tritt vor sie hin und sagt: Frau Adelinde, ich bitte um einen Ball. Mit dem Ball geht man dann auf der anderen Seite des Hofs über die Treppe zum Spielplatz hinunter. Der Spielplatz liegt auf dem Grund des breiten Grabens, der um das alte Schloß läuft und jetzt ganz ausgefüllt ist mit bunten Blumen- und Gemüsegärten. Direkt oberhalb des Spielplatzes, in einer langen Zimmerflucht des größtenteils leerstehenden alten Schlosses, wohnt die Regina Zufrass. Sie ist, wie alle Welt weiß, eine entsetzlich tüchtige Frau und ständig, selbst am Sonntag, auf das strengste beschäftigt. Entweder sie macht sich bei ihrem Federvieh zu schaffen, oder man sieht sie unter den Stangenbohnen, oder sie bessert den Zaun aus, oder sie stöbert eines der für ihre Verhältnisse viel zu großen Zimmer. Sogar auf dem Dach haben wir die Regina Zufrass einmal gesehen, wie sie die Wetterfahne richtete, und wir haben mit angehaltenem Atem zu ihr hinaufgeschaut, weil wir glaubten, daß sie nun jeden Augenblick herabstürzen und mit zerschmetterten Gliedern auf dem Söller liegen wird. Ihr Mann, das Jofferle, verdingt sich als Fuhrknecht im Ort herum. Die Regina ist wenig zufrieden mit ihm, und er seinerseits fürchtet sich, so heißt es, vor dem Heimgehen zu ihr. Oft müssen Leute nach ihm ausgeschickt werden. Man findet ihn dann meistens betrunken neben der umgekippten Heufuhre liegen. Die Pferde, die das alles die längste Zeit schon gewohnt sind, bleiben brav neben dem umgeworfenen Wagen stehen. Das Heu wird schließlich wieder aufgeladen und das Jofferle von der Regina geholt. Anderntags bleiben die grünen Läden ihrer Wohnung geschlossen, und wir Kinder drunten auf dem Spielplatz essen unser Butterbrot auf und fragen uns, was dort drinnen wohl vorgefallen sein mag. Übrigens malt uns die Mama am Donnerstag morgen immer einen Fisch auf das pergamentene Einwickelpapier, damit wir nicht daran vergessen, auf dem Heimweg von der Bewahranstalt beim Fischer ein halbes Dutzend Barben zu holen. Am Nachmittag gehen der Leo und ich Hand in Hand an der Saale entlang, auf der Seite, wo ein dichtes Gestrüpp aus Weiden, Erlen und Binsen wächst, an der Sägemühle vorbei und über das Brückchen, von dem aus wir hinabschauen auf die goldenen Kringel um die Kiesel auf dem Grunde des Wassers, ehe wir unseren Weg fortsetzen bis zu dem ganz umbuschten Häuschen des Fischers. Zuerst müssen wir in der Stube warten, daß die Frau des Fischers den Fischer herbeibringt. Auf dem Tisch steht alle Zeit die bauchige weiße Kaffeekanne mit dem kobaltblauen Knauf und füllt, wie mir manchmal vorkommt, das Zimmer fast ganz aus. Der Fischer erscheint unter der Tür und geht mit uns gleich durch den etwas abschüssigen Garten an seinen strahlenden Dahlienstöcken vorbei an die Saale hinunter, wo ein großer hölzerner Kasten im Wasser schwimmt, aus dem er die Barben einzeln herausgreift. Wenn wir sie zum Nachtmahl dann essen, dürfen wir, wegen der Gräten, nicht sprechen und müssen selber so stumm sein wie Fische. Mir ist es bei diesem Essen nie besonders wohl gewesen, und die verdrehten Fischaugen haben mir oft nachgesehen bis in den Schlaf.

Im Sommer machen wir am Sabbat oft einen langen Spaziergang bis nach Bad Bocklet, wo wir durch die offene Säulenhalle wandeln und die sehr schön angezogenen Leute beim Kaffeetrinken bestaunen können, oder wir sitzen, wenn es zum Spazierengehen zu heiß ist, zusammen mit Liebermanns und Feldhahns am

späten Nachmittag im Schatten der Kastanien-
bäume vor der Kegelbahn der Reußenwirtschaft. Es gibt Bier für die Männer und Limo-
nade für die Kinder; die Frauen wissen nie, was
sie wollen, und trinken sozusagen nur probe-
weise ein wenig, während sie Berches und
Dürrfleisch aufschneiden. Nach dem Abendbrot spielen einige der Männer, was für sehr
kühn und fortschrittlich gilt, eine Partie Billard.
Der Ferdinand Lion raucht sogar eine Zigarre!
Anschließend gehen sie gemeinsam in die Synagoge. Die Frauen packen zusammen und machen sich mit den Kindern in der einbrechenden
Dämmerung auf den Weg nach Hause. Einmal
beim Heimgehen ist der Leo untröstlich über
seinen neuen, aus gesteiftem hellblauweißem
Baumwollstoff geschneiderten Matrosenanzug,
hauptsächlich über den dicken Krawatten-
knopf und den über die Schultern hinabhängen-
den Latzkragen mit den gekreuzten Ankern,
an denen die Mutter gestern bis tief in die Nacht
hinein gestickt hat. Erst als wir, in der Dunkelheit schon, auf der vorderen Treppe hocken
und zusehen, wie sich am Himmel die Gewitter-
wolken übereinanderschieben, vergißt er allmählich sein Unglück. Nachdem der Vater
zurück ist, wird die aus vielen bunten Wachs-
strängen geflochtene Kerze zum Sabbatausgang
angezündet. Wir riechen an dem Gewürz-
büchschen und gehen hinauf ins Bett. Pausen-

los fahren bald die grellweißen Blitze herunter, und es krachen die Donnerschläge, daß das Haus zittert. Wir stehen am Fenster. Heller als am Tag ist es manchmal draußen. Heubüschel treiben auf den Wasserstrudeln im Straßengraben. Dann zieht das Gewitter ab, kommt aber nach einiger Zeit noch einmal wieder. Der Papa sagt, es kann nicht über den Windheimer Wald.

Am Sonntagnachmittag macht der Papa seine Geschäftsbücher. Er holt ein Schlüsselchen aus einem Lederetui, sperrt den in seinem Glanz ruhig immer dastehenden Nußbaumsekretär auf, klappt das Mittelteil heraus, gibt das Schlüsselchen ins Etui zurück, setzt sich mit einer gewissen Feierlichkeit zurecht und nimmt den Kontokurrentfolianten zur Hand. In diesen sowie in mehrere kleinere Bücher und auf Zettel, die er sich in verschiedener Größe zugeschnitten hat, macht er über ein paar Stunden hinweg Eintragungen und Notizen, zählt, leise die Lippen bewegend, lange Kolumnen zusammen und stellt Rechnungen auf, wobei, je nachdem, wie sie ausfallen, sein Gesicht zeitweilig sich aufhellt oder verschattet. In den zahlreichen Schubladen des Sekretärs sind vielerlei spezielle Dinge verwahrt — Urkunden, Zeugnisse, Briefschaften, der Schmuck der Mama und ein breites, zusammengenähtes Band, an dem, mit schmaleren Seidenbändern übers

Kreuz eingefangen, große und kleine Silber-
stücke, als wären es Orden und Auszeichnun-
gen, angebracht sind: die von mir neidselig
immer bestaunten Hollegraschmünzen, die der
Leo jedes Jahr von seinem Patenonkel Selmar
aus Leutershausen bekommt. Die Mama sitzt
beim Papa in der Stube und liest in den *Münchner Neuesten Nachrichten* all das, was sie die Woche
über nicht hat lesen können, mit Vorliebe die
Berichte *Aus unseren Bädern* sowie die Rubrik
Mannigfaltigkeiten, und wenn sie dabei auf etwas
besonders Unerhörtes oder Bemerkenswertes
stößt, so liest sie es dem Papa vor, der dann
natürlich mit dem Rechnen aussetzen muß.
Beispielsweise höre ich, vielleicht, weil ich zu
jener Zeit das in Flammen aufgehende Pau-
linchen nicht aus dem Kopf zu bringen wußte,
wie die Mama in der ihr eigenen theatralischen
Art (sie hatte ja in der Jugend davon geträumt,
Schauspielerin zu werden) den Papa davon ins
Bild setzt, daß Damenkleider jetzt mit sehr
geringen Kosten feuerfest gemacht werden können, indem man sie oder den Stoff, aus dem sie
angefertigt werden sollen, in eine Auflösung aus
Zinkchlorid taucht. Selbst das feinste Zeug
kann man nach dieser Eintauchung, höre ich
heute noch die Mama zum Papa sagen, an ein
Licht halten und zu Asche verkohlen lassen,
ohne daß es Feuer fängt. Wenn ich bei den
Eltern nicht in der Stube bin, halte ich mich an

den endlos langen Sonntagen oft im oberen Stock, in dem grünen Zimmer, auf. Im Sommer, wenn es heiß ist, stehen die Fenster offen, aber die Läden sind zugemacht, und das Licht fällt wie eine Jakobsleiter schräg in das mich umgebende Dämmer herein. Es ist sehr still im Haus und ringsumher. Am Nachmittag kommen die Kurchaisen aus Kissingen durch den Ort. Man hört die Hufe der Pferde schon aus der Ferne. Ich mache einen der Läden ein wenig auf und schaue hinab auf die Straße. In den Kutschen, die über Steinach nach Neustadt, Neuhaus und zur Salzburg fahren, sitzen einander gegenüber die Kissinger Sommergäste und Herrschaften und nicht selten richtige russische Zelebritäten. Die Damen sind sehr schön ausstaffiert mit Federhüten und Schleiern und Sonnenschirmen aus Spitze oder aus bunter Seide. Direkt vor den Chaisen schlagen die Dorfbuben fortlaufend Rad, und dafür bekommen sie von den vornehmen Insassen der Chaisen kupferne Münzen zugeworfen.

Es wird Herbst, und die Herbstferien stehen ins Haus. Zuerst kommt Rosch-ha-Schana und das neue Jahr. Am Vortag werden alle Zimmer ausgefegt, und am Vorabend gehen Mama und Papa feierlich gekleidet in die Synagoge. Der Papa mit Gehrock und Zylinder, die Mama in dem tiefblauen Samtkleid und mit dem Hütchen, das ganz aus weißen Fliederblüten ist.

Der Leo und ich decken inzwischen daheim den Tisch mit einem gestärkten leinenen Tuch, stellen die Weingläser auf und legen unter die Teller der Eltern unsere mit Schönschrift geschriebenen Neujahrsbriefchen. Eineinhalb Wochen darauf ist Versöhnungstag. Der Vater bewegt sich in seinem Sterbegewand im Haus herum wie ein Gespenst. Es herrscht allgemeine Reumütigkeit. Zu essen gibt es erst wieder, wenn die Sterne aufgehen. Dann wünschen wir uns gegenseitig ein gutes Anbeißen. Und vier Tage später ist auch schon Sukkoth. Der Franz hat unter dem Holunderbusch das Lattengestell für die Laubhütte aufgerichtet, und wir haben sie ausgeschmückt mit vielfarbigen Glanzpapiergirlanden und langen Ketten aus aufgefädelten Hagebutten. Von der Decke herab hängen rotbackige Äpfel, gelbe Birnen und goldgrüne Trauben, die uns alljährlich die Tante Elise aus Mainstockheim in einem mit Holzwolle ausgelegten Kistchen schickt. In der Laubhütte werden nun während der beiden Haupt- und der vier Halbfeiertage die Mahlzeiten eingenommen, außer im Fall das Wetter sehr schlecht und kalt ist. Dann bleiben wir in der Küche, und bloß der Papa sitzt draußen im Blätterhaus und speist für sich ganz allein — ein Zeichen, daß es langsam Winter wird. Dazu paßt es, daß ein Wildschwein, das der Prinzregent in der Rhön geschossen hat, nach

Steinach gebracht wird, wo man ihm an einem brennenden Holzstoß vor der Schmiede die Borsten absengt. Zu Hause studieren wir um diese Jahreszeit den Katalog von May und Edlich aus Leipzig, ein umfangreiches Kompendium, in welchem die gesamte Wunderwelt der Waren, nach Klasse und Art geordnet, Seite um Seite vor einem aufgetan wird. Draußen vergehen allmählich die Farben. Die Wintersachen werden herausgeholt. Sie riechen nach Naphthalin. Gegen Ende November veranstaltet der Club der Jungen in der Reußenwirtschaft einen Maskenball. Die Frau Müntzer aus Neustadt hat der Mama zu diesem Anlaß ein Kleid aus himbeerfarbener Seide geschneidert. Der Rock ist lang und endet sehr elegant in einem Serpentinvolant. Die Balleröffnung dürfen die Kinder von der Tür zum Nebenzimmer aus mitverfolgen. Der Saal ist erfüllt von festlichem Gemurmel. Zur allgemeinen Einstimmung spielt die Kapelle gedämpfte Operettenmelodien, bis der Forstverwalter Hainbuch das Podium betritt und als offiziellen Auftakt eine kurze vaterländische Rede hält. Die Gläser werden erhoben, ein Tusch, die Masken blicken einander ernst in die Augen, ein zweiter Tusch, und der Reußenwirt trägt einen kleinen Kasten mit einem tulpenförmigen Blechtrichter herein — das neue Grammophon, aus dem ohne jedes Zutun richtige Musik hervorströmt. Wir sind vor Staunen ganz fassungslos. Die Damen und Herren formieren sich zu einer Polonaise. Der Schuster Silberberg, gar nicht wiederzuerkennen im Frack, mit schwarzer Krawatte, Vorstecknadel und Lackschuhen, geht, mit einem Stab dirigierend, voran. Hintennach kommen die Paare und machen alle möglichen Schwenkungen durch den Saal. Weitaus am schönsten ist die Aline Feldhahn als Königin der Nacht in einem dunklen, sternenübersäten Kleid. Sie geht am Arm von Siegfried Frey, der seine Ulanenuniform anhat. Die Aline und der Siegfried haben später geheiratet und zwei Kinder gehabt, aber der Siegfried, dem eine Vorliebe fürs leichte Leben nachgesagt wurde, ist dann auf einmal verschwunden gewesen, und niemand, weder die Aline noch der alte Löb Frey, noch sonst irgendwer hat je das geringste in Erfahrung gebracht über ihn. Die Kathinka Strauss allerdings behauptete zu wissen, daß der Siegfried ausgewandert ist nach Argentinien oder nach Panama.

Wir sind seit etlichen Jahren in der Schule. Es ist eine einklassige Schule ausschließlich für die jüdischen Kinder am Ort, aber nicht das, was man unter einer Judenschule versteht. Unser Lehrer Salomon Bein, den die Eltern bei jeder Gelegenheit wegen seiner Vortrefflichkeit preisen, führt ein strenges Regiment und fühlt sich in erster Linie als treuer Diener des Staates. Er wohnt mit seiner Frau Gemahlin und seiner ledigen Schwester Regine im Schulhaus. In der Früh, wenn wir über den Hof kommen, steht er bereits unter der Tür und hält die Nachzügler mit lauten Hopphopprufen und Händeklatschen zur Beeilung an. Im Klassenzimmer werden wir nach dem Segensspruch *Der Du den Tag herauf führst, Herr* und nach dem von Herrn Bein überwachten und mir arg verhaßten Griffelspitzen und Federputzen turnusmäßig zu unseren verschiedenen Arbeiten eingeteilt. Die einen müssen das Schönschreiben üben, die andern müssen rechnen oder einen Aufsatz machen oder eine Zeichnung ins Heimatkundeheft. Eine Gruppe hat Anschauungsunterricht. Es wird eine Rolle hinter dem Schrank hervorgeholt und über die Wandtafel gehängt. Das ganze Bild ist voller Schnee, und mittendrin sitzt ein kohlschwarzer Rabe. Während der ersten Stunden, vor allem in der Winterszeit, wenn es draußen nicht recht hell werden will, bin ich immer sehr saumselig. Durch die blauen Scheiben schau ich hinaus und sehe drüben auf der anderen Seite des Hofs die taubstumme Tochter des Mehlhändlers Stern an dem Werktischchen in ihrer kleinen Kammer sitzen. Sie macht künstliche Blumen aus Draht, Crêpe- und Seidenpapier, ein Dutzend ums andere, Tag für Tag und jahraus und jahrein. In der Naturgeschichte nehmen wir die wirklichen Blumen durch, den Lerchensporn, den Türkenbund, die Ackerwinde und das Wiesenschaumkraut. Außerdem, aus der Tierwelt, die Waldameise und den Walfisch. Und einmal, als gerade die Dorfstraße neu gepflastert wird, malt der Lehrer den Vogelsberg als feuerspeienden Vulkan mit farbiger Kreide auf die Tafel und erklärt uns, woher die Basaltbrocken stammen. Er hat auch eine Sammlung von bunten Steinen in seinem Naturalienkabinett — Glimmerschiefer, Rosenquarz, Bergkristall, Amethyst, Topas und Turmalin. Auf einer langen Linie zeichnen wir ein, über was für eine Zeit hinweg sie gewachsen sind. Unser ganzes Leben wäre auf dieser Linie nicht einmal der allerwinzigste Punkt. Und trotzdem dehnen die Schulstunden so weit sich aus wie der Stille Ozean und dauert es schier eine Ewigkeit, bis der Moses Lion, der fast jeden Tag zur Strafe zum Holzholen geschickt wird, mit dem vollen Korb aus der Holzhalle wieder heraufkommt. Aber dann steht, kaum daß man es sich versieht, Chanukka vor der Tür, und der Lehrer Bein hat Geburtstag. Die Wände des Schulzimmers werden am Vorabend insgeheim mit Tannenzweigen und gelben und blauen Fähnchen geschmückt. Auf das Pult legen wir das Geburtstagsgeschenk. Ich kann mich erinnern, daß es einmal eine Decke aus

rotem Samt und einmal eine kupferne Wärm-
flasche gewesen ist. Am Geburtstagsmorgen
sind wir vorzeitig in unseren besten Kleidern in
der Klasse versammelt. Dann kommt der
Lehrer herein und danach seine Frau und
dahinter das etwas zwergwüchsige Fräulein
Regine. Wir stehen alle auf und rufen: Guten
Morgen, Herr Lehrer! Guten Morgen, Frau
Lehrer! Guten Morgen, Fräulein Regine! Der
Lehrer, der über die Vorbereitungen natürlich
längst im Bild gewesen ist, zeigt sich voller Verwunderung über sein Präsent und über die
Dekorationen. Nachdem er sich kopfschüttelnd
mehrmals an die Stirn gefaßt hat, als wisse er
nicht, was sagen, geht er gerührt durch die
Reihen und bedankt sich überschwenglich bei
jedem einzelnen von uns. Schule wird heute
nicht gehalten, sondern es werden Geschichten
vorgelesen und Sagen aus der deutschen Vergangenheit. Wir machen auch einen Rätsel-
wettstreit und müssen raten beispielsweise,
welche drei es sind, die geben und nehmen in
Fülle. Selbstverständlich weiß darauf niemand
die Antwort, die, wie der Lehrer Bein dann
bedeutungsvoll sagt, lautet: die Erde, das Meer
und das Reich. Vor dem Heimgehen, das ist
vielleicht das Schönste an diesem Tag, dürfen
wir über die mit Wachstropfen auf der Tür-
schwelle festgeklebten Chanukkalichter springen. Der Winter dauert sehr lang. Zu Hause

macht der Papa am Abend Turnübungen mit uns. Die Gänse sind aus ihrem Verschlag verschwunden. Bald darauf werden sie teilweise mit kochendem Fett eingegossen. Ein paar Frauen kommen aus dem Dorf zum Federschleißen. Sie sitzen in der kleinen Kammer, jede mit einem Haufen Federn vor sich, und schleißen bald die ganze Nacht. Alles schaut aus wie eingeschneit. Aber am Morgen, wenn wir wieder aufsteigen, ist die Kammer so sauber und federlos, als wäre nichts gewesen. Wenn es Frühjahr wird, muß auf Passah geputzt werden. Am schlimmsten ist es in der Schule. Die Frau Lehrer und das Fräulein Regine sind mindestens eine Woche zugange. Die Matratzen werden auf den Hof getragen, die Betten hängen über dem Altan, die Böden werden neu eingelassen, und das gesamte Kochgeschirr wird ausgekocht. Wir Kinder müssen die Klasse ausfegen und die Fensterläden mit Seifenlauge waschen. Auch bei uns zu Hause werden Zimmer und Kästen ausgeräumt. Es herrscht ein furchtbarer Aufruhr. Am Vorabend vor Passah setzt die Mama sich zum erstenmal seit Tagen ein wenig nieder. Die Aufgabe von Papa ist es, derweil mit einer Gänsefeder im Haus herumzugehen und nachzusehn, ob sich nicht doch irgendwo ein Krümelchen Brot versteckt hat.

Wiederum ist es Herbst geworden, und der Leo ist jetzt zwei Wegstunden weit von Steinach in Münnerstadt auf dem Gymnasium. Er wohnt dort bei dem Kappenmacher Lindwurm. Das Essen wird ihm zweimal in der Woche mit einer Botin geschickt — ein halbes Dutzend Töpfchen in einem Traggestell übereinander. Die Lindwurmtochter braucht es ihm jeweils nur aufzuwärmen. Untröstlich darüber, daß ich von nun an allein zur Schule muß, werde ich krank. Jeden zweiten Tag mindestens habe ich Fieber, manchmal ein richtiges Delirium. Der Dr. Homburger verschreibt mir Holundersaft und kalte Wickel. Mein Bett ist auf dem Sofa im gelben Zimmer gemacht. Dort liege ich fast drei Wochen lang. Einmal ums andere zähle ich die auf der Marmorplatte des Waschtischs zu einer durchbrochenen Pyramide aufgeschichteten Seifenstückchen. Nie ist das Ergebnis dasselbe. Die kleinen gelben Drachen auf der Tapete verfolgen mich bis tief in meine Träume hinein. Es ist oft ein arges Gewusel. Wenn ich erwache, sehe ich die Gläser mit dem Eingemachten still auf dem Kasten stehen und in den kalten Fächern des Kachelofens. Vergebens bemühe ich mich, mir auszudenken, was sie bedeuten. Sie bedeuten nichts, sagt die Mama, es sind nur Kirschen, Pflaumen und Birnen. Draußen, sagt sie, sammeln sich schon die Schwalben. In der Nacht, mitten im Schlaf, höre ich große Scharen von Zugvögeln über das Haus hinwegrauschen. Als endlich eine gewisse Besserung in meinem Befinden eintritt, werden an einem hellen Freitagnachmittag die Fenster weit aufgemacht. Von meinem Platz auf dem Sofa aus kann ich über das Sims hinweg das ganze Saaletal und die Straße nach Höhn überblicken, und ich kann sehen, wie der Papa über diese Straße mit dem Break aus Kissingen zurückkommt. Ein wenig später nur tritt er, noch mit dem Hut auf dem Kopf, bei mir ins Zimmer. Er hat ein Spanschächtelchen voller Seidenbonbons mitgebracht, auf das ein Pfauenauge aufgemalt ist. Am Abend werden im Nebenzimmer mehrere Zentner Goldreinetten und Himbeeräpfel als Wintervorrat auf dem Fußboden aufgeschüttet. In ihrem Duft schlafe ich sanft wie seit langem nicht ein, und als mich am nächsten Morgen der Dr. Homburger abhorcht, sagt er, ich sei wieder vollkommen gesund. Dafür hat es der Leo, wie ein Dreivierteljahr darauf die Sommervakanz anfängt, auf der Lunge. Die Mama behauptet, die Ursache davon sei das stickige Quartier Leos im Lindwurmhaus und die Bleidünste aus der Kappenmacherei. Dr. Homburger pflichtet ihr bei. Er verordnet eine Mixtur aus Milch und Selterswasser sowie ausgedehnte Aufenthalte in der Tannenluft des Windheimer Walds. Jeden Morgen wird jetzt ein Korb mit Butterbroten, Weißkäse und gesottenen Eiern gepackt. Ich fülle das Kurgetränk für den Leo durch einen

Trichter in die grünen Flaschen. Die Frieda, unsere Cousine aus Jochsberg, geht auch mit uns in den Wald, als Aufsichtsperson gewissermaßen. Sie ist schon sechzehn Jahre alt, sehr schön und hat einen ganz langen und dicken blonden Zopf. Am Nachmittag taucht immer Carl Hainbuch, der Sohn des Forstverwalters, so von ungefähr auf und spaziert stundenlang mit der Frieda unter den Bäumen herum. Der Leo, der seine Cousine über alles verehrt, sitzt derweil zuoberst auf einem der großen Findlingssteine und betrachtet mißvergnügt das romantische Schauspiel. Mich interessieren am meisten die schwarzlackierten Hirschkäfer, von denen es zahllose gibt im Windheimer Wald. Ich verfolge sie geduldig mit meinen Augen auf ihren krummen Wegen. Manchmal fährt ihnen scheinbar ein Schreck in die Glieder. Sie haben dann eine Art Ohnmachtsanfall. Reglos liegen sie da, und mir ist es, als hätte das Herz der Welt ausgesetzt. Erst wenn man selber den Atem anhält, kehren sie aus dem Tod wieder zurück ins Leben und nimmt die Zeit wieder ihren Lauf. Die Zeit. In welcher Zeit ist das alles gewesen? Und wie langsam neigten sich nicht damals die Tage! Und wer war dieses fremde Kind auf dem Heimweg, müde, mit einer winzigen weißblauen Häherfeder in der Hand?

Denke ich heute, heißt es an einer anderen Stelle in den Aufzeichnungen Luisas, an unsere Steinacher Kindheit zurück, so kommt mir oft vor, als hätte sie sich ausgedehnt über eine nach allen Richtungen unbegrenzte Zeit, ja, als währte sie weiter, bis in diese Zeilen, die ich jetzt schreibe, hinein. In Wirklichkeit jedoch ist, wie ich wohl weiß, die Kindheit zu Ende gewesen, als im Januar 1905 das Haus und die Felder in Steinach auktioniert wurden und wir nach Kissingen in den dreistöckigen, soeben fertiggestellten Neubau Ecke Bibra- und Ehrhardstraße umgezogen sind, den der Vater eines Tages von dem Baumeister Kiesel um den uns allen sagenhaft dünkenden Preis von 66000 Goldmark kurzentschlossen und großenteils, worüber die Mama des längeren sich nicht beruhigte, auf eine von einer Frankfurter Bank ausgestellte Hypothek gekauft hatte. In zunehmendem Maße war es mit dem Pferdehandel Lazarus Lanzberg in den letzten Jahren vorangegangen; bis ins Rheinland, nach Brandenburg und Holstein hinauf wurde geliefert, eingekauft von überallher, und die Kunden waren stets glänzend zufrieden. Insbesondere der von Papa mit großem Stolz bei jeder Gelegenheit zur Erwähnung gebrachte Heereslieferanten- und Fouragierkontrakt hatte wahrscheinlich den Ausschlag gegeben und das Aufgeben der Landwirtschaft, den Umzug aus dem abgelegenen Steinach und den endgültigen Übertritt in das bürgerliche Leben für ratsam erscheinen lassen. Ich bin zu jenem Zeitpunkt fast schon sechzehn gewesen und glaubte, in Kissingen würde nun eine vollkommen neue Welt, schöner noch als die der Kindheit, für uns sich auftun. In einiger Hinsicht hat sich das auch bewahrheitet, in anderer Hinsicht aber ist die Kissinger Zeit bis hin zu meiner 1921 erfolgten Vermählung in der Rückschau wie der Anfang einer von Tag zu Tag enger werdenden Bahn, die unweigerlich führen mußte bis auf den Punkt, auf welchem ich mich heute befinde. Ich habe Mühe, an die Kissinger Jugend zurückzudenken. Es ist, als ob der damals allmählich anhebende sogenannte Ernst des Lebens, die bald aneinander sich anreihenden kleineren und größeren Enttäuschungen meine Aufnahmefähigkeit beeinträchtigt hätten. Vieles sehe ich darum nicht mehr vor mir. Selbst von unserem Einzug in Kissingen habe ich nur mehr bruchstückhafte Erinnerungen. Es herrschte eine klirrende Kälte, es gab unendlich viel Arbeit, ich hatte erfrorene Finger, tagelang wollte es im Haus nicht warm werden, obgleich ich in sämtlichen Zimmern in einem fort die irischen Füllöfen schürte; der Honigstock hatte den Transport nicht überstanden, und die Katzen waren zurückgelaufen und, trotzdem der Papa extra noch einmal nach

Steinach fuhr, nirgends mehr auffindbar. Die
von den Kissingern bald so genannte Lanzberg-
Villa ist mir im Grunde immer unvertraut

geblieben. Das weite, hallende Stiegenhaus, der Linoleumbelag im Vestibül, der rückwärtige Korridor, wo über der Wäschekiste der Telefonapparat hing, dessen schwere Hörer man beidhändig gegen den Kopf pressen mußte, das blasse, mit einem leichten Rauschen sich ausgießende Gaslampenlicht, das dustere flämische Mobiliar mit den geschnitzten Säulen — etwas ausgesprochen Unheimliches ging von alledem aus und richtete in mir, wie ich manches Mal deutlich zu spüren glaubte, einen schleichenden, nie wiedergutzumachenden Schaden an. In dem gleich einer Festlaube mit rankendem Blattwerk ausgemalten Salonerker, von dessen Decke herunter eine nagelneue messingne, gleichfalls ans Gas angeschlossene Schabbesleuchte hing, bin ich, wenn ich mich recht entsinne, überhaupt nur ein einziges Mal gesessen und habe ein paar Seiten umgewendet in dem blausamtenen Ansichtskartenalbum, das auf dem Zwischenbrett des Rauchtischchens seinen unverrückbaren Platz hatte. Wie eine durchreisende Besucherin, so bin ich mir vorgekommen dabei, und wie ein Dienstmädchen nicht selten am Morgen oder am Abend, wenn ich aus meinem Mansardenfenster hinausschaute über die Blumenbeete der Kurgärtnerei hinweg auf die grün bewaldeten Hügel ringsum. Schon vom ersten Frühsommer an vermieteten wir mehrere Zimmer im

Haus. Ich gehe bei der Mutter, die die ganze Wirtschaft besorgt, in eine strenge Haushaltungsschule. Um sechs Uhr, gleich nach dem Aufstehen, sehe ich als erstes nach den weißen Hühnern im Hof, gebe ihnen ein Mäßchen Korn und hole die Eier herein. Dann kommt das Herrichten des Frühstücks, der Zimmerdienst, das Gemüseputzen und das Kochen. An den Nachmittagen gehe ich eine Zeitlang in einen Stenografie- und Buchhaltungskurs bei den Englischen Fräulein. Frau Ignatia hält große Stücke auf mich. Sonst mache ich mit den Kindern unserer Badegäste Spaziergänge durch die Anlagen, zum Beispiel mit dem dikken Knaben des Herrn Weintraub, der Holzhändler ist und jedes Jahr aus Perm in Sibirien anreist, weil in Rußland die Juden zu Kurbädern, wie er sagt, keinen Zulaß haben. Ab vier Uhr etwa sitze ich mit dem Stopf- oder Häkelzeug draußen im Schweizerhäuschen, und abends muß noch der Gemüsegarten gegossen werden mit Wasser aus dem Ziehbrunnen — das fließende ist zu kostspielig, behauptet der Papa. Zur Nachtmusik kann ich nur, wenn der Leo aus dem Gymnasium zu Hause ist. Gewöhnlich holt sein Freund, Armand Wittelsbach, der später in Paris Antiquitätenhändler geworden ist, uns nach dem Abendbrot ab. Ich habe ein weißes Kleid an und gehe zwischen dem Armand und dem Leo durch den Park.

Zu bestimmten Anlässen ist Kurgartenbeleuchtung. Die Alleen sind dann mit bunten Lampions überspannt und in ein magisches Licht getaucht. Vor dem Regentenbau sprühen die Wasserfontänen abwechslungsweise in Silber und Gold. Aber um zehn Uhr ist der Zauber zu Ende, und wir müssen nach Haus. Armand geht ein Stück des Wegs auf den Händen neben mir her. An einen Geburtstagsausflug mit Armand und Leo erinnere ich mich auch. Wir brechen um fünf Uhr früh auf, zuerst Richtung Klausenhof und von da über den Buchenwald, wo wir große Maiglöckchensträuße pflücken, wieder nach Kissingen zurück. Zum Frühstück sind wir bei Wittelsbachs eingeladen. Um diese Zeit herum war es auch, daß wir in den Nächten nach dem Halleyschen Kometen Ausschau hielten, und einmal ist während der frühen Nachmittagsstunden eine totale Sonnenfinsternis eingetreten. Es war mir ungeheuer, wie der Mondschatten langsam die Sonne verdunkelte, wie die Blätter der Kletterrosen an dem Altan, auf dem wir mit unseren rußigen Glasscherben standen, zu welken schienen und die Vögel verscheucht und angstvoll herumflatterten. Und tags darauf, weiß ich noch, kam erstmals die Laura Mandel mit ihrem Vater aus Triest zu uns. Herr Mandel war nahezu achtzig, die Laura eben nur so alt wie wir, und beide machten sie den denkbar größten Eindruck auf mich.

Herr Mandel wegen der Eleganz seiner Erscheinung — er trug die allerschönsten Leinenanzüge und weitkrempige Strohhüte dazu — und Laura, die ihren Vater übrigens nie anders als Giorgio nannte, wegen der Kühnheit ihrer gesprenkelten Stirn und ihrer wundervollen, oft etwas umflorten Augen. Herr Mandel saß untertags zumeist irgendwo im Halbschatten, sei es neben der Weißpappel bei uns im Garten, sei es auf einer Bank im Luitpoldpark oder auf der Terrasse des *Wittelsbacher Hofs*, las die Zeitungen, machte gelegentlich Notizen und sinnierte viel einfach vor sich hin. Laura sagte, er arbeite sei langem an dem Plan eines Reichs, in dem nie etwas sich ereigne, denn nichts sei ihm dermaßen verhaßt wie Unternehmungen, Entwicklungen, Geschehnisse, Veränderungen und Vorfälle jedweder Art. Die Laura hingegen war für die Revolution. Ich bin einmal mit ihr zusammen im Kissinger Theater gewesen, als eine Wiener Operette, ich weiß nicht mehr, war es der *Zigeunerbaron* oder der *Rastlbinder*, als Festvorstellung anläßlich des Geburtstags des Kaisers Franz Josef gegeben wurde. Zu Beginn spielte das Orchester die österreichische Nationalhymne. Alles erhob sich von seinen Plätzen, bloß die Laura blieb ostentativ sitzen, weil sie als Triestinerin die Österreicher nicht ausstehen konnte. Ihre diesbezügliche Äußerung war der erste politische

Gedanke, dem ich in meinem Leben begegnet bin, und wie oft habe ich in den letztvergangenen Jahren nicht gewünscht, die Laura möchte wieder zugegen sein und ich könnte mich beratschlagen mit ihr. Mehrere Jahre hintereinander ist sie damals die Sommermonate über zu Gast gewesen bei uns, das letztemal in der besonders schönen Saison, in der wir beide, ich am 17. Mai und sie am 7. Juli, einundzwanzig geworden sind. Insbesondere an ihren Geburtstag erinnere ich mich. Wir waren auf dem Miniaturdampfboot auf dem Fluß bis zur Saline hinaufgefahren und dort spazierengegangen in der kühlen Salzluft, die das Holzgerüst umweht, über das ohne Unterlaß das Quellwasser herabrinnt. Ich trage den neuen schwarzlackierten Strohhut mit dem grünen Band, den ich gekauft habe bei Tauber in Würzburg, wo inzwischen der Leo alte Sprachen studiert. Wie wir bei strahlendem Wetter so über die Wege wandern, läuft plötzlich ein großer Schatten über uns her. Zugleich mit allen anderen bei der Saline promenierenden Sommergästen blicken wir gegen den Himmel auf, und es ist ein riesiger Zeppelin, der da lautlos und, wie es den Anschein hat, knapp nur über den Baumwipfeln dahingleitet in der blauen Luft. Das allgemeine Staunen hat ein unmittelbar in der Nähe stehender junger Mann — unter größter Selbstüberwindung, wie er mir später verriet — zum

Anlaß genommen, uns anzusprechen. Er hieß, wie er sogleich sagte, Fritz Waldhof und war Hornist im Kurorchester, das in erster Linie aus Mitgliedern des Wiener Konzertvereins bestand, die alljährlich während der Sommerpause in Kissingen Anstellung fanden. Der Fritz, den ich sogleich sehr gemocht habe, begleitete uns an diesem Nachmittag bis nach Hause zurück, und in der nächsten Woche machten wir unseren ersten gemeinsamen Ausflug. Es ist wieder ein prachtvoller Sommertag. Ich gehe mit dem Fritz voraus, die Laura, die dem Fritz gegenüber sehr skeptisch ist, folgt mit dem Bratschisten Hansen aus Hamburg hinterher. Natürlich weiß ich heute nicht mehr, was wir damals alles geredet haben. Aber daß die Felder blühten zu beiden Seiten des Weges und daß ich glücklich gewesen bin, das erinnere ich noch, und seltsamerweise auch, daß wir unweit des Ortsrands, dort, wo das Schild *Nach Bodenlaube* steht, zwei sehr vornehme russische Herren einholten, von denen der eine, der ein besonders majestätisches Ansehen hatte, gerade ein ernstes Wort sprach mit einem vielleicht zehnjährigen Knaben, der, mit der Schmetterlingsjagd beschäftigt, so weit zurückgeblieben war, daß man auf ihn hatte warten müssen. Die Mahnung verschlug aber wohl nicht viel, denn als wir uns gelegentlich wieder umwandten, sahen wir den Knaben genauso wie zuvor mit erhobenem Kescher weit abseits durch den Wiesengrund laufen. Hansen behauptete später, in dem älteren der beiden distinguierten russischen Herren den derzeit in Kissingen sich aufhaltenden Präsidenten des ersten russischen Parlaments, Muromzew, erkannt zu haben.

Die auf diesen Sommer folgenden Jahre habe ich in gewohnter Weise verbracht mit der Erfüllung meiner häuslichen Pflichten, mit den Buchführungs- und Korrespondenzarbeiten in unserem Fouragiergeschäft und mit dem Warten auf den regelmäßig mit den Schwalben nach Kissingen zurückkehrenden Waldhornisten aus Wien. Da wir im Verlaufe der über nahezu ein Dreivierteljahr sich erstreckenden Zeiten der Trennung einander trotz der vielen ausgetauschten Briefe jedesmal wieder ein wenig fremd wurden und da der Fritz, ebenso wie ich, im Grunde ein zurückhaltender Mensch gewesen ist, so dauerte es sehr lange, bis er sich mir gegenüber erklärte. Es war kurz vor Ende der Saison 1913, an einem vor durchsichtiger Schönheit zitternden Septembersamstagnachmittag, wir saßen in den Anlagen der Saline, und ich löffelte aus einem Porzellanschüsselchen Blaubeeren mit saurer Milch, daß der Fritz, mitten in einer behutsam von ihm ausgesponnenen Erinnerung an unseren ersten gemeinsamen Ausflug nach Bodenlaube, auf einmal abbrach und mich ohne weiteren Umschweif fragte, ob ich vielleicht seine Frau werden wolle. Ich wußte nicht, was erwidern, nickte aber und sah dabei, obgleich alles um mich her sonst verschwamm, mit der größten Deutlichkeit den russischen Knaben, den ich längst vergessen gehabt hatte, mit seinem Schmetterlingsnetz durch die Wiesen springen als den wiederkehrenden Glücksboten jenes Sommertags, der nun aus seiner Botanisiertrommel sogleich die schönsten Admirale, Pfauenaugen, Zitronenfalter und Ligusterschwärmer entlassen würde zum Zeichen meiner endlichen Befreiung. Einem baldigen Verlöbnis stand allerdings zunächst ein gewisser Unwille des Vaters entgegen, der sich nicht nur über die etwas unsicheren Zukunftsaussichten des Waldhornisten bekümmerte, sondern auch über meinen mit dieser prospektiven Verbindung, wie er behauptete, so gut wie bereits vollzogenen Austritt aus dem Judentum. Letzten Endes war es wohl weniger meiner eigenen Bittstellerei als den anhaltenden diplomatischen Bemühungen der am Herkommen weniger hängenden Mutter zuzuschreiben, wenn tatsächlich im Mai des nächsten Jahres, und zwar an meinem und Leos 25. Geburtstag, in kleinem Kreise Verlobung gefeiert werden konnte. Ein paar Monate darauf aber ist der von mir bis heute unvergessene Fritz, nachdem er in ein österreichisches Musikkorps hatte einrücken müssen und mit diesem nach Lemberg abgestellt worden war, mitten im Spielen der Freischützouvertüre vor den höheren Herrschaften der Garnison, von einem Gehirnschlag getroffen, leblos von seinem Sitz gesunken, wie mir nach Ablauf von etlichen Tagen in einem Trauertelegramm aus Wien mitgeteilt wurde, dessen Wörter und Buchstabenfolgen in andauernd wechselnder Zusammensetzung wochenlang vor meinen Augen sich drehten. Ich kann wirklich nicht sagen, wie ich weitergelebt habe und wie und ob ich über den furchtbaren Trennungsschmerz hinweggekommen bin, der nach dem Tod des Fritz an mir gerissen hat Tag und Nacht. Jedenfalls bin ich die ganze Kriegszeit hindurch bei Dr. Kosilowski in Kissingen, wo sämtliche Kurhäuser und Sanatorien voller Verwundeter und Rekonvaleszenten waren, als Krankenpflegerin tätig gewesen. Bei jedem unserer Neuzugänge, bei dem irgend etwas im Aussehen oder im Habitus an den Fritz mich erinnerte, bin ich aufs neue überwältigt worden von dem zurückliegenden Unglück und habe vielleicht darum dieser teils schwer beschädigten jungen Menschen mich so angenommen, als könnte ich meinem Waldhornisten an ihnen das Leben erretten. Im Mai des siebzehner Jahrs haben sie mit einem Kontingent arg zugerichteter Kanoniere auch einen Leutnant mit verbundenen Augen zu uns gebracht, der

Friedrich Frohmann hieß und an dessen Bett ich dann weit über meine jeweilige Dienstzeit hinaus in Erwartung irgendeines Wunders gesessen bin. Erst nach mehreren Monaten hat er die verbrannten Augen wieder auftun können. Es waren, wie ich geahnt hatte, die graugrünen Augen des Fritz, aber erloschen und blind. Auf Verlangen Friedrichs haben wir bald angefangen, Schach miteinander zu spielen, indem wir die Züge, die wir machten beziehungsweise machen wollten, zugleich mit Worten beschrieben, also Bischof auf d6, Turm auf f4 und so fort. Mit einer außergewöhnlichen Gedächtnisleistung ist es dem Friedrich in kurzer Frist gelungen, die kompliziertesten Partien im Kopf zu behalten; wo aber sein Gedächtnis ihn wirklich einmal im Stich ließ, da behalf er sich mit seinem Tastsinn, und immer mußte ich, wenn seine Finger mit dieser für mich erschütternden Vorsicht über die Figuren sich bewegten, an die Finger des Waldhornisten denken, wie sie sich bewegt hatten über die Klappen seines Instruments. Kurz vor Ausgang des Jahres erfaßte den Friedrich eine unidentifizierbare Infektion, der er innerhalb von vierzehn Tagen erlegen ist und an der in der Folge auch ich, wie mir später berichtet wurde, beinahe meinen Tod gefunden hätte. Mein ganzes schönes Haupthaar fiel mir aus, ich verlor mehr als ein Viertel meines Körper-

gewichts und lag lange Zeit hindurch in einem
auf- und abwallenden, schweren Delirium, in
dem ich nichts gesehen habe als immerzu nur
den Fritz und den Friedrich und zugleich mich
selber allein und abgetrennt von ihnen beiden.
Welchen Umständen ich es zu verdanken hatte,
wenn man von verdanken hier reden kann, daß
ich gegen alle Erwartung mit meinem Leben
davonkam und im anhebenden Frühjahr wieder
genas, das weiß ich so wenig wie überhaupt,
wie man das Leben übersteht. Vor Kriegsende
wurde mir das Ludwigskreuz verliehen in An-
erkennung, wie es hieß, für meinen aufopfe-
rungsvollen Einsatz. Und dann war tatsächlich
eines Tages der Krieg einfach aus. Die Truppen
kehrten in die Heimat zurück. In München war
Revolution. In Bamberg sammelten sich die
Freikorpssoldaten. Der Anton Arco Valley
verübte das Attentat auf den Eisner. München
wurde zurückerobert. Es herrschte das Stand-
recht. Der Landauer wurde erschlagen, der
junge Egelhofer und der Leviné erschossen und
der Toller in die Festung gesperrt. Als zuletzt
alles wieder normal war und das Geschäftsleben einen einigermaßen geregelten Gang
gehen konnte, beschlossen die Eltern, daß man
jetzt, um mich endlich auf andere Gedanken
zu bringen, einen Ehemann für mich finden
müsse. Ein Würzburger jüdischer Heiratsver-
mittler namens Brisacher brachte bald schon

meinen jetzigen Gemahl Fritz Aurach ins Haus, der einer Münchner Viehhändlersippe entstammte, selber aber soeben im Begriff stand,

im bürgerlichen Kunsthandel eine Existenz sich aufzubauen. Mit dem Fritz Aurach mich zu verloben, zu dem habe ich mich zunächst einzig und allein seines Namens wegen bereit erklärt, wenn ich ihn später auch Tag um Tag mehr schätzen- und liebengelernt habe. Wie der Waldhornist vor ihm machte der Fritz Aurach damals gern lange Spaziergänge aus der Stadt hinaus und hatte wie dieser ein etwas scheues, aber im Grunde unbeschwertes Wesen. Im Sommer 1921, unmittelbar nach der Eheschließung, fuhren wir miteinander ins Allgäu, und der Fritz führte mich hinauf auf den Ifen, auf den Himmelsschrofen und auf das Hohe Licht. Wir schauten hinab in die Täler, in das Ostrachtal, in das Illertal und ins Walsertal, wo die Ortschaften ausgestreut waren und still, als hätte es nie und nirgends etwas Ungutes gegeben. Einmal sahen wir von der Kanzel-wand aus weit drunten ein schweres Gewitter niedergehen, und nachdem es sich verzogen hatte, sahen wir das grüne Wiesenland herauf-leuchten im Sonnenschein und die Wälder dampfen wie ein riesengroßes Waschhaus. Von diesem Augenblick an wußte ich mit Bestimmt-heit, daß ich dem Aurach Fritz jetzt angehörte und gerne arbeiten würde an seiner Seite in der

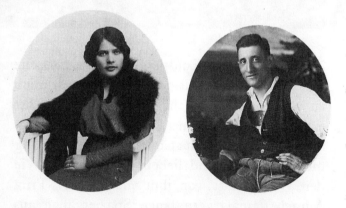

neu eingerichteten Münchner Ölbildergalerie. Wir bezogen bei unserer Rückkehr aus dem Allgäu die Wohnung in der Sternwartstraße, wo wir heute noch sind. Auf einen strahlenden

Herbst folgte ein strenger Winter. Es schneite zwar nur wenig, aber der Englische Garten verwandelte sich über die Wochen hinweg in ein Rauhreifwunder, wie ich noch nie eines erlebt hatte zuvor, und auf der Theresienwiese war, erstmals seit Kriegsbeginn, wieder eine Eisbahn angelegt, auf der der Fritz in seiner grünen Joppe und ich in meiner pelzbesetzten Jacke die schönsten und weitesten Bögen miteinander gefahren sind. Wenn ich daran zurückdenke, sehe ich blaue Farben überall, eine einzige, in die spätnachmittägliche Dämmerung hinein sich erstreckende leere Fläche, durchschnitten von den Spuren verschwundener Schlittschuhläufer.

Die von mir im Vorstehenden teilweise wiedergegebenen Aufzeichnungen der Luisa Lanzberg haben mich, seit sie zu Beginn dieses Jahres von Aurach mir überantwortet worden waren, auf das nachhaltigste beschäftigt und sind zuletzt der Anlaß gewesen, daß ich, Ende Juni 1991, nach Kissingen und Steinach gefahren bin. Über Amsterdam, Köln und Frankfurt reisend, erreichte ich mein Ziel nach einigem Umsteigen und längeren Aufenthalten in den Bahnhofswirtschaften von Aschaffenburg und Gemünden. Die Züge wurden von Mal zu Mal langsamer und kürzer, und zuletzt, von Gemünden bis Kissingen, reiste ich tatsächlich, was ich bis dahin nicht für möglich gehalten hätte, in einem Zug — falls das hier noch die richtige Bezeichnung ist —, der nur mehr aus einer Lokomotive und einem einzigen Waggon bestand. Mir gegenüber hatte sich, obschon sonst genügend Platz war, ein dicker, querschädliger Mann von vielleicht fünfzig Jahren hingehockt. Er hatte ein rotfleckig angelaufenes Gesicht und sehr engstehende, etwas einwärts verdrehte Augen. Schwer vor sich hin schnaufend, wälzte er in einem fort seine unförmige Zunge, auf der sich noch Essensreste befanden, in seinem halboffenen Mund herum. Die Beine gespreizt, saß er da, Bauch und Unterleib auf eine grauenerregende Weise eingezwängt in eine kurze Sommerhose. Ich hätte nicht zu sagen gewußt, ob die Körper- und Geistesdeformation meines Mitreisenden ihre Ursache hatte in einer langen psychiatrischen Internierung, in einer angeborenen Debilität oder allein im Biertrinken und Brotzeitmachen. Zu meiner beträchtlichen Erleichterung stieg der Unhold gleich in der ersten Station nach Gemünden aus, so daß ich allein war in dem Waggon bis auf eine alte Frau auf der anderen Seite des Ganges, die einen großen Apfel aß, zu dessen völliger Vertilgung die gute Stunde bis zu unserer Ankunft in Kissingen gerade hinreichte. Der Zug folgte den Schleifen des Flußlaufs durch das Wiesental. Hügel und Wälder zogen langsam vorbei, Abendschatten legten sich über das Land, und die alte Frau zerteilte mit ihrem Federmesser, das sie aufgeklappt stets in der Hand behielt, Schnitz um Schnitz ihren Apfel, zerkiefelte die abgeschnittenen Stücke und spuckte die Schale in ein Papiertuch, das sie auf dem Schoß liegen hatte. In Kissingen stand nur ein einziges Taxi auf der menschenleeren Straße vor dem Bahnhof. Die Taxifahrerin sagte auf meine Frage, die Kurgäste seien um diese Stunde sämtlich schon hochgeklappt. Das Hotel, in das sie mich führte, war soeben von Grund auf renoviert worden in dem in Deutschland unaufhaltsam sich ausbreitenden neuimperialen Stil, welcher diskret mit Blaßgrün und Blattgold die Geschmacksverirrungen früherer Jahre überdeckt. Das Foyer war so leer wie der Bahnhofsplatz. Die Empfangsdame, die etwas von einer Oberin an sich hatte, maß mich mit ihren Blicken, als befürchte sie von mir einen Hausfriedensbruch, und als ich den Lift betrat, befand ich mich einem gespenstischen alten Ehepaar gegenüber, das mich mit einem Ausdruck unverhohlener Feindseligkeit, wo nicht gar des Entsetzens, anstarrte. Die Frau hielt in ihren klauenhaften Händen ein Tellerchen, auf welchem einige Scheiben Aufschnitt lagen. Ich vermutete natürlich, daß die beiden einen Hund auf ihrem Zimmer hatten, aber als ich sie am nächsten

Morgen zwei Becher Himbeerjoghurt und etwas in eine Serviette Eingewickeltes vom Frühstücksbuffet mit hinaufnehmen sah, wußte ich, daß sie nicht den mutmaßlichen Hund, sondern sich selber versorgten.

Den ersten Tag in Kissingen begann ich mit einem Gang durch die Kuranlagen. Die Enten schliefen noch auf dem Rasen, die weiße Wolle der Pappeln trieb durch die Luft, und ein paar vereinzelte Badegäste bewegten sich wie wesenlose Wanderer auf den Sandwegen herum. Nicht einer war unter den ihr morgendliches Ertüchtigungspensum mit unglaublicher Langsamkeit absolvierenden Spaziergängern, der nicht im Pensionistenalter gestanden hätte, und ich begann zu befürchten, daß ich nun dazu verurteilt sei, den Rest meines Lebens in der Gesellschaft dieser in erster Linie wahrscheinlich um ihre Verdauung besorgten Kissinger Senioren zu verbringen. Später saß ich in einem Café, auch hier umgeben von dem Volk der Alten, und studierte die Kissinger *Saale-Zeitung*. Der Tagesspruch in dem sogenannten Kalendarium war von Johann Wolfgang von Goethe und lautete: Unsere Welt ist eine Glocke, die einen Riß hat und nicht mehr klingt. Man schrieb den 25. Juni. Wir befanden uns, so stand es da zu lesen, unter einem zunehmenden Halbmond, und es war der Geburtstag der Kärntner Dichterin Ingeborg Bachmann sowie der des englischen Schriftstellers George Orwell, von dem es hieß, daß er im Jahre 1950 verschieden sei. Außerdem wurden an verblichenen Geburtstagskindern erwähnt der Flugzeugkonstrukteur Willy Messerschmidt (1898–1978), Hermann Oberath, der Raketenpionier (1894–1990), und der DDR-Autor Hans Marchwitza (1890–1965). Unter der Rubrik *Totentafel* stand geschrieben: Metzgermeister i.R. Michael Schultheis von Steinach (80) ist tot. Er erfreute sich großer Beliebtheit. Er war dem Raucherclub »Blaue Wolke« und der Reservistenkameradschaft eng verbunden. Seine Freizeit widmete er größtenteils seinem treuen Schäferhund Prinz. — Nachdenkend über das verschrobene Geschichtsbewußtsein, das in solcherlei Meldungen zutage trat, begab ich mich auf das Rathaus, wo ich, nach längerem Hinundhergewiesenwerden und manchem Einblick in den im Inneren eines solchen kleinstädtischen Verwaltungsgebäudes herrschenden ewigen Frieden, zuletzt in einem besonders abgelegenen Büro auf einen schreckhaften Beamten stieß, der mir, nachdem er etwas entgeistert mich angehört hatte, beschrieb, wo die Synagoge gestanden und wo der jüdische Friedhof zu finden war. Die das frühere Bethaus ersetzende sogenannte Neue Synagoge, ein schwerer, halb altdeutscher, halb byzantinischer Bau aus der Zeit der Jahrhundertwende, war in der Kristallnacht demoliert und anschließend über mehrere Wochen hinweg abgerissen worden. An ihrer Statt, in

der Maxstraße, unmittelbar gegenüber der rückwärtigen Einfahrt in den Rathaushof, steht heute das Arbeitsamt. Was den Friedhof der Juden betrifft, so wurden mir von dem Beamten nach einigem Suchen in einem an der Wand angebrachten Schlüsselkasten zwei ordentlich beschilderte Schlüssel ausgehändigt mit der

irgendwie seltsamen Erklärung, zum israelitischen Friedhof gelange man, indem man vom Rathaus aus in gerader Linie tausend Schritte südwärts bis an das Ende der Bergmannstraße gehe. Als ich vor dem Tor angelangt war,

stellte es sich heraus, daß keiner der beiden Schlüssel in das Schloß paßte. Ich kletterte also über die Mauer. Der Anblick, der sich mir von dort aus bot, stimmte nicht zu den mit dem Wort *Friedhof* verbundenen Vorstellungen; vielmehr sah ich auf ein seit langen Jahren verlassen daliegendes, allmählich in sich zerfallendes und versinkendes Gräberfeld, hohes Gras, Wiesenblumen, Baumschatten in einer leichten Bewegung der Luft. Nur hie und da zeigte ein

Stein auf einem der Grabmale, daß jemand
einen Verstorbenen besucht haben mußte —
vor welcher Zeit auch immer. Ich konnte die
eingemeißelten Schriftzüge nicht mehr alle ent-
ziffern, aber was an Namen noch lesbar war —
Hamburger, Kissinger, Wertheimer, Friedlän-
der, Arnsberg, Frank, Auerbach, Grunwald,
Leuthold, Seeligmann, Hertz, Goldstaub, Baum-
blatt und Blumenthal —, das gab mir den Gedanken ein, daß die Deutschen den Juden
vielleicht nichts so mißgönnt haben als ihre
schönen, mit dem Land und der Sprache, in
der sie lebten, so sehr verbundenen Namen.
Eine Art Erkennungsschreck durchfuhr mich
vor dem Grab, in dem der an meinem Geburtstag, dem 18. Mai, dahingegangene Meier Stern

liegt, und auch von dem Symbol der Schreib-
feder auf dem Stein der am 28. März 1912 aus
dem Leben geschiedenen Friederike Halbleib

fühlte ich mich auf eine, wie ich mir sagen
mußte, gewiß nie ganz zu ergründende Weise
angerührt. Ich dachte sie mir als Schriftstelle-

rin, allein und atemlos über ihre Arbeit gebeugt, und jetzt, wo ich dies schreibe, kommt es mir vor, als hätte *ich* sie verloren und als könne ich sie nicht verschmerzen trotz der langen, seit ihrem Ableben verflossenen Zeit. Bis in die Mittagsstunden bin ich auf dem Judenfriedhof geblieben und bin herumgegangen zwischen den Reihen der Gräber und habe die Namen der Toten gelesen, aber ganz zuletzt erst entdeckte ich unweit des versperrten Tors ein neueres Grabmal, auf dem unter den Namen von Lily und Lazarus Lanzberg auch diejenigen von Fritz und Luisa Aurach standen. Ich nehme an, daß Aurachs Onkel Leo dieses Grabmal hat errichten lassen. Von Lazarus Lanzberg sagt die Inschrift, daß er 1942 in Theresienstadt gestorben ist, und von Fritz und Luisa, daß sie im November 1941 deportiert worden und untergegangen sind. Ich bin vor dieser Grabstatt, in die einzig die Lily, die sich selber das Leben genommen hat, zu liegen gekommen ist, gestanden eine geraume Zeit. Ich habe nicht gewußt, was denken, doch eh ich die Stelle verließ, habe ich, wie es Sitte ist, einen Stein auf den Grabstein gelegt.

Obgleich ich während meines mehrtägigen Aufenthalts in Kissingen und in dem von seinem einstmaligen Charakter nicht das geringste mehr verratenden Steinach zur Genüge beschäftigt gewesen bin mit meinen Nachforschungen und meiner wie immer nur mühevoll vorangehenden Schreibarbeit, spürte ich doch in zunehmendem Maß, daß die rings mich umgebende Geistesverarmung und Erinnerungslosigkeit der Deutschen, das Geschick, mit dem man alles bereinigt hatte, mir Kopf und Nerven anzugreifen begann. Also beschloß ich, meine Abreise vorzuverlegen, was um so leichter geschehen konnte, als meine Erkundungen zwar vieles zur allgemeinen Geschichte der Kissinger Judenschaft eingebracht hatten, zur besonderen Geschichte der Familie Lanzberg hingegen sehr wenig. Kurz berichten will ich zum Abschluß allerdings noch, wie ich mit dem Motorboot, das am Rand des Kurparks seine Anlegestelle hat, zur Saline hinauf-

gefahren bin. Es war gegen 13 Uhr am Tag vor meiner Abreise, die Kurgäste nahmen ihre Diätmahlzeiten zu sich oder frönten in irgendwelchen dunklen Wirtschaften unbeaufsichtigt der Völlerei, als ich das am Ufer liegende Boot bestieg, in dem die Bootsführerin bislang vergebens auf einen Passagier gewartet hatte.

Diese Dame, die es mir großzügigerweise gestattete, ein Bild von ihr aufzunehmen, stammte aus der Türkei und diente bereits seit einer

Reihe von Jahren bei der Kissinger Flußschifffahrt. Abgesehen von der kühn auf ihrem Kopf sitzenden Kapitänsmütze, trug sie, sozusagen

als weiteres Zugeständnis an das Fähramt, das ihr zugefallen war, ein blauweißes Trikotkleid, das von fernher zumindest an eine Matrosenuniform erinnerte. Es zeigte sich übrigens bald, daß die Fährfrau das Boot, trotz seiner beträchtlichen Länge, auf dem kleinen Fluß nicht nur bestens zu manövrieren verstand, sondern daß sie darüber hinaus eine Person war, die durchaus Bedenkenswertes über den Lauf der Welt zu äußern hatte. Von dieser ihrer kritischen Philosophie gab sie mir, während wir die Saale hinauffuhren, in ihrem etwas türkischen, aber nichtsdestoweniger sehr wendigen Deutsch einige äußerst eindrucksvolle Proben, die alle in der von ihr mehrmals wiederholten These gipfelten, daß nichts so unendlich und so gefährlich sei wie die Dummheit. Und die Leute in Deutschland, sagte sie, sind genauso dumm wie die Türken, ja vielleicht noch dümmer. Es freute sie sichtlich, daß ihre Ausführungen, die sie mit lauter Stimme über das Stampfen der Dieselmaschine hinweg machte und mit phantasievoller Gestik und Mimik begleitete, bei mir auf Verständnis stießen, denn es käme selten vor, sagte sie, daß man könne mit einem Fahrgast ein Gespräch führen, und noch dazu ein verständiges. Die Schiffspartie dauerte an die zwanzig Minuten. An ihrem Ende verabschiedeten wir uns voneinander mit Handschlag und, wie ich glaube, mit einer gewissen

gegenseitigen Hochachtung. Das Salinengebäude, von dem ich bislang nur eine alte Fotografie gesehen hatte, stand ein kleines Stück
flußaufwärts ein wenig seitab in den Wiesen.
Es war eine schon auf den ersten Blick über-
wältigende Holzkonstruktion, an die zweihun-

dert Meter lang, gewiß zwanzig Meter hoch
und dennoch, wie es in einer in einem Glas-
kasten hängenden Beschreibung hieß, nur ein
Teil einer vormals viel weitläufigeren Anlage.
Das Betreten des Gradierwerks selbst war durch
Verbotstafeln, die an den Aufgängen angebracht waren, untersagt mit dem Verweis auf
bauamtliche Überprüfungsarbeiten, die infolge
des vorjährigen Orkans durchgeführt werden
mußten. Da nirgends jemand sich zeigte, der
mir den Zutritt verwehrt hätte, stieg ich auf die
Galerie hinauf, die in etwa fünf Meter Höhe
die gesamte Anlage umgibt. Von dort aus sieht
man aus nächster Nähe die übereinander bis
unter das Dach hinauf geschichteten Bündel
aus Schwarzdornreisig, über die das von der
gußeisernen Pumpstation nach oben gebrachte
Mineralwasser herunterrinnt, um sich zuletzt
in dem Solegraben unter der Salinentenne zu
sammeln. Voller Verwunderung sowohl über
die Ausmaße der Anlage als auch über die
Verwandlung, die das unablässig fortfließende
Wasser durch die allmähliche Mineralisierung
der Zweige an diesen vollführt, ging ich lange
Zeit auf der Galerie hin und wider und atmete
die beim geringsten Windhauch von Myriaden
von winzigen Tropfen durchwehte Salzluft.
Zuletzt nahm ich auf einer Bank in einem der
seitwärts an der Galerie angebrachten altan-
artigen Vorbauten Platz und überließ mich

343

dort den ganzen Nachmittag hindurch dem Anblick und dem Geräusch des Wasserschauspiels sowie dem Nachdenken über die langwierigen und, wie ich glaube, unergründlichen Vorgänge, die beim Höhergradieren der Salzlösung die seltsamsten Versteinerungs- und Kristallisationsformen hervorbringen, Nachahmungen gewissermaßen und Aufhebungen der Natur.

Über die Wintermonate 1990/91 arbeitete ich in der wenigen mir zur freien Verfügung stehenden Zeit, also zumeist an den sogenannten Wochenenden und in der Nacht, an der im Vorhergehenden erzählten Geschichte Max Aurachs. Es war ein äußerst mühevolles, oft stunden- und tagelang nicht vom Fleck kommendes und nicht selten sogar rückläufiges Unternehmen, bei dem ich fortwährend geplagt wurde von einem immer nachhaltiger sich bemerkbar machenden und mehr und mehr mich lähmenden Skrupulantismus. Dieser Skrupulantismus bezog sich sowohl auf den Gegenstand meiner Erzählung, dem ich, wie ich es auch anstellte, nicht gerecht zu werden glaubte, als auch auf die Fragwürdigkeit der Schriftstellerei überhaupt. Hunderte von Seiten hatte ich bedeckt mit meinem Bleistift- und Kugelschreibergekritzel. Weitaus das meiste davon war durchgestrichen, verworfen oder bis zur Unleserlichkeit mit Zusätzen überschmiert. Selbst das, was ich schließlich für die »endgültige« Fassung retten konnte, erschien mir als ein mißratenes Stückwerk. Ich zögerte also, Aurach meine verkürzte Version seines Lebens zu übersenden, und indem ich noch zögerte, kam aus Manchester die Nachricht, daß Aurach mit einem Lungenemphysem in das Withington Hospital eingeliefert worden sei. Das Withington Hospital ist eine ehemalige Besserungsanstalt, in der man während der viktorianischen Zeit die Obdach- und Beschäftigungslosen einem strengen, ganz auf Arbeit ausgerichteten Reglement unterworfen hat. Aurach lag in einem Männersaal mit weit über zwanzig Betten, in dem viel gemurmelt, geklagt und wahrscheinlich auch gestorben wurde. Da es ihm offenbar nahezu unmöglich war, so etwas wie eine Stimme in sich zu finden, reagierte er auf meine Worte nur in größeren Abständen mit einem andeutungsweisen Sprechen, das sich anhörte wie das Geraschel vertrockneter

Blätter im Wind. Deutlich genug ging aber daraus hervor, daß er seinen Zustand als schandbar empfand und daß er den Vorsatz gefaßt hatte, ihm möglichst bald zu entkommen auf die eine oder die andere Weise. Vielleicht eine Dreiviertelstunde bin ich bei dem aschgrauen, immer wieder von der Müdigkeit überwältigten Kranken gesessen, ehe ich mich verabschiedete und mich zu Fuß auf den langen

Weg machte zurück durch die südlichen Bezirke der Stadt, durch endlose Straßenzüge — Burton Road, Yew Tree Road, Claremont Road, Upper Lloyd Street, Lloyd Street North —, durch die menschenleeren Wohnviertel von Hulme, die anfangs der siebziger Jahre neu aufgebaut und inzwischen abermals dem Zerfall überlassen worden sind. In der Higher Cambridge Street ging ich an Lagerhäusern vorbei, über deren zerschlagenen Fensterlöchern sich die Ventilatoren noch drehten,

mußte hindurch unter Stadtautobahnen, hinweg über Kanalbrücken und Trümmerfelder,

bis zuletzt im schon schwindenden Tageslicht
die an ein phantastisches Befestigungswerk

erinnernde Fassade des Midland Hotels vor
mir auftauchte, in dem Aurach in den letzten
Jahren, seit seine Einkünfte es ihm erlaubten,
eine Suite gemietet und wo auch ich für diesen
Abend ein Zimmer genommen hatte. Das
Midland ist gegen das Ende des letzten Jahrhunderts gebaut worden aus rotbraunen Backsteinen und schokoladenfarbenen, glasierten Keramikplatten, denen weder der Ruß noch der
Schwefelregen etwas hat anhaben können.
Drei Kellergeschosse, sechs Stockwerke über

der Erde und insgesamt nicht weniger als sechshundert Zimmer hat das Haus, das einmal im ganzen Land berühmt gewesen ist wegen seiner luxuriösen sanitären Installationen. Derart enorm waren die Brausen, daß man unter ihnen wie unter einem Monsunregen stand, und so aufwendig das stets auf Hochglanz polierte Messing- und Kupferrohrwerk, daß die drei Meter langen und einen Meter breiten Badewannen in weniger als einer Minute vollgelassen werden konnten. Berühmt war das *Midland* außerdem für seinen Palmengarten und, wie man in verschiedenen Quellen nachlesen kann, für seine ungeheuer überheizte Atmosphäre, die den Gästen und dem Personal gleichermaßen den Schweiß aus den Poren trieb und insgesamt den Eindruck erweckte, als befinde man sich inmitten dieser nördlichen, stets von naßkalten Luftschwaden verhangenen Stadt auf einer tropischen, eigens für Spinnerei- und Webereibesitzer reservierten, sozusagen baumwollüberwölkten Insel der Seligen. Heute steht das *Midland* am Rand des Ruins. In dem überglasten Foyer, in den Gesellschaftsräumen, in den Stiegenhäusern, Aufzügen und Korridoren begegnet man nur selten einem anderen Hausgast oder einem traumwandlerisch herumstreichenden Zimmermädchen oder Kellner. Die legendäre Dampfheizung funktioniert bestenfalls stotternd, aus den Wasserhähnen rieselt der Kalk, die Fensterscheiben sind mit einer dichten, vom Regen marmorierten Staubschicht überzogen, ganze Teile des Hauses sind abgesperrt, und es ist wohl nur noch eine Frage der Zeit, bis der Betrieb eingestellt und das *Midland* verkauft und in ein *Holiday Inn* umgewandelt wird.

Als ich mein auf der fünften Etage gelegenes Zimmer betrat, hatte ich auf einmal das Gefühl, ich sei abgestiegen in einer polnischen Stadt. Das altmodische Interieur erinnerte mich auf seltsame Weise an ein abgewetztes Futteral aus weinrotem Samt, an das Innere einer Schmuckschatulle oder eines Geigenkastens. Ich behielt meinen Mantel an, setzte mich in einen der Plüschsessel, die in der rundverglasten, erkerartigen Fensternische standen, und sah zu, wie es draußen dunkel wurde und wie die vom Wind getriebenen Regenschauer, die mit der Dämmerung gekommen waren, in großen Güssen hinabwehten in die Straßenschluchten, auf deren Grund die schwarzen Taxis und die doppelstöckigen Busse eng hinter- und beieinander gleich einer Herde von Elefanten langsam über den glänzenden Asphalt sich bewegten. Ein beständiges Rauschen drang von dort drunten bis zu meinem Fensterplatz herauf, aber zwischenhinein gab es auch längere Pausen vollkommener Stille, und in einem solchen Intervall war es mir, als hörte ich, obschon das ganz und gar unmöglich war, nebenan in der Free Trade Hall das dort ansässige Symphonieorchester unter dem üblichen Geräusper und Gescharre die Instrumente ausprobieren, und ich hörte auch, weit, sehr weit in der Ferne, den kleinen Opernsänger, der in den sechziger Jahren immer in Liston's Music Hall aufgetreten war und in deutscher Sprache lange Passagen aus dem *Parsifal* gesungen hatte. Liston's Music Hall befand sich im Zentrum der Stadt, unweit von Piccadilly Gardens, über einer sogenannten *wine lodge*, in der die Prostituierten ihren Rastplatz hatten und wo aus großen Fässern australischer Sherry ausgeschenkt wurde. Wer immer sich dazu berufen fühlte, konnte in dieser *music hall*, in der ein sehr gemischtes und meist stark angetrunkenes Publikum unter treibenden Rauchschlieren saß, auf das Podium hinaufsteigen und, begleitet an der Wurlitzer von einer stets in rosa Tüll gekleideten Dame, irgendein Musikstück seiner Wahl zum Vortrag bringen. In der Regel handelte es sich dabei um volkstümliche Balladen und sentimentale Schlager, die gerade im Schwang waren. The old home town looks the same as I step down from the train, so begann der Favorit der Wintersaison 1966/67. And there to greet me are my Mama and Papa. Mitten in dem zu fortgeschrittener Stunde meist chaotischen

Menschen- und Stimmengewoge trat damals mindestens zweimal in der Woche der unter dem Namen Siegfried bekannte, wohl nicht viel mehr als fünf Fuß große Heldentenor auf. Er war Ende vierzig, trug einen fast bis auf den Boden reichenden Fischgratmantel, hatte einen nach hinten gekippten Borsalino auf dem Kopf und sang *O weh, des Höchsten Schmerzenstag* oder *Wie dünkt mich doch die Aue heut so schön* oder sonst irgendein eindrückliches Arioso, wobei er nicht zögerte, Regieanweisungen wie *Parsifal droht ohnmächtig niederzusinken* entsprechend schauspielerisch zu untermalen. Und jetzt hörte ich ihn, im fünften Stockwerk des *Midland* in einer Art Glaskanzel über dem Abgrund sitzend, zum erstenmal seit jener Zeit wieder. So sehr aus der Entfernung kam sein Ton, daß es war, als irre er hinter den Seitenprospekten einer in die unendliche Tiefe sich fortsetzenden Bühne herum. Auf diesen in Wahrheit gar nicht vorhandenen Seitenprospekten aber erschienen eines ums andere die Bilder einer Ausstellung, die ich im Vorjahr in Frankfurt gesehen hatte. Es waren grünblau- beziehungsweise rotbraunstichige Farbaufnahmen aus dem Ghetto Litzmannstadt, das 1940 eingerichtet worden war in der polnischen Industriemetropole Łódź, die einmal *polski Manczester* geheißen hat. Die Aufnahmen, die 1987 sorgfältig geordnet und beschriftet in einem hölzernen

Köfferchen bei einem Wiener Antiquar zum
Vorschein gekommen sind, waren zu Erinne-
rungszwecken gemacht worden von einem in
Litzmannstadt tätigen Buchhalter und Finanz-
fachmann namens Genewein, der aus dem
Salzburgischen stammte und den man selber
auf einem der Bilder sehen konnte beim Geld-
zählen hinter seinem Schreibsekretär. Zu sehen
war außerdem der Oberbürgermeister von
Litzmannstadt, ein gewisser Hans Biebow,
frisch gewaschen und gescheitelt, an seiner mit
Blumenstöcken und Sträußen, Kaffeekuchen
und kalten Platten überladenen und mit Aspa-
ragusranken verzierten Geburtstagstafel, sowie

andere deutsche Männer im geselligen Beisammensein mit ihren ausnahmslos in Hochstimmung sich befindenden Freundinnen und Frauen. Und es gab Bilder aus dem Ghetto — Straßenpflaster, Trambahnschienen, Häuserfronten, Bretterwände, Abbruchplätze, Brandmauern, unter grauem, wassergrünem oder weißblauem Himmel —, eigenartig leere Bilder, auf denen kaum einmal jemand zu sehen war, obwohl in Litzmannstadt zeitweise bis zu hundertundsiebzigtausend Menschen auf einer Fläche von nicht mehr als fünf Quadratkilometern lebten. Dokumentiert hatte der Fotograf sodann die beispielgebende innere Organisation des Ghettos, die Post, die Polizei, den Gerichtssaal, die Feuerwehr, die Fäkalienabfuhr, den Friseurladen, das Sanitätswesen, die Leichenwäscherei und das Begräbnisfeld. Wichtiger als alles aber war ihm anscheinend die Darstellung »unserer Industrie«, der aus wehrwirtschaftlichen Gründen unabdingbaren Ghettobetriebe. In den meist manufakturmäßig aufgebauten Produktionsstätten saßen Frauen beim Strohflechten, standen Kinderlehrlinge an der Schlosserwerkbank, Männer an den Geschoßautomaten, in der Nagelfabrik oder im Lumpenlager, und überall Gesichter, ungezählte Gesichter, die eigens und einzig für den Sekundenbruchteil des Fotografierens aufgeschaut haben (und aufschauen haben dürfen) von ihrer Arbeit.

Arbeit ist unser einziger Weg, hat es geheißen. — Hinter einem lotrechten Webrahmen sitzen drei junge, vielleicht zwanzigjährige Frauen. Der Teppich, an dem sie knüpfen, hat ein unregelmäßig geometrisches Muster, das mich auch in seinen Farben erinnert an das Muster unseres Wohnzimmersofas zu Hause. Wer die jungen Frauen sind, das weiß ich nicht. Wegen des Gegenlichts, das einfällt durch das Fenster im Hintergrund, kann ich ihre Augen genau nicht erkennen, aber ich spüre, daß sie alle drei herschauen zu mir, denn ich stehe ja an der Stelle, an der Genewein, der Rechnungsführer, mit seinem Fotoapparat gestanden hat. Die mittlere der drei jungen Frauen hat hellblondes Haar und gleicht irgendwie einer Braut. Die Weberin zu ihrer Linken hält den Kopf ein wenig seitwärts geneigt, während die auf der rechten Seite so unverwandt und unerbittlich mich ansieht, daß ich es nicht lange auszuhalten vermag. Ich überlege, wie die drei wohl geheißen haben — Roza, Lusia und Lea oder Nona, Decuma und Morta, die Töchter der Nacht, mit Spindel und Faden und Schere.

INHALT

W. G. Sebald

Die Ringe des Saturn

Eine englische Wallfahrt

Band 13655

Ein Reisebericht besonderer Art. Zu Fuß ist Sebald in der englischen Grafschaft Suffolk unterwegs, einem nur dünn besiedelten Landstrich an der englischen Ostküste. Im August, ein Monat, der seit altersher unter dem Einfluß des Saturn stehen soll, wandert Sebald durch die violette Heidelandschaft, besichtigt verfallene Landschlösser, spricht mit alten Gutsbesitzern und stößt auf seinem Weg immer wieder auf die Spuren oft wundersamer Geschichten. So erzählt er von den Glanzzeiten viktorianischer Schlösser, berichtet aus dem Leben Joseph Conrads, erinnert an die unglaubliche Liebe des Vicomte de Chateaubriand oder spürt dem europäischen Seidenhandel bis China nach. Mit klarer und präziser Sprache protokolliert er jedoch auch die stillen Katastrophen, die sich mit dem gewaltsamen Eingriff der Menschen in diesen abgelegenen Landstrich vollzogen. So verwandelt sich der Fußmarsch letztlich in einen Gang durch eine Verfallsgeschichte von Kultur und Natur, die Sebald mit einer faszinierenden Wahrnehmungsfähigkeit nachzeichnet. Und ganz nebenbei entsteht eine liebevolle Hommage an den Typus des englischen Exzentrikers.

Fischer Taschenbuch Verlag

fi 2138 / 2

W. G. Sebald

Schwindel. Gefühle.

Band 12054

Schwindelartige Gefühle der Irritation – in den vier durch wieder-
kehrende Motive und literarische Anspielungen kunstvoll miteinander verwobenen, geheimnisvollen Geschichten überkommen
sie den Erzähler immer dann, wenn sich zwischen Erinnerung und
Wirklichkeit eine bedrohliche Kluft auftut. Neben dem französischen Romancier Henri Beyle alias Stendhal ist es vor allem Franz
Kafka, dem sich der Autor über die literarische Bewunderung
hinaus verbunden fühlt und dessen ruheloser, lebendigtoter Jäger
Gracchus durch alle vier Geschichten geistert. Es ist die Melancholie, die Sebald an diesen beiden Autoren interessiert und seinen eigenen Erfahrungen gegenüberstellt, denn wie der Erzähler selbst
wurden auch Stendhal und Kafka von Eingebungen getrieben, von
Träumen, Ahnungen und – »Schwindelgefühlen« geplagt.

Fischer Taschenbuch Verlag

fi 2140 / 3

W. G. Sebald

Nach der Natur

Ein Elementargedicht

Band 12055

Der berühmte Meister des Isenheimer Altars Matthias Grüne-
wald, der Naturforscher Georg Wilhelm Steller von der Beringschen Alaska-Expedition und der Autor selbst – was steckt dahinter, wenn Sebald diese unterschiedlichen Männer aus so weit auseinanderliegenden Jahrhunderten in einem »Elementargekeit von
Natur und Gesellschaft, die unweigerlich eine »lautlose Katastrophe« heraufbeschwört: die Naturzerstörung, welche längst im
Gange ist. Dem hellsichtigen, fortschrittskritischen Beobachter be-
schert sie ein einsames, gedrücktes Dasein sowie die Utopie einer
Natur, die den Menschen letztlich besiegen wird, um den Elemen-
ten, Pflanzen und Tieren wieder eine Existenz in Schönheit und
Frieden zu ermöglichen. Sebald hat mit seinem der Natur, im weiteren Wortsinn aber auch allem Wesentlichen zugewandten »Elementargedicht« gleichsam ein Triptychon geschaffen: ein hochpoe-
tisches Sprachkunstwerk, das mit den Lebensläufen dreier Männer
vertraut macht, die den Konflikt zwischen Mensch und Natur auf
jeweils eigene Weise schmerzlich empfunden haben.

Fischer Taschenbuch Verlag

fi 2141 / 2

W. G. Sebald

Die Beschreibung des Unglücks

Zur österreichischen Literatur von Stifter bis Handke

Band 12151

In diesen aufschlußreichen sowie brillant formulierten Essays zu
Werken von Stifter, Schnitzler, Hofmannsthal und Kafka, von
Canetti, Bernhard, Handke, Ernst Herbeck und Gerhard Roth
gelingt es dem Schriftsteller und Literaturwissenschaftler Sebald,
einige bislang oft wenig beachtete Merkmale österreichischer Literatur ins Blickfeld zu rücken. Im Mittelpunkt seiner Analysen
stehen die psychischen Voraussetzungen des Schreibens, insbesondere »das Unglück des schreibenden Subjekts«, mit dem Sebald
die eigentümliche Schwermut in der österreichischen Literatur zu
erklären versucht. Einfühlsam geht er der Frage nach, inwiefern
persönliche Existenznöte, aber auch historische und politische Ka-
lamitäten das Schreiben dieser österreichischen Autoren jeweils
beeinflußt haben, und folgert: »Die Beschreibung des Unglücks
schließt in sich die Möglichkeit zu seiner Überwindung ein.«

Fischer Taschenbuch Verlag

fi 2139 / 2

W. G. Sebald

Unheimliche Heimat

Essays zur österreichischen Literatur

Band 12150

In neun Studien untersucht Sebald den Themenkomplex Heimat
und Exil, der für die österreichische Literatur des 19. und 20. Jahrhunderts so charakteristisch ist. Seine Arbeiten setzen im frühen
19. Jahrhundert ein bei dem nur wenig bekannten Charles Seals-
field und schlagen den Bogen über die gleichfalls vernachlässigten
Schtetlgeschichten Leopold Komperts, über den Wiener Fin-de-
siècle-Literaten Peter Altenberg, über Franz Kafka, Joseph Roth
bis hinein in die Gegenwart, die durch Jean Améry, Gerhard Roth
und Peter Handke vertreten ist. All diesen Autoren ist gemeinsam, daß sie an der »Unheimlichkeit der Heimat« gelitten haben
bzw. noch immer leiden. Behutsam macht Sebald deutlich, wie oft
dieses Leiden an der Heimat sowie die vage Sehnsucht nach ihr für
österreichische Autoren zum Thema, wenn nicht sogar Anlaß des
Schreibens geworden sind.

Fischer Taschenbuch Verlag

fi 2210 / 4

Christoph Ransmayr

Die letzte Welt

Roman

Mit einem Ovidischen Repertoire

Band 9538

In diesem Roman ist die Verbannung des römischen Dichters Ovid durch Kaiser Augustus im Jahre 8 n. Chr. der historisch fixierte Ausgangspunkt einer phantasievollen Fiktion. Ein (durch Ovids ›Briefe aus der Verbannung‹) ebenfalls historisch belegter Freund Ovids, der Römer Cotta, macht sich im Roman auf, in Tomi am Schwarzen Meer sowohl nach dem Verbannten selbst zu suchen, als auch nach einer Abschrift der ›Metamorphosen‹, des legendären Hauptwerks von Ovid. Cotta trifft in der »eisernen grauen Stadt« Tomi jedoch nur auf Spuren Ovids, sein verfallenes Haus im Gebirge, seinen greisen Diener Pythagoras und, auf immer rätselhaftere Zeichen der ›Metamorphosen‹, in Bildern, Figuren, wunderbaren Begebenheiten. Bis sich zuletzt Cotta selbst in der geheimnisvoll unwirklichen Welt der Verwandlung zu verlieren scheint: die Auflösung dieser »letzten Welt« ist wieder zu Literatur geworden.

Fischer Taschenbuch Verlag

fi 1170 / 6

Christoph Ransmayr

Morbus Kitahara

Roman

Band 13782

Moor, ein verwüstetes Kaff im Hochgebirge. Schnee und Ge-
röll herrschen vor, im Ort Ruinen. Es ist Nachkriegszeit, doch
die Besatzungsmacht verweigert den Wiederaufbau. Gewaltsam
kontrolliert sie die Bevölkerung und hält die Erinnerung an die
Verbrechen der Vorzeit wach. Keine Industrie, nur agrarische
Selbstversorgung und Geschichtsterror. Im Ort regiert der Lei-
ter des Steinbruchs, der »Hundekönig« Ambras. Es scheint so,
als spiele Ransmayr eine geschichtliche Alternative durch: den
Morgenthau-Plan. Höchst kunstvoll und mit einer immensen
Sprachkraft inszeniert er eine eisige, historisch-mythische Welt,
die den Leser unerbittlich in ihren Bann zieht.

Fischer Taschenbuch Verlag

fi 1169 / 8

Elias Canetti

Der Ohrenzeuge

Fünfzig Charaktere

Band 5420

Eine Welle spontaner Zustimmung löste im Herbst 1981 die
Nachricht von der Entscheidung der Stockholmer Akademie
aus: Endlich hatte jemand den Literatur-Nobelpreis bekommen, gegen den es keinerlei Vorbehalte gab. Canetti hat in seinem Werk vor allem die gedanklichen und tatsächlichen Per-
versionen und die Welt geschildert, in der sie spielen und die
sich damit abzufinden scheint. Den Prosaisten, Dramatiker, Es-
sayisten hat der Ruhm erst spät erreicht. In diesem Band nimmt
Canetti eine Methode der Beschreibung wieder auf, die in der
Antike der Philosoph Theophrast begründet hat. Als hätte er
kein Wort von Psychologie oder Soziologie gehört, schildert
Canetti Charaktere – etwa den »Größenforscher«, den Leidver-
weser«, die »Tischtuchrolle« –, die in ihrer knappen Sprache
und ihren zuweilen surrealistischen Bildern unmittelbar ein-
leuchten und unvergeßlich werden. Einsichten und Erfahrungen beim Verfassen seiner großen Werke haben Canetti zu einer
außergewöhnlichen dichterischen Kleinform geführt.

Fischer Taschenbuch Verlag

fi 2054 / 3

Elias Canetti

Die gerettete Zunge
Geschichte einer Jugend. Band 2083

»Elias Canettis Kindheitsbuch, das uns mit Spannung die Schilderung seiner eigenen Lehrjahre erwarten läßt, ist ein Rückblick ohne Zorn und ohne Hätschelei einer besonnten Vergangenheit. Es ist ein grundehrliches Buch.« *Der Spiegel*

Die Fackel im Ohr
Lebensgeschichte 1921-1931. Band 5404

»Man neidet Canetti die intensive Erlebnisfähigkeit, die aus der Lebensgeschichte nicht bloß Vergangenes macht, sondern auch ein System, das sich in den luzidesten Betrachtungen versteckt, schließlich Erkenntnisse, die für jede Gegenwart gelten: Man ist wacher nach der Lektüre.« *Der Spiegel*

Das Augenspiel
Lebensgeschichte 1931-1937. Band 9140

Mit dem dritten Teil seiner Autobiographie schließt Elias Canetti seine großangelegte Entwicklungsgeschichte eines Schriftstellers ab. *Das Augenspiel* besteht in vielen Passagen aus Beobachtungen und Berichten vom Leben in den Ateliers, Cafés und intellektuellen Zirkeln. Canettis Erinnerungsbuch beschreibt Wien als den bedeutendsten geistigen Kristallisierungspunkt Europas zwischen den beiden Weltkriegen.

Fischer Taschenbuch Verlag

fi 2053 / 3

»Sebalds kühnes Verbinden von Genres verdient höchstes Lob.«

Javier Marias (im Times Literary Supplement)

W. G. Sebalds Werke im Hardcover

Schwindel. Gefühle.

Prosa

Eichborn, Frankfurt am Main
ISBN 3-8218-4477-9

Die Ausgewanderten.

Vier lange Erzählungen

Eichborn, Frankfurt am Main
ISBN 3-8218-4429-9

Die Ringe des Saturn.

Eine Englische Wallfahrt

Eichborn, Frankfurt am Main
ISBN 3-8218-4448-5

Logis in einem Landhaus.

Über Gottfried Keller,
Johann Peter Hebbel,
Robert Walser und andere

Hanser, München
ISBN 3-446-195503-3

Luftkrieg und Literatur.

Essay

Hanser, München
ISBN 3-446-19661-7

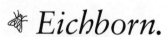 **Eichborn.**

Kaiserstraße 66
60329 Frankfurt
Telefon: 069 / 25 60 03-0
Fax: 069 / 25 60 03-30
www.eichborn.de

Wir schicken Ihnen gern ein Verlagsverzeichnis.